Les Carnets

de

Marguerite

CE QU'EN PENSENT LES BOOKSTAGRAMMEUSES :

« Je ne pensais pas accrocher autant à cette histoire qui ne ressemble pas vraiment aux précédentes. Et pourtant je me suis aperçue que lorsque j'étais obligée de lâcher le livre, je n'avais qu'une envie, m'y replonger. Plus la lecture avance, plus ça devient accrocheur. Finalement, je me demande si ce n'est pas mon préféré de la série. » @coetseslivres

« Ce que j'apprécie particulièrement avec l'auteure, c'est qu'elle arrive à se renouveler à chacun de ses romans. Il n'y en a pas un identique à celui d'avant, que ce soit dans la construction, les sujets ou dans l'intrigue en elle-même. Ça rend la lecture encore plus intéressante dans la mesure où on ne sait pas à quoi s'attendre ! » @damex_lectures

« Une véritable saga familiale à rebondissements, presque digne d'un feuilleton en plusieurs saisons où l'on se retrouve à osciller avec délice entre preuves concrètes et phénomènes plus… intangibles… Ne pas savoir sur quel pied danser, c'est aussi ce qui pimente le récit ! Un tome plein de rebondissements, où ésotérisme et secrets de famille débouchent sur une enquête décoiffante. » @melle_cup_of_tea

« Roman à la double temporalité subtilement teinté de touches paranormales, je me suis complètement laissé entraîner dans cette histoire que j'ai adorée. Cerise sur le gâteau, au travers de l'histoire familiale d'Emma, Nathalie Michau nous propose un roman historique riche et qui ouvre à la réflexion… Très belle lecture, impossible à lâcher, malgré l'heure. » @lespalsdemousquetaire11

« L'auteure mêle habilement faits historiques, histoire de famille et actions avec les personnes qui en veulent à Emma et qui vont tout faire pour la dissuader de continuer la lecture. Grâce à la plume de l'auteure, on ressent complètement son désarroi, sa tristesse, ses doutes, son énervement. Une très

belle aventure aux côtés de notre héroïne aussi attachante que têtue. » @Histoiresenchantees

« Je me suis laissé captiver par ma lecture avec des chapitres d'une fluidité parfaite et je ne me lasse jamais de mener l'enquête auprès d'Emma. Je ne cesse de penser à ma lecture en cours et de vouloir découvrir la suite palpitante. De plus, l'intrigue nous mène à plusieurs suspects, rendant difficile de déterminer de qui se méfier, ce qui entraîne des sueurs froides pour chaque incident potentiel. »
@mes.petites.lectures.du.moment

« Un gros coup de cœur. La plume légère de l'auteure mêle suspense, enquête et mystères avec perfection. Chaque tome est unique, original et tellement bien écrit. L'attrait reste le même : de l'envie, de l'addiction et une incapacité à lâcher la lecture avant de connaître la fin de l'histoire. »
@lectures_decha

Nathalie Michau

Les Carnets

de

Marguerite

Une Enquête d'Emma Latour

Roman à suspense

Édition : BoD · Books on Demand, 31 avenue Saint-Rémy, 57600 Forbach, bod@bod.fr
Impression : Libri Plureos GmbH, Friedensallee 273, 22 763 Hamburg (Allemagne)

Impression à la demande
ISBN : 978-2-3225-9540-2
Dépôt légal : juin 2025

Sur l'auteure

Les Carnets de Marguerite est le cinquième tome de la série *Une enquête d'Emma Latour* écrite par Nathalie Michau, après *Meurtre à Dancé*, *Une Rue si Tranquille*, *Intrigues sur la Côte d'Azur* et *Un Anniversaire presque Parfait*.

L'auteure a également écrit des nouvelles historiques avec *Les Grandes Affaires Criminelles des Yvelines* et, en collaboration avec Sylvain Larue, *Les Grandes Affaires Criminelles de l'Essonne*.

Enfin, elle a publié des albums pour enfants (3-6 ans) avec *Petite Lapinette est à l'heure à l'école* et *Petite Lapinette part en vacances*. Ces albums ont été illustrés par Isabelle Vallet.

*En hommage à Gérard, mon grand-père, et
Georges, mon arrière-grand-père,
tous deux Résistants.*

*À mes deux amours, Julie et Gérald,
À mes premières lectrices Martine, Christelle et Laeti,*

*À ceux qui ont été là quand j'avais besoin d'eux,
À ceux qui ont su me comprendre
et m'ont beaucoup donné,
À ceux que j'aime,
à mes complices et mes proches,
Ils se reconnaîtront.*

Nota Bene : Tous les éléments de ce roman sont fictifs. Je me suis inspirée de lieux et d'éléments scientifiques, juridiques ou géographiques existants, mais j'ai pris de nombreuses libertés. Aucun événement ou personnage n'est réel. Toutes les erreurs ou approximations sont de mon fait.

Préface

Ce roman est la réécriture de *Secrets de Famille*, roman publié en 2004 dont j'ai récupéré les droits. Je souhaitais remettre cette histoire en avant, mais en l'intégrant dans l'univers d'Emma Latour.

Faire ce travail m'a pris beaucoup plus de temps qu'on peut le penser. Je n'ai pas juste transposé l'histoire, il a fallu fusionner deux mondes distincts, celui de mon héroïne qui rentrait en collision avec celui de cette intrigue.

J'espère que cette nouvelle version de ce suspense vous plaira.

Les personnages principaux
de la famille d'Emma Latour

Eugène Beaumont et Marguerite Ranglois, mes arrière-grands-parents

Leurs trois enfants avec :
Adélaïde, ma grand-tante
Charles et sa femme Isabelle, mes grands-parents
Henri, mon grand-oncle

Benjamin Beaumont, le fils d'Adélaïde, mon oncle
Sébastien, le fils d'Isabelle et Charles, et sa femme Isabelle, mon oncle et ma tante
Christiane, la fille d'Isabelle et Charles, et son mari Jean-Luc Latour, mes parents

Éric Massarina, mon compagnon

Les domestiques Lucienne et Sylvain
Le voisin Ferdinand Crozier

Prologue

Avec un soupir de soulagement, je me garai devant mon immeuble. J'étais fatiguée et une bonne douche me ferait le plus grand bien. Je poussai la porte de mon appartement et compris instantanément que ma douche chaude allait être reportée.

Je sursautai en voyant le désordre qui régnait. Un cri m'échappa. Je ne pus m'empêcher de murmurer.

— Punaise !

Je secouai la tête et pinçai mes lèvres ressentant un mélange de colère, de peur et de lassitude. Je ne savais que faire, il y avait peut-être encore quelqu'un dans l'une des pièces…

Du pas de la porte, je parcourus du regard la salle à manger. Les tiroirs étaient renversés, les coussins du canapé retournés, les armoires ouvertes. Les meubles avaient été systématiquement visités. Un désordre indescriptible s'étalait partout. Je regardai les fenêtres, la porte. Aucune trace d'effraction n'était visible. Pas de vandalisme, rien n'était cassé. On était juste venu prendre quelque chose de précis et on avait tout déballé dans l'appartement jusqu'à ce qu'on l'ait trouvé.

1

6 jours plus tôt

Cela faisait plusieurs fois que lors des repas dominicaux où toute la famille se retrouvait, nous nous plaignions de ne pas bien connaître nos ancêtres. Habituée à mener des investigations dans le cadre de mon travail d'archéologue et pour mon livre en cours d'écriture, j'avais pris la décision de partir à la recherche des ancêtres de ma branche maternelle.

Je n'avais pas imaginé le temps que cela me prendrait. L'idée au départ était d'établir un arbre généalogique sur quelques générations. Mais rapidement, je me rendis compte que cela ne me suffirait pas. Je voulais faire revivre mes aïeux. Ressortir des documents les concernant afin de découvrir leurs conditions de vie, leur métier, leur visage… Je m'abonnai à des bases de données pour essayer de retrouver des documents d'état civil, des fiches matricules, des actes notariés, des articles de journaux, des extraits cadastraux et j'en passe… La liste était infinie.

J'étais également en quête de documents familiaux.

Le grenier de la maison familiale des Beaumont – nom de famille de ma mère – était, d'après moi, susceptible d'en contenir.

Après la mort de mes arrière-grands-parents, la maison aurait pu être vendue. La famille s'était réunie pour discuter des modalités pratiques de l'héritage. Après dix minutes sur des points mineurs, Charles – mon grand-père – avait pris la parole.

— Nous devons décider du sort de la maison. La garde-t-on ou s'en sépare-t-on ? Qu'en pensez-vous ?

Les réactions avaient été unanimes.

— Cette maison représente toute notre jeunesse.

— Elle est magnifique, ce serait dommage de ne plus l'avoir.

Puis une suggestion avait été faite par ma mère, Christiane :

— Charles, pourquoi ne viens-tu pas y vivre avec Isabelle ?

— J'aime vraiment cette maison, je serai ravi de m'y installer. Mais Adélaïde a le droit d'en jouir également.

Adélaïde, ma grand-tante, l'avait interrompu.

— Cela ne me pose aucun problème, Charles. Tu peux y vivre. Je souhaite juste y conserver deux pièces pour avoir un pied-à-terre entre chacun de mes voyages. La maison est grande et je ne vous embêterai pas beaucoup. Une paléontologue n'est jamais chez elle…

En effet, les lieux étaient suffisamment vastes pour que les deux couples puissent y vivre sans se gêner.

Toute la famille trouva la solution satisfaisante et fut soulagée de savoir que les réunions se passeraient toujours ici. La maison avait tout pour recevoir avec une piscine, deux courts de tennis et un grand parc. Mais surtout, elle possédait un charme magique. Toutes les personnes qui y venaient se disaient ensorcelées. C'était une demeure qui avait une âme, même si elle n'était pas très vieille.

Mon oncle Sébastien et sa femme Alice purent alors s'installer dans la demeure de Choisel où Charles et Isabelle vivaient jusqu'alors.

J'avais appelé ma grand-mère la veille au soir pour lui faire part de mes intentions.

— J'avance bien dans mes recherches généalogiques, mais si je pouvais donner vie à nos différents aïeux, ce serait tellement plus intéressant. Dans ton grenier, il doit y avoir un tas de vieux papiers et ce serait passionnant de les découvrir.

— C'est une bonne idée, mais le grenier est un capharnaüm. Il n'a pas été rangé depuis des dizaines d'années.

— On pourrait en profiter pour le ranger, si tu veux.

— Je suis en pleine forme malgré mon rhumatisme à la hanche, néanmoins monter là-haut ne me tente pas du tout. On le rangera une autre fois, mais, bien sûr, tu peux y faire quelques recherches.

— Je ferai un peu de tri en même temps.

— C'est très gentil. Je connais ton amour des livres et des vêtements. Prends tous les documents, livres ou vêtements que tu désireras. Ne viens pas me voir chaque fois, tu les prends. De toute façon dans la famille, personne ne s'intéresse à autre chose que des revues scientifiques ou informatiques. Quant à ta tante et ta mère, elles ne pourraient pas entrer dans les vêtements de ton arrière-grand-mère Marguerite qui avait le même type de silhouette que toi.

J'étais ravie. Elle me faisait un très beau cadeau. J'étais fan des vieux vêtements de la fin du XIXe et début du XXe.

— Oh super ! Ça te va, si je viens demain ?

— Oui. Parfait. Tu viens pour la journée et tu manges avec nous le midi ?

— Oui. Cela me convient parfaitement. Je suis entre deux chantiers de fouilles et j'ai du temps pour m'occuper de cela.

— Tu recherches une nouvelle mission ?

— Pas pour le moment. Je suis contente de cette pause après mes fouilles des plus mouvementées autour du lac d'Annecy[1].

Ma grand-mère ne fut pas surprise et n'insista pas. Je pouvais me permettre de faire toutes les pauses que je souhaitais

---

¹ Cf. *Un Anniversaire Presque Parfait, Une Enquête d'Emma Latour*, tome 4, de la même auteure.

depuis que je touchais les droits d'auteur des livres d'Édith Delafond[1]. L'important était juste de rester occupée.

Je poursuivis :

— Et puis les missions viennent souvent à moi sans que je les cherche. Le monde de l'archéologie est petit et si on descend au niveau des spécialités de chacun, il est minuscule.

---

[1] Cf. *Meurtre à Dancé, Une Enquête d'Emma Latour*, tome 1, de la même auteure.

2

Je n'étais pas allée dans le grenier, depuis très longtemps, mais je gardais le souvenir d'une grande pièce en désordre très poussiéreuse. Prévoyante, je m'habillai d'une vieille salopette et d'un tee-shirt à manches longues d'une couleur indéfinissable assez proche du beige. J'attachai mes cheveux blonds mi-longs.

Habillée comme cela, je n'avais pas l'allure d'un top-modèle, mais je m'aimais bien. J'étais mince, mesurait 1m70 même si je n'aimais pas mon nez que je trouvais un peu long à mon goût.

J'enfilai ensuite une paire de tennis sans âge puis me dirigeai d'un pas assuré vers la porte d'entrée de l'appartement que je partageais avec Éric Massarina, mon compagnon. Il était 8 heures précises et j'aimais la ponctualité. Je m'attardai cependant un moment dehors. Un petit vent frais soufflait, le soleil jouait avec les nuages.

Quarante minutes d'une conduite souple et rapide, je fis le trajet de Saint-Cloud à Milon et garai ma voiture électrique dans la cour située à l'arrière de la maison.

Située dans le parc Naturel de la Haute Vallée de Chevreuse, dans les Yvelines, la maison surplombait un immense parc. On la devinait à peine en été, car de nombreux arbres la cachaient. Il y avait deux entrées. La plus utilisée était celle de la route qui descendait de Romainville jusqu'au bas de Milon-la-Chapelle, l'autre était complètement en contrebas de la propriété. J'avançais dans le jardin méticuleusement entretenu, regardai le petit lac où des canards et des cygnes glissaient sans bruit sur l'eau puis montai vers la terrasse.

Je pris un instant pour contempler cette demeure splendide à laquelle un toit de chaume donnait un charme campagnard. Des colombages confirmaient l'inspiration normande de son architecte. Arrivée sur la terrasse, je rentrai par la grande baie vitrée de la salle de séjour.

À ma grande surprise, ma grand-tante était là. Elle prenait le petit-déjeuner avec mes grands-parents. Je fis la bise à tout le monde en m'exclamant :

— Adélaïde, comment vas-tu ? Je suis si contente que tu sois revenue de ton expédition. Où étais-tu déjà ?

— Au Maroc. Profite de ma présence, car je repars dans deux jours dans le sud de la France. Nous avons découvert des ossements de dinosaures très rares et intéressants, je meurs d'envie de continuer mes recherches là-bas. En plus, je travaille avec des petits jeunes aux dents longues vraiment sympathiques avec l'antiquité que je suis…

Tout le monde s'esclaffa à ces mots. Adélaïde, même si elle avait dépassé les quatre-vint-dix ans, n'avait pas du tout l'allure d'une antiquité. Elle était restée étonnamment jeune de corps et d'esprit et continuait ses recherches bénévolement, juste par plaisir. Elle expliquait sa forme par la passion qu'elle avait pour son métier et tout le monde adorait travailler avec elle, tant elle avait à cœur de partager son savoir.

Je pris un café avec eux avant de monter les deux étages qui menaient au grenier.

La vaste pièce d'environ 80 m^2 contenait un désordre qui me fit presque regretter d'avoir eu cette idée. Des malles, des cartons, des valises jonchaient le sol, des armoires aux gonds rouillés semi-ouvertes débordaient de vêtements d'une autre époque. Des toiles d'araignées avaient pris possession de tous les interstices disponibles.

Il allait me falloir des jours, des semaines même, pour tout ranger. Mes arrière-grands-parents ne jetaient rien, j'avais toute leur vie à classer.

Une bonne partie des affaires serait donnée aux associations caritatives, une autre irait directement à la décharge, le reste serait distribué dans la famille ou mis en valeur dans la maison.

Trois heures plus tard, j'étais maculée de poussière, courbaturée à force de porter des caisses et de me pencher.

J'avais récupéré des robes d'été superbes datant des années trente qui, par miracle, n'étaient pas attaquées par les mites. Le tas de « choses » – difficile de les définir plus précisément – à jeter était impressionnant. Je m'accordai une pause et descendis dans la cuisine me désaltérer. La cuisine était très belle. Une grande pièce avec une longue table en chêne massif, des casseroles en cuivre étincelantes. Elle donnait une impression d'ancienneté, alors qu'elle était équipée des dernières innovations techniques.

Vers 13 heures, une sensation de faim m'envahit, il était temps d'aller manger. J'examinai avec satisfaction le résultat de mon travail matinal. Les piles d'affaires triées augmentaient, surtout celle destinée à la décharge. Je n'avais toujours pas trouvé de documents qui pourraient me permettre d'avancer dans mes recherches généalogiques.

Je repris le travail après un savoureux et copieux déjeuner préparé par Lucienne, une excellente cuisinière d'origine lyonnaise, à la retraite, qui vivait dans une maison de gardien attenante à la maison principale. Elle continuait à cuisiner des petits plats quand mes grands-parents recevaient.

Elle avait la persistante impression que je ne savais pas me nourrir correctement. Elle ne comprenait pas que je ne mange pas de viande à chaque repas et que je souhaite diminuer mon empreinte carbone.

Une agréable torpeur digestive m'envahit, mon efficacité en pâtissait. Je m'assis sur un coffre en bois massif à côté de la fenêtre et entrepris le tri d'une pile de papiers trouvés dans un vieux carton.

Distraitement, je parcourais des vieux journaux de mode du début du siècle que je lançai ensuite sur le tas de papiers à jeter. Quelques secondes plus tard, je remarquai une série de dessins sur des feuilles libres. Surprise, je repris les journaux abandonnés quelques instants auparavant et réalisai que les dessins étaient identiques aux originaux que j'avais en main. Les dessins étaient-ils des copies ou des originaux vendus aux magazines ? Abasourdie, je réalisais que mon arrière-grand-mère avait créé ces modèles. En effet, l'une des légendes vantait les mérites d'une jeune femme pleine d'avenir dans la mode nommée Marguerite Ranglois. Or Ranglois était le nom de jeune fille de son aïeule.

Je découvrais quelque chose ! Personne ne m'avait parlé de la profession de mon aïeule qui avait toujours été, pour moi, femme au foyer. J'étais surprise que le sujet n'ait jamais été abordé. En effet, l'une de mes sœurs, Sophie, qui vivait au Canada, était styliste au grand désespoir de mes parents qui ne comprenaient pas comment leur fille, par ces temps si durs, pouvait se consacrer à une carrière incertaine. Je mis les journaux et les dessins de côté pour les lui scanner.

Je continuai mon tri, jetai des publicités vantant les mérites de la chicorée Leroux ainsi qu'une série de mots croisés jaunis en cours de décomposition. Ensuite, je tombai sur une liasse de papiers qui contenait, entre autres, plusieurs carnets entourés de plastique pour les protéger, liés entre eux par une corde. Je déchirai d'un geste sec le plastique et, curieuse, dénouai la corde.

J'ouvris le premier carnet et contemplai la petite écriture fine, serrée et régulière de Marguerite. Le souffle coupé, je lus *Vie de famille* tome 1.

J'eus la sensation d'une brûlure et lâchai instantanément le carnet qui tomba sur le sol. Il s'agissait visiblement d'une sorte de journal intime écrit par mon arrière-grand-mère qui relatait des choses certainement très personnelles. Marguerite l'avait mis au grenier, pièce où jamais personne ne venait, le pensant à l'abri. Elle n'en avait parlé à personne, et son secret était resté là pendant des années.

Avais-je le droit de le lire ? Marguerite m'aurait-elle permis de le faire ? Devais-je demander à ma grand-mère son avis ?

J'ouvris fébrilement les autres carnets un à un. Les tomes se suivaient. Chaque carnet contenait deux-cents pages. Il me faudrait au minimum une bonne quinzaine de jours pour tout lire. Je les pris avec moi. Je verrais ce qu'il convenait d'en faire plus tard.

3

Je rentrai sans avoir croisé quiconque. J'avais l'impression de partir comme une voleuse et cela me convenait parfaitement.

Moi qui n'avais jamais rien caché à ma grand-mère, j'avais la conviction inexplicable que je ne devais pas révéler quoi que ce soit de ma découverte des carnets de Marguerite, pour le moment. J'écoutai mon intuition sans savoir pourquoi.

J'hésitai également à montrer les dessins de mode de mon arrière-grand-mère. Pourquoi ne m'en avait-on jamais parlé ?

Une fois chez moi, j'envoyai un mail à ma sœur pour la prévenir que j'avais trouvé des dessins de Marguerite et lui demandai si elle savait que notre aïeule était dans la mode, elle aussi. Sa réponse ne me surprit pas. Elle tombait des nues comme moi. Elle me promit de garder le silence sur cette révélation et je lui promis en retour de lui envoyer les scans des dessins dans la journée.

Pendant plusieurs heures, je me demandai si je devais lire ces carnets. J'aurais aimé qu'Éric soit à côté de moi. Mon compagnon avait une société de cybersécurité, *Cybermaker*, situé à Saint-Cloud. Il était parti à Cannes pour participer à un salon de cybersécurité. Il était logé chez son ami, Pierre[1], qui habitait à Biot, à quelques kilomètres de là. Il était parti le matin même et ne reviendrait pas avant quelques jours.

---

[1] Cf. *Intrigues sur la Côte d'Azur, Une enquête d'Emma Latour*, tome 3, de la même auteure.

J'appelai Éric pour lui demander ce qu'il pensait de tout cela. Il me répondit sans hésitation.

— Tu as trouvé des carnets, ta grand-mère t'a dit que tu pouvais tout prendre sans rien lui dire. Lis-les et tu verras bien quoi en faire après. Marguerite est morte et elle ne va pas se retourner dans sa tombe si tu apprends des choses qu'elle n'aurait pas voulu que tu saches.

Je tergiversai.

— Je ne voudrais pas faire un impair.

— Écoute, je suis pressé, on reparlera de tout ça à mon retour. Mais toi qui es si curieuse, je n'en reviens pas que tu puisses avoir des scrupules.

Touché ! Coulé ! Il avait raison. J'étais très curieuse. Mais c'était aussi à cause de cela que je m'étais retrouvée à plusieurs reprises dans des situations parfois dangereuses.

Je tentai de me rassurer. Si Marguerite avait voulu conserver des secrets, elle les aurait brûlés. Cependant, j'avais peur d'apprendre des choses que je ne désirais pas savoir. Ma famille avait toujours été peu bavarde sur le passé. Chaque fois que petite fille, je posais des questions du genre : « Dis mamy, comment c'était quand tu étais jeune ? » ou « Dis grand-mamy, comment as-tu rencontré grand-papy ? » Ou encore « Dis papy, c'était comment la guerre ? » les réponses étaient des plus vagues. Petit à petit, mes questions avaient cessé. Il y avait quelques zones d'ombre dans le passé familial que tout le monde semblait vouloir oublier.

Après mûre réflexion, ma curiosité fut la plus forte. Je lirais ces carnets, et si ce que je découvrais me déplaisait, j'en assumerais les conséquences.

$$4$$

Carnet de Marguerite – 1900

Je ne souhaite pas raconter mon histoire, mais celle de ma famille et avant tout celle de mon mari. Je suis très malade et je sais que je n'ai plus longtemps à vivre. Les secrets de cette famille sont devenus au fil du temps trop lourds à porter et je ne désire pas les emporter avec moi dans ma tombe. J'aspire à m'en libérer avant qu'il ne soit trop tard. Tous les événements dont je parlerai me concernent personnellement ou m'ont été racontés. Ils sont tous véridiques. J'espère de tout mon cœur que la vérité sera connue afin que les rancœurs, les non-dits disparaissent et que la famille puisse reprendre une existence normale. Je n'ai, pour ma part, plus la force de crier haut et fort toutes ces choses que je vais coucher sur le papier. Je suis trop impliquée, trop faible aussi pour pouvoir assumer toutes les conséquences que la connaissance de la vérité pourrait provoquer. Que j'en sois pardonnée… et que la personne qui lira ces carnets choisisse de ne rien dire ou d'en parler en son âme et conscience, mais qu'elle sache que se taire est aussi très pesant… Assez de tergiversations… Il est temps de m'expliquer…

Mon mari, Eugène René Beaumont, est né le 6 février 1900, dans le hameau de Saint-Robert, dans la chambre glaciale de la petite ferme familiale par une nuit froide et neigeuse. Comme ses quatre frères et sœurs aînés, il dut à une santé des plus solides de ne pas succomber durant les premiers mois de son existence. En effet, la famille Beaumont n'était pas riche. Elle mangeait tous les jours, mais la viande restait le plat du dimanche après la messe.

Eugène passa son enfance à gambader dans les champs et le fumier, à aider à la ferme pendant les moissons et à se bagarrer avec ses sœurs et frères de plus en plus nombreux au fil des années. La famille se composait de huit enfants. Le père, lorsqu'il ne travaillait pas, allait à Cernay-La-Ville boire au bistrot. Il rentrait complètement éméché en carriole, se faisant conduire par ses chevaux. Lorsqu'il ne battait pas sa femme, il s'affalait sur le sol en pierre pour y ronfler de tout son saoul.

La ferme était vieille, mal entretenue et les Beaumont ne gagnaient pas assez d'argent avec les fruits, légumes et œufs que sa mère vendait sur les marchés de la région pour qu'ils puissent faire de quelconques réparations.

À douze ans, mon futur mari fit une chute de cheval et se cassa une jambe. Il conservera toute sa vie une claudication de la jambe droite, sa fracture ayant été mal réduite. Eugène arrêta l'école au même âge, le certificat d'études en poche obtenu plus par chance que par un travail acharné, sérieux et attentif.

Il était le premier de la famille à obtenir ce diplôme et l'Académie lui offrit une bourse pour aller au collège. Il la refusa prétextant que les études étaient une perte de temps et que savoir lire et compter était largement suffisant pour travailler à la ferme.

Ses parents avaient besoin de main-d'œuvre et n'insistèrent pas quand le fils prodigue leur fit part de sa décision.

La Première Guerre mondiale se déroula sans qu'il y prêtât une réelle attention. Au début, il était trop jeune pour y prendre part. À la fin de la guerre, il avait atteint l'âge où il aurait pu être appelé, mais à cause de son boitillement, il fut réformé.

Eugène continua donc à gambader dans les champs, à fréquenter des filles peu farouches et s'installa dans une routine qui lui convint parfaitement jusqu'à ses dix-neuf ans.

Il avait en effet dix-neuf ans lorsque son père rentra un soir, après une beuverie mémorable, complètement imbibé d'alcool. Il se mit à hurler des obscénités d'ivrogne, ensuite il essaya de battre sa femme qui réussit par miracle à lui échapper. Enfin, il rata la marche qui séparait la cuisine de la salle à manger. Il perdit l'équilibre, tomba. Il se fracassa la tête sur le coin de la cheminée en essayant de se retenir. Personne ne le regretta.

La vie d'Eugène changea alors totalement. Adieu campagne, champs et farniente. Son père n'était plus là, la vie devenait plus difficile et surtout, ses frères et sa mère lui demandaient de s'impliquer davantage et de participer aux travaux de la ferme. Cela ne lui convenait pas du tout. Il était temps de s'émanciper. Il ne serait pas un paysan à la vie dure et aux fins de mois difficiles. Il partit à la ville, plus précisément à Chevreuse, située à quelques kilomètres de là. La famille Beaumont vendait des produits de la ferme à des commerçants de la région. L'un d'eux accepta contre un modique loyer de le loger dans une mansarde située au deuxième étage d'une des maisons donnant sur la rue principale. Il devint livreur de fruits et légumes. Il était certes indépendant, mais encore plus pauvre qu'auparavant. Cependant, il ne regretta pas sa décision et fit confiance à sa bonne étoile pour s'enrichir. La vie de livreur n'était qu'une étape, certainement pas une finalité.

5

La sonnerie de mon téléphone devenait insistante. Totalement absorbée par ma lecture, je ne l'entendis pas tout de suite. J'étais ailleurs, comme dans un rêve. Soudain, je pris conscience que quelqu'un tentait de me joindre. Je reposai lentement mon carnet, puis, en prenant mon temps, je me levai pour attraper mon portable. C'était ma grand-mère.

— Ma chérie, comment vas-tu ?

Je me laissai tomber dans un fauteuil. La dernière chose que j'avais envie de faire en ce moment était de parler à ma grand-mère. Je n'aurais jamais dû répondre. Je me forçai à prendre un ton enjoué :

— Bien depuis hier… et toi ?

— J'organise ce soir un dîner avec toute la famille. Peux-tu te joindre à nous ?

Cette idée de dîner impromptu me laissa perplexe un bref instant. Mais je ne souhaitais pas débattre du sujet avec elle. Sans trop savoir pourquoi, j'hésitai. Non, je n'avais pas vraiment envie d'y aller. Mais si je refusais l'invitation, elle ne comprendrait pas, poserait des questions auxquelles je ne voulais pas répondre. Je m'entendis lui répondre machinalement.

— Pas de problème, tu peux compter sur moi.

En raccrochant, je fermai les yeux un instant. Pourquoi avoir eu cet instant de doute ? D'habitude, j'aimais bien voir ma famille. C'était comme si une petite voix m'avait soufflé : *n'y va pas*, tu le regretteras ensuite. Je secouai la tête. Cette mise en garde était complètement irrationnelle. Je ne pouvais la prendre en considération.

J'étais cependant troublée. Cette petite voix fluette et douce ressemblait étrangement à celle de Marguerite. Je chassai de mon esprit cette idée incongrue. Ce journal intime commençait à me taper sur les nerfs.

J'appelai Éric pour lui faire part de cette étrange invitation. Il fut tout aussi surpris que moi.

— En effet, c'est très bizarre. Vos repas de famille sont toujours le week-end en temps normal. Un soir de semaine, c'est très inhabituel. Il va y avoir une annonce, ce n'est pas possible autrement. Je suis très curieux de savoir ce qui va se passer.

6

Je n'avais pas décidé de faire une pause dans mes fouilles archéologiques uniquement pour faire des recherches généalogiques. Je devais préparer une intervention à un colloque à préparer, pas mal de documentations à lire et surtout, je voulais reprendre l'écriture de mon roman que j'avais abandonnée, prise par ma vie quotidienne, après mon séjour à Annecy[1].

J'avais en effet toujours l'ambition démesurée d'écrire un roman à suspense historique se déroulant pendant le haut Moyen Âge, la période sur laquelle je travaille au quotidien dans le cadre de mes recherches en archéologie funéraire.

J'avoue que je procrastinais depuis plusieurs semaines. L'étendue de la tâche me paraissait immense. Je devais reprendre mes notes pour faire le point sur l'avancée de ma réflexion pour me remettre dans le bain.

Leur relecture me permit d'affiner plusieurs points en suspens. La date. Je voulais que mon intrigue se déroule avant les invasions sarrasines. Je parcourus plusieurs blogs, ouvrages et magazines afin de bien comprendre l'histoire de la Côte d'Azur au haut Moyen Âge et particulièrement à la fin des années 600. Pas facile, car la région a connu énormément d'occupants. Les Visigoths, les Ostrogothes, les Lombards, les Francs… y sont tous passés que ce soit par la mer ou par la terre.

---

[1] Cf. *Un Anniversaire presque Parfait, Une enquête d'Emma Latour*, tome 4, de la même auteure.

Un peu dépitée, je restai sur ma faim. De manière à ne pas être bloquée, je me concentrai sur un autre thème. Dans mon esprit, mon héroïne devait être clairement définie avant de décider de mon intrigue. Finalement, ce n'était pas forcément une si bonne idée que cela. D'autant plus que je n'avais pas encore décidé si elle serait nonne, abbesse, chanoinesse, notaire, clerc ou juste lettrée.

À la suite de mes recherches, je savais désormais que pour avoir le niveau d'instruction dont elle avait besoin pour mon intrigue, il fallait qu'elle soit d'une famille aristocrate d'origine gallo-romaine. Elle copierait des ouvrages anciens datant d'avant la chute de Rome pour sa famille. Pour ce faire, elle devrait emprunter et ramener des ouvrages à des monastères (l'Abbaye de Lérins en face de Cannes existait déjà à cette époque) ou d'autres aristocrates. Des femmes moniales faisant de la copie existaient déjà, mais elles étaient rares et leurs copies étaient plutôt axées sur la vie des saints. De plus, les moniales voyageaient peu. J'en conclus qu'elle serait lettrée et travaillerait pour sa mère, passionnée d'écrits antiques. Elle l'aiderait également à gérer son patrimoine pendant que son père serait parti plusieurs années à la guerre.

Noter sur mon cahier tout cela me fit un bien fou. Je replongeais dans le bain, dans le flux créatif. Ne pas avoir écrit pendant plusieurs semaines m'avait fait perdre le fil de mes réflexions et me remettre en selle me prenait beaucoup de temps. Je serais beaucoup plus productive si j'arrivais à travailler sur le sujet régulièrement, même peu de temps. Pour créer et avoir des idées, il fallait s'entraîner. J'avais toujours l'exemple de la course à pied à l'esprit. Si vous ne courez pas toutes les semaines, quand vous reprenez, vous êtes essoufflés et vous avez des courbatures. Vous ne ferez pas une performance. C'était la même chose pour l'écriture…

7

Ce soir-là, j'avais fait un effort tout particulier pour m'habiller correctement. Pas de jeans, de vieux tee-shirt. Quand ma grand-mère disait dîner avec toute la famille, cela signifiait argenterie et grande cuisine. Il fallait se montrer à la hauteur. Un tailleur-pantalon vert pâle et un chignon feraient l'affaire.

J'avais bien fait. Nous étions huit à table. Mes grands-parents, mes oncles et tantes et mes parents étaient présents. Seuls manquaient mes deux sœurs qui vivaient au Canada et à Annecy et les enfants de Sébastien et Alice qui habitaient également en région aquitaine, à Pau.

Le repas bien arrosé se déroula lentement, dans la bonne humeur, jusqu'au moment où le plat principal fut servi, comme souvent, de la viande. Je n'en mangeais plus le soir. J'avais bien en tête que le meilleur moyen de contribuer à la lutte contre le réchauffement climatique était d'arrêter, ou *a minima*, réduire sa consommation de viande. La viande de bœuf était la viande qui consommait le plus de CO_2. Or les membres de ma famille adoraient l'entrecôte, la côte de bœuf. Je n'avais pas complètement arrêté la viande, mais je mangeais désormais du bœuf très rarement. Je tentai, une nouvelle fois, d'expliquer l'hérésie écologique de ce repas, mais je prêchais dans le désert. Laisser aux enfants d'aujourd'hui une planète en surchauffe, avec 3 degrés de plus, n'avait pas l'air de leur poser de problèmes. Je passais pour une empêcheuse de tourner en rond et des propos quasi climatosceptiques furent échangés. J'abandonnai lâchement mon prosélytisme lorsque Lucienne, qui était là en renfort pour faire le service, ce soir, malgré son grand âge, m'amena une omelette pour me détendre.

Mon oncle Sébastien, un être rationnel et athée, raconta alors, sur le ton de la plaisanterie, un rêve qu'il avait fait la nuit d'avant.

— Je suis dans une pièce sombre sans fenêtre et Eugène entre. Il est vêtu d'un complet noir et paraît très sérieux…

Les discussions s'interrompirent spontanément. Sébastien avait un véritable don de conteur. Il n'était pas pour rien conférencier en histoire antique grecque et romaine lorsqu'il n'enseignait pas à l'université de la Sorbonne. Il en avait le profil avec son crâne dégarni depuis ses 35 ans, ses yeux de myope avec de petites lunettes carrées.

Lorsqu'il commençait une histoire, comme par magie, plus personne ne parlait. Tout le monde l'écoutait attentivement. Comme les autres, j'étais fascinée.

Tous les convives étaient surpris, car cela ne ressemblait guère à Sébastien de se livrer à des confidences sur des sujets aussi intimes que ses rêves. Cela ne lui était même jamais arrivé. Il était plutôt le genre boute-en-train avec des blagues salaces en fin de repas.

Sa femme, Alice, n'en revenait pas. Son mari lui avait déjà expliqué ce fameux rêve. Mais, elle n'aurait jamais cru qu'il sauterait le pas, qu'il en parlerait aux autres. Le vin y était pour quelque chose, il n'était pas dans son état habituel.

Ce dernier, comme si la situation était parfaitement normale, continua :

— Eugène vient vers moi, me sert la main un peu sèchement, et d'une voix très grave, presque théâtrale, me dit Sébastien, ce que je dois t'annoncer est très important. Tu dois m'écouter attentivement. Quelqu'un fouille dans le passé de la famille, et je ne pense pas qu'il s'agisse d'une bonne chose. Cette personne a accès à des documents confidentiels qui auraient dû être détruits. Totalement paniqué, je bégaie : « Eugène, de quoi s'agit-il ? Qui est en train de fouiller dans le passé ? Comment puis-je t'aider ? » Eugène ne prend pas en considération mes questions. Il frotte ses tempes avec ses mains. Ce qui m'étonne le plus c'est qu'il paraît réel. Je veux dire vivant. Il semble très préoccupé. Je répète mes questions. Il me répond d'une voix sépulcrale : « Je ne peux pas t'en dire plus. Mais, raconte ton rêve à toute la famille, les personnes concernées sauront de quoi il retourne. Elles feront le nécessaire pour arrêter à temps celui qui cherche ». Il s'interrompt un instant, semble réfléchir. Puis comme pour me convaincre, il ajoute : « Dis-leur, Sébastien, car tu feras ce rêve jusqu'à ce que tu en parles. » Agacé, je réplique : « Eugène, pourquoi ne vas-tu pas voir directement ceux qui pourraient t'aider ? » Il me répond aussi sec : « Je le voudrais bien, mais c'est impossible ». Puis, tout doucement, il a semblé se dissoudre et s'est littéralement évaporé !

Sébastien s'interrompit un instant, reprit son souffle et continua :

— Je pense avoir vu le fantôme d'Eugène, même si cela me paraît incroyable. J'espère qu'il me laissera tranquille à présent.

Alice ne bougeait plus. Son mari avait prononcé le mot tabou fantôme alors qu'il était persuadé comme la plupart des personnes présentes dans l'assemblée, qu'après la mort, il ne se passait rien. Elle était parfaitement consciente qu'il ne pouvait que qualifier cette expérience d'incroyable. Il était impliqué dans une situation qu'il aurait jugée inconcevable quinze jours auparavant. Elle était contente qu'il admette que les choses n'étaient pas aussi simples et matérielles, qu'il envisage, même d'une manière très théorique, qu'il y avait peut-être des fantômes. Comme quoi tout était possible même après des années d'athéisme soi-disant irréductible !

On aurait pu entendre une mouche voler. J'avais l'impression d'être paralysée, impossible de prononcer ne serait-ce qu'un mot tellement ma gorge était nouée. Les yeux écarquillés, je fixai Sébastien sans le voir. Mes poings étaient serrés pour empêcher mes mains de trembler. J'avais une sensation d'irréalité. Ce n'était pas possible. Eugène n'avait pas pu venir dans un rêve de Sébastien. Eugène était mort. J'étais en train de rêver. J'allais me réveiller et tout irait bien…

Mon père, Jean-Luc, réagit promptement :

— Dis donc, Sébastien, l'alcool a des effets surprenants sur toi aujourd'hui.

Cette remarque détendit l'atmosphère et permit à tout le monde de rire, moi compris. Mais, mon rire sonna étrangement faux, ce que, fort heureusement, personne ne sembla remarquer.

Après la plaisanterie de mon père, l'atmosphère s'était détendue et Sébastien, comme soulagé d'avoir fait passer le message à qui de droit, avait également tourné son rêve en dérision pour ne pas apparaître complètement fou et ridicule.

Je discutai, réussis même à sourire, à plaisanter. Mais je ne pensais qu'à une chose, partir. Je ne pourrais pas continuer à faire semblant bien longtemps. Je fonctionnais par automatismes. J'attendis un temps convenable après le repas pour m'éclipser.

J'avais eu un véritable choc en entendant le récit de mon oncle. Comment cela était-il possible ? Comment croire que l'esprit de mon arrière-grand-père lui était apparu pour le mettre en garde contre moi ? Car aucun doute, les documents qui auraient dû être détruits étaient bien les carnets. Qu'est-ce que cela pouvait être d'autre ?

Arrivée chez moi, je me changeai mécaniquement, mis un bas de survêtement et un polo à manches longues. Je me servis ensuite un grand verre d'eau. J'avais presque envie d'une bonne rasade d'alcool.

Impossible de relativiser la situation. C'était énorme. Eugène avait voulu prévenir que j'allais apprendre des choses que je ne devais pas savoir. Comment mon arrière-grand-père avait-il su pour les carnets ? S'ils contenaient tant de secrets et s'il avait été au courant de leur existence de son vivant, il avait eu des années pour les faire disparaître… Cela sous-entendait qu'il n'avait su, qu'une fois mort, que Marguerite avait tenu un journal intime et donc qu'il me surveillait…

Je frissonnai. Je sentis comme un vent glacé souffler autour de moi. Je tentai de me reprendre. La vie après la mort que ce soit dans un paradis de chrétien, dans le vide intersidéral ou ailleurs n'était vraiment pas dans le domaine de mes certitudes. Comment dans ces conditions accepter qu'un mort puisse me surveiller et apparaître dans un rêve de mon oncle ? Cela dépassait l'entendement.

Je me mis en boule dans mon canapé, écoutai distraitement quelques instants de la musique et songeai avec humour qu'elle n'était pas vraiment adaptée, qu'un requiem aurait peut-être mieux convenu à la situation.

Que devais-je faire ? En parler à quelqu'un de la famille ou bien ne rien dire et brûler les carnets ? Si leur contenu entachait tant que cela la famille, au point qu'Eugène juge bon d'intervenir, il valait peut-être mieux ne pas chercher à affronter les forces d'outre-tombe. Pourtant, ma curiosité augmentait, même si je sentais qu'après, je ne serais plus pareille, que la famille ne pourrait plus faire comme si…

Mais, la question qui m'obsédait vraiment était de savoir qui Eugène avait voulu mettre en garde. De qui fallait-il se méfier ?

Adélaïde était repartie dans le sud de la France le matin-même. Elle était donc mise hors de cause. Mon oncle ne pouvait être suspect puisqu'il ne savait pas à qui était destiné le message. S'il en avait été le destinataire, il n'aurait pas divulgué l'information…

J'hésitai. Sauf si Sébastien avait voulu voir les réactions des uns et des autres… Je mis de côté mes réflexions stériles. J'étais trop secouée. Il fallait avant tout retrouver mon calme et réfléchir.

Lorsqu'Éric m'appela, je lui racontais tout. Sa réaction fut à la hauteur de mes espérances.

— C'est incroyable ton histoire ! Ils ont fait un dîner pour prévenir les membres de la famille qu'il fallait arrêter de rechercher des informations relatives au passé. Cela veut dire qu'il y a une bombe dans ces carnets. Tu les as lus ?

— Non, cela va prendre du temps. C'est écrit à la main d'une écriture bien serrée de pattes de mouche. Pour l'instant, j'en suis à l'enfance d'Eugène, mon arrière-grand-père.

— Si cela dérange tant que cela ta famille, tu devrais les scanner sur une clé USB, en copier le contenu sur le drive[1] et faire une copie papier des carnets. On n'est jamais assez prudent.

Je mis cette dernière remarque sur le côté paranoïaque d'Éric concernant la sécurité. Je ne pouvais pas imaginer un instant qu'une personne de ma famille puisse s'en prendre à moi.

---

[1] Drive : lieu de stockage de fichiers informatiques sur Internet.

8

Le lendemain matin, je laissai ma famille et ses secrets de côté pour me consacrer à la préparation de ma communication sur les pratiques funéraires des femmes pendant la période mérovingienne. La conférence se tenait au *Musée d'Archéologie Nationale* de Saint-Germain-en-Laye, dans les Yvelines. C'était très pratique, car c'était à une demi-heure en voiture de chez moi. Je voulais que ma présentation soit parfaite. Cette journée était organisée par l'*Association Française d'Archéologie Mérovingienne* et des chercheurs du monde entier seraient présents.

D'un air décidé, j'allumai mon ordinateur pour me consacrer à mon intervention. Mon énergie ne dura pas longtemps et je me retrouvai à naviguer sur des sites qui n'avaient rien à voir avec mon sujet. La flemme et la démotivation m'envahissaient.

Je ne luttai pas bien longtemps et me remis sur mon roman en me promettant de retourner sur le sujet juste après.

Heureuse de cette habile diversion, je me replongeai dans mes notes de la veille que je complétai avidement. La vision de mon héroïne devenait de plus en plus précise. Ce serait finalement une aristocrate lettrée d'origine gallo-romaine. Pourquoi gallo-romaine ? Parce que mon intrigue se déroulerait à Antibes et sa région dans le sud de la France et qu'à cette époque-là, l'influence latine était encore forte et qu'on continuait à fonctionner à la romaine et pas à la franque. J'étais soulagée d'avoir pris une décision. Mon regard se porta sur ma documentation et mes livres, souvent d'occasion, car introuvables et vieux, que j'avais à lire sur les années 650-700, la période finalement retenue.

Je pris une grande inspiration. Je devais dépasser mon sentiment de ne pas en savoir assez sur les sujets que je voulais aborder afin de m'accorder le droit d'être légitime pour écrire ce livre. Si je me mettais à lire un nouveau livre, je décalerais, une nouvelle fois, la construction du livre. Dépasser ce blocage me permettrait d'écrire les grandes lignes de l'intrigue. Je n'avais pas encore besoin d'être précise, même si ne pas savoir qui occupait Antibes entre 650 et 680 me perturbait.

J'inscrivis ces dernières réflexions dans ma liste des choses à faire pour mon livre avant de me résoudre à me remettre sur la préparation de mon intervention. Un peu à contrecœur avec l'impression de trouver une bonne excuse pour ne pas sauter le pas…

9

Je laissais passer la nuit avant d'oser ne serait-ce que regarder les carnets. C'était complètement irrationnel, mais ces derniers me semblaient maudits. J'étais sûre qu'un mauvais sort allait s'abattre sur moi si je les ouvrais.

J'avais eu peur. J'avais même fait des cauchemars après ce repas, me réveillant en sueur à 3 heures du matin, m'attendant presque à voir le spectre d'Eugène apparaître devant moi et me damner à jamais. Dans mon rêve, j'étais poursuivie par un dragon tout rouge qui m'attaquait en crachant du feu dans ma direction. J'étais dans un labyrinthe, seule, perdue et me sentais en danger. Le dragon me traitait de sale petite curieuse, hurlant que je regretterais amèrement ce que j'étais en train de faire. J'avais donc eu une nuit particulièrement fatigante et agitée.

Cependant, plus le temps passait, plus ma détermination à les lire augmentait. Cela serait la seule manière de savoir de qui je devais me méfier.

Je me posais sans arrêt les mêmes questions : le rêve de Sébastien était-il juste une coïncidence avec ma découverte des carnets ou est-ce que quelque chose avait effrayé Eugène, au point qu'il se manifeste pour que j'arrête ma lecture ? J'avais l'impression qu'une sorte de guerre entre un ou plusieurs membres de la famille et moi était déclarée. J'avais maintenant au moins un ennemi, quelqu'un qui ferait tout pour que je ne les lise pas. Je les connaissais tous et n'imaginais pas un instant que l'un d'entre eux puisse me faire du mal.

Je comprenais maintenant pourquoi je n'avais pas eu envie d'aller à ce repas. Je décidai désormais de me fier davantage à mon intuition et d'écouter attentivement les petites voix, surtout lorsqu'étrangement, elles ressemblaient à celle de mon arrière-grand-mère.

10

En septembre 1922, Eugène était devenu un petit livreur pauvre de la ville de Chevreuse. Il ne voyait plus beaucoup sa mère, ses frères et sœurs. De toute façon, il n'avait jamais eu beaucoup d'atomes crochus avec eux et il n'avait maintenant plus rien à leur dire. Presque aucun de ses frères et sœurs ne savait lire et ils ne parlaient que des problèmes de récoltes et d'élevage du bétail. Il trouvait cela un peu limité comme sujets de discussion.

Il avait de nouveaux amis, des fils de commerçants pour la plupart et cela lui montait à la tête. Ses nouvelles fréquentations lui donnaient des ambitions démesurées et l'envie quasi obsessionnelle d'être riche, reconnu et de sortir de son milieu. Il se mit à imiter leurs comportements, leurs manières, leur façon de s'habiller. À force de persévérance, il pouvait passer pour l'un d'entre eux, et, grâce à cela, il réussit à être accepté par la bonne bourgeoisie de Chevreuse.

Parfois, il allait avec sa bande de jeunes, en ville, à Versailles. Ils empruntaient au père d'un de ses amis un camion de livraison, s'entassaient tous à l'arrière et partaient à l'aventure en chantant. Aller à Versailles, situé à une quinzaine de kilomètres, était une véritable expédition vu l'état des routes. Mais, le jeu en valait la chandelle !

La vraie ville ! Il y avait le château, des cafés et des magasins… Un tas de gens dans les rues, des automobiles, l'électricité, le cinéma, de l'animation. À côté, Chevreuse faisait office de village arriéré. Ils finissaient généralement leurs virées dans les bras de filles faciles, complètement saouls, et ne revenaient chez eux qu'au petit matin.

Ce fut lors d'une promenade dans le parc du Château de Versailles qu'il me remarqua et se lia d'amitié avec moi. Il m'avouerait plus tard qu'il émanait de moi un mélange de force et de douceur, mes grands yeux gris foncés pouvant passer d'un air rêveur à la dureté la plus froide. J'avais à l'époque les cheveux bruns coupés à la garçonne et un corps ferme. Je portais des vêtements qui passaient pour indécents et provocateurs selon les critères des gens bien comme il faut. J'étais également très gracieuse grâce à la pratique assidue de la danse classique.

Je chaperonnais ma sœur déjà fiancée avec un avoué fort sérieux. Nous étions les filles du pharmacien de Chevreuse, un notable important en 1922. Mon père faisait partie du conseil municipal, voyait le préfet et le député.

J'avais obtenu mon bac, ce qui à l'époque était rare, presque suspect, pour une femme. J'avais soif de connaissance et lisais énormément. Lorsque je ne me cultivais pas, je passais une partie de mon temps à dessiner des vêtements de mode sans que mon père ne le sache.

S'il l'avait appris, il m'aurait fait une scène terrible. Il m'aurait expliqué qu'une jeune femme de mon âge devait consacrer tout son temps à chercher un bon parti, pas à vendre des modèles aux magazines. Il aurait sous-entendu ainsi qu'il était dégradant pour moi de travailler alors que je n'avais pas de problème d'argent.

De plus, mon père trouvait que j'étais vieille. J'avais déjà atteint l'âge canonique de vingt ans et à son grand désespoir, refusé trois demandes en mariage. Ma sœur – elle, au moins – était fiancée. Et, elle n'avait que dix-huit ans.

Je l'entends encore me sermonner : « Veux-tu coiffer la Sainte-Catherine et finir vieille fille comme la fleuriste du bas de la rue ? » – comme si ne pas être mariée à vingt-cinq ans était une tare. Je connaissais par cœur la rengaine, mais n'avais pas encore envie de me ranger pour m'occuper d'un mari et d'une famille, je voulais vivre.

Je prenais un malin plaisir, puisque c'était contraire aux ordres paternels, à vendre sans qu'il le sache mes créations dans des journaux de femmes comme *La Mode Illustrée* afin que les couturières puissent reproduire pour leurs clientes des robes originales.

Je fus vite attirée par ce grand jeune homme un peu gringalet. Il n'était pas très beau, ni très cultivé, mais je le sentais débrouillard et déjà mûr pour son âge. L'inévitable arriva. Je me mis à le fréquenter en cachette.

Il se montra joli cœur, m'écrivit des poèmes – enfin un de ses amis qui avait poursuivi ses études composa des poèmes qu'il signa sans état d'âme –, m'offrit des fleurs, m'emmena au cinéma, se ruina pour moi. Pendant trois mois, nous nous sommes vus dans des lieux publics. Puis, nous avons continué à nous rencontrer, mais, dans la mansarde d'Eugène – il faisait trop froid en hiver pour passer notre temps dehors.

J'étais follement amoureuse, mais je savais pertinemment que mon père n'accepterait jamais que j'épouse un paysan pauvre reconverti en livreur, avec comme seul atout le certificat d'études…

11

Je fus soudainement interrompue par le petit bruit strident de la sonnette. Je refermai mon carnet en sursautant. Je n'attendais pas de visite. Par un réflexe un peu stupide, je pris le temps d'aller cacher les carnets dans le tiroir de ma chambre avant d'ouvrir la porte. Personne ! Je secouai nerveusement la tête, m'avançai dans le couloir. Vraiment personne ! Un frisson me parcourut. Je devenais paranoïaque. Je refermai la porte et allai m'asseoir. La sonnette retentit à nouveau. Proche de la crise de nerfs, je bondis vers la porte, l'ouvris. Toujours personne ! Mue d'une subite impulsion, j'enfilai un manteau, pris mes clés et partis prendre l'air…

12

En me réveillant le lendemain matin, je réalisai qu'à force de me dire que j'avais le temps, j'étais, en fait, très en retard dans la préparation de mon intervention. Je devais mettre les bouchées doubles. Il était absolument hors de question de ne pas être prête dans deux jours. Je me serais fait une réputation atroce dans le petit milieu de l'archéologie.

Je n'étais pas en panique. Indéniablement, je connaissais parfaitement mon sujet. J'étais donc dans ma zone de confort, mais une intervention dans un colloque scientifique de haut niveau rend impossible l'improvisation. Je n'aurais pas en face de moi un club de retraités qui souhaite se cultiver. Il allait falloir citer mes sources, utiliser des termes techniques précis et répondre à des questions des plus pointues vu qu'on était entre spécialistes. Je devais me replonger dans les comptes-rendus de mes dernières fouilles à Annecy et à Rueil-Malmaison pour étayer mes hypothèses et cela allait me prendre du temps de bien tout articuler.

J'avais prévu de retourner fouiller dans le grenier, mais j'annulai ma visite. À ma stupéfaction, je n'eus pas à affronter la déception de ma grand-mère qui sembla plus compatissante que d'habitude. J'en fus soulagée, même si dans ma tête, une petite alarme s'enclencha. Son comportement était tout de même étrange. Mais, décidée à mettre de côté Marguerite pour la journée, je ne m'attardais pas à analyser mon ressenti.

Je m'habillai rapidement d'un legging et d'une chemise, m'attachai les cheveux et pris une grande inspiration.

Je m'installai devant mon PC, armée d'un tas d'impressions, de revues et de livres ainsi que de mes notes et je passai la journée à travailler comme une forcenée en écoutant de la musique classique. Je m'arrêtai le midi pour prendre une salade au quinoa, pois chiches, fêta et myrtilles avec de la salade verte que je mangeai devant mon ordinateur. Le matin, je bus plusieurs cafés et l'après-midi je passai à l'eau et à la tisane antistress. J'avais assez repoussé ce travail.

Je ne regardai pas mes mails, ne surfai pas sur Internet, ne répondis pas à mon téléphone. J'étais dans ma bulle. Je ne m'arrêtai qu'en fin de journée, satisfaite. J'étais enfin prête !

Je voulus ensuite reprendre les carnets de Marguerite, mais je m'endormis dessus.

13

Adélaïde rentrait dans quelques jours pour quelques semaines à Milon. Elle avait fini ses fouilles dans le sud de la France où de nombreux os de dinosaures avaient été découverts. Il fallait maintenant les analyser et connaître leur origine. Elle travaillerait au *Muséum d'Histoire naturelle* de Paris. J'étais contente, car j'aimais beaucoup ma grand-tante. Peut-être pourrais-je me confier à elle ? J'avais vraiment peur.

Éric me manquait terriblement. J'avais hâte qu'il revienne. Il serait de retour dans la journée du lendemain et nous avions prévu de nous retrouver chez nous après mon symposium.

J'avais discuté avec lui à plusieurs reprises de la situation, mais il était tellement terre à terre qu'il n'envisageait pas un instant que des forces surnaturelles puissent être de la partie. Mes ennuis étaient peut-être un peu trop immatériels pour lui. Pourtant, depuis l'histoire de la sonnette, d'autres choses étranges m'étaient arrivées.

Cela avait commencé par des appels sur mon portable. Chaque fois que je décrochais, il n'y avait personne. Cela n'arrêtait pas. N'en pouvant plus, je ne répondais plus aux numéros anonymes et le harcèlement téléphonique diminua petit à petit. Mais, j'étais sur les nerfs, je sursautais pour un rien et avais un mal fou à me concentrer.

Pour couronner le tout, en fin de matinée, j'avais retrouvé ma voiture avec les quatre pneus crevés, un mot coincé sous un essuie-glace. Le message était clair :

J'avais failli m'évanouir, mes jambes n'arrivaient plus à me porter. Je m'étais effondrée, me mettant à trembler et à pleurer d'une manière incontrôlée dans le parking.

Cependant, comme me le fit remarquer Éric, toujours pragmatique, que je tenais évidemment au courant de tout, c'était rassurant. Ce n'était pas le fantôme de mon arrière-grand-père qui s'attaquait à moi. Les fantômes ne laissent pas de petits mots sur les pare-brise. Je revenais dans le rationnel. Mon ennemi était un être humain, un membre de ma famille. Je ne pouvais pas imaginer un instant que cette personne – quelle qu'elle soit – puisse attenter à mes jours. Elle essayait juste de m'effrayer afin d'être sûre que j'arrêterais de lire les carnets.

Mais, cet acharnement à vouloir me faire abandonner ma lecture avait eu l'effet inverse de celui escompté. J'étais bien décidée à aller au bout de cette histoire, et ce, même si les fantômes devaient s'en mêler.

Suivant les conseils d'Éric, j'avais cependant pris quelques précautions. J'avais photocopié en plusieurs exemplaires les carnets et scanné les carnets sur une clé USB, cela m'avait pris tout l'après-midi. J'avais caché les originaux et deux copies dans notre cave, n'en conservant qu'une.

Mais ce n'était pas fini. Ce matin, ma grand-mère m'avait appelée.

— J'ai une bonne nouvelle à t'annoncer, ma chérie. Adélaïde revient bientôt parmi nous. Tu nous as suffisamment aidés dans les rangements du grenier, et ce n'est plus la peine de venir, car elle est d'accord pour m'aider.

— Mais, je ne suis venue qu'une fois et le chantier est important. Je suis loin d'avoir terminé et cela ne me dérange pas du tout de m'en occuper. C'est amusant de fouiller parmi toutes ces vieilles choses. Je n'ai pas de chantier en ce moment…

Mais, Isabelle me coupa. Elle avait pris sa décision.

— Tu as mieux à faire. Tu es jeune, tu as certainement beaucoup d'autres occupations…

Je n'en revenais pas. Il n'avait jamais été question qu'Adélaïde range le grenier. D'une part, elle n'avait pas l'âge idéal pour déplacer des cartons et être courbée toute la journée, mais en plus, elle n'était pas en vacances puisqu'elle passerait ses journées au *Muséum*. L'excuse de ma grand-mère était donc irrecevable ! Elle ne voulait plus que je vienne fouiller, un point c'est tout. Est-ce qu'elle avait dé-cidé, seule, de m'interdire l'accès au grenier ou lui avait-on suggéré cette idée ?

J'eus du mal à finir la préparation de mon intervention. Heureusement que je connaissais bien mon sujet… Je bouclai tout avant 22 heures en mangeant une pizza que j'avais com-mandée et je réussis à lire un peu les carnets avant de m'en-dormir.

14

Carnet de Marguerite – 1923

L'inévitable arriva. Les moyens de contraception étaient inexistants. Je tombai enceinte quelques mois plus tard. À l'époque, j'étais persuadée que mon père ne supporterait pas d'apprendre la nouvelle. J'étais totalement angoissée à l'idée de lui annoncer :

— Papa, tu connais le livreur de fruits et légumes... Et bien, j'ai fauté avec lui, et je suis enceinte.

Le déshonneur serait total pour lui, il avait de grandes ambitions de mariage pour sa fille aînée. Je pensais que j'allais le tuer, qu'il aurait une crise cardiaque. Certes, je ne comptais pas lui dire les choses aussi directement, mais de manière plus diplomatique. Cependant, les faits étaient là, incontournables, et j'étais parfaitement consciente que j'allais devoir annoncer la mauvaise nouvelle rapidement. Lorsque je m'étais rendu compte de ma grossesse, j'étais déjà enceinte de deux mois, et je savais que bientôt il me serait impossible de cacher mon état. J'annonçai tout d'abord la nouvelle à Eugène, il ne fut pas bouleversé et prit relativement bien la chose. Ainsi, le mariage était inévitable. C'était pour lui une véritable promotion sociale. Il allait devenir le gendre d'un notable de la ville. Il allait cesser d'être un insignifiant petit livreur de fruits et légumes à qui on donnait la pièce. Il se voyait déjà en train de remplacer son beau-père à la pharmacie...

Le beau-père en question prit très mal la nouvelle. Ma mère crut qu'il allait avoir une attaque. En voyant son mari, un peu ridicule, debout, le visage rouge vif, les yeux exorbités, elle choisit fort à propos de simuler un évanouissement discret avant qu'il ne lui dise que c'était de sa faute, qu'elle avait laissé trop d'indépendance à sa fille. Voyant que sa femme n'était pas en position d'écouter ses récriminations sur l'éducation de sa progéniture, mon père envisagea plusieurs options pour sa fille pécheresse : me déshériter, m'envoyer chez les sœurs, donner mon enfant à un orphelinat, dire que j'étais partie étudier en province…

Malgré une tension énorme, je restai extrêmement calme et ferme.

— Si tu désires ne plus voir ta fille, je partirai. Mais, réfléchis sérieusement avant de prononcer des paroles que tu regretteras ensuite. Et, que cela soit parfaitement clair entre nous, je n'irai pas chez les sœurs, je ne donnerai pas mon enfant. Je suis heureuse d'avoir cet enfant, j'aime Eugène et je souhaite me marier avec lui.

À ces mots, à cette possibilité inconcevable, il se mit à hurler.

— Je te renie, je ne veux plus de toi à la maison…

Ma mère choisit alors ce moment pour reprendre ses esprits, et dit d'une voix étonnamment claire et vigoureuse pour une femme soi-disant dans son état de faiblesse extrême :

— Si ma fille part, je pars avec elle…

Déstabilisé, mon père perdit d'un seul coup toute sa hargne et regarda ma mère d'un air ahuri. Elle ne lui tenait jamais tête d'habitude… Il tenta de reprendre le dessus.

— Je suis le chef de famille, et tu m'écouteras…

Elle l'interrompit et sa voix se fit dure.

— C'est toi qui vas m'écouter attentivement. Je ne te laisserai pas me séparer de ma fille. Si tu es assez stupide pour ne pas supporter qu'elle soit enceinte d'un paysan et si tu as peur des ragots, c'est ton problème. Le ridicule ne tue pas. Tu t'en remettras. De plus, son ventre est encore plat. Si nous la marions vite, l'honneur auquel tu sembles si attaché, sera sauf. Le bébé naîtra un peu avant terme, c'est tout…

Son mari fit mine de vouloir l'interrompre. Cependant, devant l'acuité de son regard, il s'effondra dans un fauteuil sans un mot.

Je restais donc chez moi. Un mois plus tard, un mariage discret fut célébré.

À partir de ce moment-là, comme par magie, Eugène vit tous ses rêves se réaliser. Il abandonna son métier de livreur pour aider à la pharmacie. Il ne vivait plus dans une mansarde, mais dans une petite maison un peu à l'extérieur de la ville mise à la disposition par mes parents. Il s'éloigna encore davantage de sa famille. Il prenait sa revanche. Il était devenu le mari d'une riche bourgeoise, plus un petit paysan pauvre. Afin de pouvoir reprendre à terme l'officine lorsque son beau-père prendrait sa retraite, et sur les conseils de ce dernier, il reprit ses études pour obtenir son diplôme de pharmacien. L'avenir s'annonçait fort prometteur.

15

Avec un soupir de soulagement, je me garai devant mon immeuble. J'étais fatiguée et une bonne douche me ferait le plus grand bien. Je poussai la porte de mon appartement et compris instantanément que ma douche chaude allait être reportée.

Je sursautai en voyant le désordre qui régnait. Un cri m'échappa. Je ne pus m'empêcher de marmonner.

— Punaise !

Je secouai la tête et pinçai mes lèvres ressentant un mélange de colère, de peur et de lassitude. Je ne savais que faire, il y avait peut-être encore quelqu'un dans l'une des pièces…

Du pas de la porte, je parcourus du regard la salle à manger. Les tiroirs étaient renversés, les coussins du canapé retournés, les armoires ouvertes. Les meubles avaient été systématiquement visités. Un fouillis indescriptible s'étalait partout. Je regardai les fenêtres, la porte. Aucune trace d'effraction n'était visible. Pas de vandalisme, rien n'était cassé. On était juste venu prendre quelque chose de précis et on avait tout déballé dans l'appartement jusqu'à ce qu'on l'ait trouvé.

Je frissonnais. Je me dirigeai comme une automate vers la chambre. La même pagaille y régnait. Je contemplai d'un air absent le tiroir du haut de ma commode, ouvert, également comme les autres. Sans surprise aucune, je constatais que les photocopies des carnets avaient disparu. J'avais la clé USB sur moi et je n'en avais parlé à personne. Il y aurait toujours la possibilité de refaire des tirages si nécessaire.

Comment une personne avait-elle pu entrer sans effraction ? L'hypothèse de la fenêtre n'était pas raisonnable.

L'intrus était entré en plein jour et les fenêtres comme celles des voisins donnaient sur la route et, de l'autre côté, sur un jardin ombragé, ces derniers l'auraient donc forcément vu. Il ne restait que la porte. Mon visiteur avait forcément eu accès à la clé.

Qui avait ma clé ? Ma mère en avait un double. Il allait falloir que je l'appelle. Mais d'abord, je devais reprendre mes esprits et retrouver mon calme, ce que je fis en prenant quelques longues inspirations.

Ma mère décrocha après trois sonneries. D'une voix étonnamment calme, je l'interrogeai.

— Maman, comment vas-tu ?

— Tout va bien. Et toi ?

— Je suis à la recherche du double des clés de mon appartement. Ce n'est pas toi qui l'as par hasard ?

— Si, je crois. Il doit être avec les autres clés. Attends un instant, je vais regarder.

Je l'entendis chercher quelques instants. Puis, elle reprit son téléphone. Elle semblait profondément contrariée. Sa voix était irritée.

— Je suis très surprise. Il n'est pas à sa place. Je suis désolée, je ne comprends pas… Écoute chérie, je vais rechercher dans la maison et demander à ton père s'il ne l'a pas pris par erreur.

— Ce n'est pas urgent, maman. Je posais juste la question comme ça. Ne t'en fais pas. Sinon, tu as eu des nouvelles de la famille récemment.

— Oui, j'ai reçu tes grands-parents, ta tante et tes deux oncles à dîner. Ils vont tous bien.

Nous discutâmes un instant, puis nous nous souhaitâmes une bonne soirée et raccrochâmes. Je ne lui parlai pas de l'effraction. Je ne voulais pas affoler ma mère tant que je n'aurais pas de preuves tangibles.

J'appelai Éric qui devait encore être au travail, pour le prévenir. Désappointée, je tombai sur son répondeur et y laissai un message d'une voix un peu stridente.

— Éric, c'est Emma. On a un gros problème. Notre appartement a été visité. Peux-tu me rappeler au plus vite ?

Je contactai un serrurier pour faire changer sur-le-champ la serrure et décidai de ne plus laisser de double de clés à ma mère. Savoir qu'un intrus avait pénétré chez nous me révulsait. Mon intimité avait été violée et je détestais cela. De plus, je ne voulais pas avoir peur de rentrer dans mon appartement, en me demandant à chaque tour de clé, s'il y avait quelqu'un, si une personne avait osé fouiller dans mes affaires les plus personnelles. Le serrurier, par miracle, fut là dans l'heure qui suivit.

Je ne touchais rien au cataclysme ambiant. C'était volontaire, je voulais qu'Éric découvre par lui-même le marasme dans lequel l'appartement était plongé.

Je pris le temps de passer un jeans, bus un café et me rendis à la cave prendre une nouvelle photocopie des carnets.

Ensuite, je fis de la place sur mon canapé, et repris ma lecture là où je l'avais laissée. Je voulais connaître le plus vite possible l'identité de mon ennemi.

16

Carnet de Marguerite – 1923

Notre famille s'était agrandie. Trois enfants étaient nés. Il y avait d'abord eu Adélaïde en 1923. Je la couvai de tendresse, mais Eugène la négligea totalement. Il n'était pas à l'aise avec les enfants qui ne devenaient intéressants à ses yeux qu'à partir de sept ans.

Puis, en 1924, le premier garçon arriva. La naissance de Charles fut un véritable soulagement pour Eugène. Il voulait un fils pour prendre sa relève, il avait eu très peur de n'avoir que des filles.

Enfin, en 1926, mon dernier enfant naissait. L'accouchement d'Henri fut particulièrement long et difficile, je faillis mourir, restant entre la vie et la mort pendant plusieurs jours, souffrant d'une grave infection.

Ma petite famille était au complet. Les docteurs m'expliquèrent que je ne pourrais plus avoir d'enfant. Cela m'attrista profondément. Mettre au monde un ou deux enfants de plus m'aurait comblée.

Eugène, quant à lui, ne fut pas déçu. Il ne désirait pas avoir trop d'enfants. Nous n'avions pas des revenus très importants et élever des enfants coûtait cher.

En trois ans, mon mari avait été promu au sein de la pharmacie. Ses débuts de commis étaient bel et bien terminés. Il poursuivait ses études pour obtenir son diplôme de pharmacien de 1re classe qu'il obtiendrait au bout de quatre ans, tout en étant désormais le second après mon père. Leurs relations n'étaient pourtant pas au beau fixe. Ils se détestaient même cordialement. Il pouvait sembler paradoxal que mon père, Maurice, ait laissé son gendre prendre de l'importance dans son entreprise. Mais, son choix était logique. D'une part, il souhaitait que sa fille ait un niveau de vie décent – qu'auraient dit les gens de Chevreuse, si l'un de ses enfants avait vécu misérablement ? D'autre part, le gendre en question était malgré tout débrouillard et intelligent. Même s'il lui était difficile de l'admettre, Eugène était doué pour le commerce. Cependant, Maurice en voulait toujours à Eugène et lui faisait sentir. Il lui reprochait d'avoir engrossé sa fille, d'être trop ambitieux et prêt à tout pour s'élever dans la société.

Le début de l'année 1927 commença par un tragique événement. Mes parents périrent dans un accident de voiture fort mystérieux. Personne d'ailleurs ne put expliquer comment cela avait pu arriver. Des soupçons entachèrent même Eugène, mais faute de preuves, l'affaire ne fut jamais élucidée.

Cela me marqua, en revanche, profondément. Ma confiance en Eugène s'effrita. Cependant, je ne remis jamais en cause mon mariage. J'étais catholique, et donc mariée pour le meilleur et pour le pire. Si j'avais été sûre de sa culpabilité, je l'aurais quitté sans état d'âme. Mais dans le doute, je devais le soutenir.

17

La porte d'entrée s'ouvrit. Je sursautai. Je posai sur la table basse mes feuillets. Je me levai d'un bond et vis la tête d'Éric apparaître dans l'embrasure de la salle à manger. Rassurée et heureuse de le retrouver après son absence, je poussai un soupir de soulagement et lui fit un pauvre sourire. Éric me prit dans ses bras et m'embrassa avant de regarder autour de lui.

— Punaise ! Ils se sont fait plaisir !

Avec la sensation qu'un poids énorme disparaissait, mes nerfs lâchèrent et je me mis à pleurer comme une madeleine. Éric me laissa le temps de me calmer avant de faire un tour de l'appartement avec moi.

— Qu'est-ce qui a disparu ?

— La copie des carnets de Marguerite.

Éric me regarda d'un air interdit. Il réalisait que la situation était plus grave que ce qu'il pensait.

— C'est tout ?

— Oui.

— Tu as prévenu la police ? Elle est venue ?

Les larmes étaient en train de revenir. Je reniflai d'une façon très inélégante.

— Non, Éric. C'est quelqu'un de la famille qui a fait cela.

— Elle est bien bonne, celle-là ! Mais, même si c'était vrai, tu devrais prévenir la police.

— Et, que suis-je censée leur dire ? Il n'y a aucune trace d'effraction, pas de vandalisme. Juste les photocopies de quatre malheureux carnets qui ont disparu.

Ma voix tremblotait malgré tous mes efforts pour qu'elle reste ferme. Je voulais paraître en pleine possession de mes moyens, pas à la limite de la crise de nerfs.

C'était raté, complètement raté. Je fondis de nouveau en larmes puis reniflai pathétiquement avant de me moucher bruyamment après avoir marmonné une vague excuse inaudible.

Éric attendit patiemment que je me reprenne. Il était étonné. Je n'avais pas l'habitude de me laisser aller comme cela. C'était incompréhensible pour lui.

— Ces carnets contiennent des informations si compromettantes qu'une personne de ma famille est venue fouiller chez nous. C'est fou, non ?

— Il est hors de question que cela puisse recommencer ou que tu te sentes en insécurité ici. Je vais étudier le marché des alarmes et des caméras de surveillance pour en installer. Mais cela va prendre un peu de temps. En attendant, on va tout fermer.

— J'ai déjà fait changer la serrure.

— Parfait.

Éric me regarda et je compris qu'il prenait soudain tout cela très au sérieux. Il savait que j'irais jusqu'au bout et il allait m'aider. Cela me fit chaud au cœur.

18

La matinée commençait mal. En me contemplant dans le miroir de la salle de bain, je n'avais pu m'empêcher de grimacer. Je me trouvais horrible, terrifiante avec les yeux gonflés, les joues rouges et un gros nez. Mon humeur était au beau fixe ! Après une douche rapide, j'avalai un café auquel je trouvais un goût infect. Je passais la matinée à ranger et à faire le ménage. Vers 11 heures, j'allai prendre le courrier.

J'ouvris la première lettre. C'était une relance d'EDF. J'avais oublié de signaler mon changement de compte bancaire et le paiement de ma dernière facture avait été rejeté. Un sentiment d'exaspération difficilement maîtrisable s'empara de moi !

Je décachetai la seconde enveloppe. Je ne pus m'empêcher de sursauter violemment. Alors, là, c'est le bouquet !

C'était un courrier anonyme avec comme seul message

PRENDS GARDE À TOI

La lettre avait été imprimée sur un papier classique avec une police de caractères très courante.

Je conservai soigneusement le papier dans son enveloppe. Je désirais garder toutes les traces des pressions exercées sur moi. Ce mot s'ajouterait à celui qui avait été déposé sur mon pare-brise deux jours auparavant. Je regrettais presque de m'être levée.

Mon état d'esprit n'était décidément pas des meilleurs lorsqu'Éric rentra pour manger. Il amenait avec lui de la nourriture achetée chez un traiteur. Je lui souris. J'ouvris le sac en papier kraft. Il avait acheté des crevettes, du céleri ré-moulade, une salade de pois chiche. Que des plats que j'ap-préciais particulièrement.

— Tu es un ange. Je suis d'une humeur horrible.

— J'espère que ce repas te permettra d'aller un peu mieux.

Nous nous installâmes autour de la table basse. Je lui ten-dis la lettre anonyme. Je fouillai dans mes affaires et lui mon-trai l'autre papier déposé sur son pare-brise.

— C'est la même technique et donc la même personne qui a fait cela.

— Tu as des suspects ? Tu en as parlé à quelqu'un d'autre que moi ?

— Non, je n'ai pas de suspect et non, je n'ai pas parlé de cette histoire à quelqu'un d'autre.

— Tu as fini de les lire ? Qu'est-ce qu'il y a dans ces car-nets de si terrible ?

— Non, je n'ai pas encore tout lu.

— Tu veux que je les lise avec toi ?

— Oui, je veux bien. C'est comme si elle avait voulu lais-ser un témoignage sur la vie de la famille. Ce que je n'arrive pas à m'expliquer, c'est pourquoi elle les a laissés dans le grenier. Eugène aurait pu les trouver. C'était un risque énorme, tu comprends ?

— Est-ce qu'elle avait le choix ? Quel meilleur endroit pouvait-elle trouver pour les cacher ? Je ne sais pas. Tu as appris quelque chose ?

— Non, rien de spécial. Bien que je me sois arrêtée au moment de la mort des parents de Marguerite qui semble bien mystérieuse. Mais, il faut lire la suite pour en savoir plus.

— Je vais finir de ranger avec toi et ensuite, je lirai les carnets. Je ne vais pas retourner travailler cet après-midi. Tant que tout cela n'est pas résolu, je vais essayer de faire un maximum de télétravail afin de m'assurer que tu es en sécu-rité. Laisse-moi juste le temps de m'organiser.

19

Carnet de Marguerite – 1927

Mes parents étaient partis de bon matin en voiture de Chevreuse pour se rendre à Versailles. Ma sœur cadette venait d'avoir son troisième enfant, et ils allaient lui rendre visite. Il était convenu que ma mère passerait la semaine avec elle pour l'aider.

Malheureusement, ils n'arrivèrent jamais au terme de leur voyage. Ils eurent un accident. Les routes de la Vallée de Chevreuse étaient sinueuses et pentues. En 1927, elles n'étaient pas goudronnées, mais caillouteuses. Il venait de pleuvoir et ils ne roulaient pas vite. Sur l'une de ces petites routes, la direction de la vieille Ford T se bloqua, puis les freins lâchèrent. Ils perdirent le contrôle de leur véhicule dans un virage et allèrent percuter de plein fouet un chêne plus que centenaire. Ils moururent pratiquement sur-le-champ. L'accident qui pouvait paraître banal, parut suspect parce qu'il y avait eu un témoin. Un vieil homme, fermier, qui revenait de sa tournée des marchés. Il était sur le bas-côté, faisant reposer son cheval. Son témoignage était bizarre. Il raconta aux gendarmes ce qu'il avait vu ou plutôt entendu :

— La voiture ne roulait pas très vite. Il faisait chaud et elle était décapotée. Elle s'est comportée d'une drôle de manière avant que les roues ne se bloquent complètement. Elle a fait des embardées. J'ai entendu le conducteur crier qu'il ne pouvait plus ni la contrôler ni freiner… Ils ont hurlé. Puis, le drame a eu lieu. Je me suis précipité vers le lieu de l'accident. Ils perdaient beaucoup de sang. La femme était inconsciente, peut-être déjà morte. J'ai fait le tour de la voiture et me suis approché de l'homme, je me suis penché vers lui. J'ai vu ses lèvres bouger. Je me suis approché encore de son visage et il m'a dit d'une voix presque inaudible : *Pas accident, il a trafiqué la voiture... dites-le pour eug...*

Du sang a coulé de sa bouche. Puis, il est mort.

Ce témoignage eut un impact énorme à Chevreuse. Toute la ville en parla, car l'accident ne pouvait pas être dû au hasard. Cela faisait beaucoup de coïncidences : d'une part, la voiture zigzaguait, puis la direction se bloquait, enfin les freins lâchaient. Mais ces points ne furent jamais éclaircis.

Il était vrai que le témoin n'était pas certain de la dernière syllabe dite par mon père. Elle avait été prononcée d'une voix très faible, dans un dernier souffle. On pouvait émettre des doutes sur la justesse de ce qu'il croyait avoir aperçu, car tout s'était passé très vite et sa vue n'était pas des meilleures. C'est d'ailleurs ce que firent les enquêteurs.

Tous les soupçons, au début de l'enquête, se portèrent vers Eugène. Mais, mon mari ne vivait pas chez ses beaux-parents et n'avait pas utilisé la voiture avant l'accident. Celle-ci avait été utilisée par mon père, la veille, et il n'avait parlé à personne d'un comportement suspect du véhicule.

Enfin, jamais mon père n'avait fait part de craintes quelconques envers son gendre ou en général pour sa vie. Les enquêteurs ne comprirent pas pourquoi il avait semblé si sûr que son accident n'était pas dû au hasard.

Je ne compris pas non plus. D'accord, mon père et mon mari ne s'entendaient pas, mais de là à ce qu'Eugène décide de le tuer, il y avait un pas que je n'arrivais pas à franchir. Mais le témoignage du vieil homme m'avait troublée. Eugène tirait profit de cette mort. Désormais, il se retrouvait à la tête d'une grosse officine, il devenait plus important et presque riche. Aurait-il été prêt à tuer pour avoir plus de pouvoir ? Avait-il eu une discussion avec mon père la veille qui l'aurait poussé à commettre ce crime ?

Je ne saurais jamais la vérité et je ne pouvais pas lui parler de mes doutes. Je ne m'imaginais pas demandant à mon mari : « Dis Eugène, est-ce toi qui as tué mes parents ? » Je connaissais par cœur la réponse qu'il me ferait. Il n'avouerait pas. Et, j'aurais toujours eu un doute.

20

Malgré ma curiosité, j'avais ralenti volontairement mon rythme de lecture afin de laisser Éric me rattraper. Je préférais que nous lisions les mêmes passages en même temps pour pouvoir en discuter ensuite.

Je prenais mon mal en patience en lisant une nouvelle parution sur les armes retrouvées dans les tombes gallo-romaines entre 600 et 700.

Ensuite, je préparai une salade mélangée à base d'œufs durs, d'anchois, de crudités, d'avocats et ouvris une bonne bouteille de vin pendant qu'Éric lisait.

Pendant notre repas, je lui demandai ses impressions à chaud.

— L'important est de ne pas se laisser entraîner dans le côté irrationnel de cette histoire. Je t'ai demandé ce matin si tu avais des idées sur la ou les personnes qui te harcèlent. Tu as dû y réfléchir, non ?

— Oui, bien sûr. Cela ne peut être que quelqu'un présent le jour où Sébastien a raconté le rêve. Adélaïde était absente. Au repas, étaient donc présents mes grands-parents, mes parents, Alice, Sébastien et Benjamin. Tu sais, je suis horrifiée à l'idée que l'un d'entre eux, si proche de moi, cherche à me nuire.

— Cela signifie que l'enjeu est énorme, que ces carnets contiennent des informations que la famille veut vraiment garder secrètes.

La discussion s'engagea ensuite sur le rêve de Sébastien. Éric, pas du tout réceptif aux manifestations de l'au-delà, semblait très pensif :

— Je n'arrive pas à croire à ce rêve. Tu te rends compte de ce que cela impliquerait. Il prouve la réalité de la vie après la mort. Il démontre que les esprits peuvent entrer en contact avec nous.

— Je suis d'accord avec toi. C'est étrange. Tu vois, pour le moment, je n'ai pas cherché à comprendre les implications métaphysiques de ce rêve. Je constate seulement qu'il a des répercussions non négligeables dans ma vie, qu'il ne s'agit pas d'un rêve sans importance. Depuis que Sébastien nous l'a raconté, je n'ai que des ennuis.

— Oui, mais je ne peux pas en rester là. Tu as une formation scientifique comme moi. Comment peux-tu croire sans chercher à comprendre ?

Agacée, je lui répétai :

— Je ne crois en rien. Je constate…

21

Nous fûmes réveillés par la sonnerie persistante de mon portable que j'attrapai mollement en jurant.

— Allô…, dis-je d'une voix encore rauque de sommeil.

— Bonjour, Emma, c'est Alice.

Cela me réveilla d'un seul coup. Quelque chose de grave avait dû se passer. Ma tante ne m'appelait jamais.

— Que se passe-t-il, Alice ?

— Il faut que je te voie au plus vite. J'ai fait un rêve. Marguerite m'a parlé…

Je faillis lâcher le combiné de surprise. Ma tante et mon oncle étaient visiblement aimés des fantômes !

— Tu peux répéter ?

— J'ai fait un rêve, tu sais comme Sébastien. Mais c'est Marguerite qui m'a parlé. Je n'ai pas tout compris, elle m'a juste laissé un message pour toi.

— Quel message ?

— Je préfère en parler avec toi de vive voix.

— Je suis chez toi dans une heure et demie. Éric vient avec moi.

Nous nous rendîmes rapidement à Choisel. Mon oncle et ma tante avaient emménagé dans l'ancienne demeure qu'Eugène et Marguerite avaient achetée après la guerre. Il s'agissait d'une vieille ferme, restaurée avec beaucoup de goût, en vieilles pierres avec des géraniums aux fenêtres.

Alice nous ouvrit la porte. Elle était seule. Son mari était parti promener le chien, un gros labrador qui avait bien besoin d'exercice.

Nous nous assîmes tous les trois dans la salle à manger qui avait un charme fou avec de vieilles poutres au plafond et une cheminée d'époque.

Alice s'était toujours intéressée à la parapsychologie. Mais, elle avait vite appris à ne pas parler de ses centres d'intérêt en famille. L'esprit scientifique y était par trop présent. Lorsque je mangeais chez elle et regardais avec envie sa grande bibliothèque, Alice m'avait plusieurs fois proposé de me prêter des livres sur la vie après la mort, la télépathie, ou encore l'astrologie. Mais, devant mon manque d'enthousiasme évident, elle n'avait pas insisté.

Alice ne travaillait pas. En revanche, pour son plaisir, elle faisait de la peinture, plus particulièrement des natures mortes. Elle les exposait dans les galeries du coin. Mais, la peinture restait un loisir, elle ne cherchait pas à en vivre. Elle passait un peu pour l'originale de la famille.

Elle rentra dans le vif du sujet sans attendre.

22

Marguerite est venue me voir pendant mon sommeil. Cela m'a fait un drôle d'effet, car je suis parfaitement incapable de vous dire si c'était vraiment un rêve. Je suis donc en train de dormir. Je suis réveillée par une lumière dorée devant mon lit. Lumière qui ne réveille pas Sébastien qui dort comme un bienheureux. Je vois petit à petit la forme de Marguerite se dessiner dans la lumière. Elle s'approche, plutôt semble glisser vers moi. Elle se met à me parler :

— Bonjour, Alice. Je sais que ma présence ne te surprendra pas. Tu es ouverte à la communication entre les esprits et les vivants. J'aurais préféré parler directement à Emma. Malheureusement, elle n'est pas assez réceptive. Acceptes-tu d'être ma messagère ?

Je suis restée interloquée pendant quelques secondes. On a beau être intéressé par la vie après la mort d'une manière théorique, rentrer en contact avec un fantôme provoque un choc. Je ne savais pas vraiment comment réagir. Pas bien sûre d'avoir le choix, je lui répondis d'une voix hésitante :

— Bien sûr, Marguerite.

— Il faut qu'Emma persiste dans sa voie, elle doit rechercher dans le passé, elle doit savoir.

Je mis un moment à comprendre de quoi elle parlait.

— Savoir quoi ?

— Des erreurs ont été commises autrefois. Des secrets ont été gardés. J'ai écrit toute l'histoire de la famille pour que la vérité soit révélée. Emma a trouvé mon journal dans le grenier et c'est à elle d'aller de l'avant.

— Le rêve de Sébastien était relatif à ma découverte ?

— Oui. Eugène ne veut pas que les faits soient connus. Moi, je le souhaite. Emma s'est longtemps demandé si elle avait le droit de lire les carnets, si je l'avais souhaité. Tu dois lui dire qu'elle a ma bénédiction. Elle est digne de confiance, Alice. Avec Éric, ils devraient triompher du mal.

— Comment cela du mal ?

— Emma a beaucoup de mésaventures en ce moment. Elles ne sont pas dues au hasard… Des personnes de la famille sont contre elle.

— Tu veux que je l'aide ? Que je lise ton journal ?

— Non, je préfère que ce soit quelqu'un de mon sang qui le fasse.

J'ai mal pris sa remarque. J'avais l'impression qu'elle me rejetait. Je ne compris pas. Elle m'aimait bien, pourtant, de son vivant. Marguerite a dû sentir que j'étais blessée, car elle a précisé :

— Ne le prends pas mal, Alice. Je te tiens en haute estime, car c'est avec toi que j'ai choisi de communiquer. Mais, essaie de comprendre que tu serais dans une position fort déplaisante. Tu ne fais partie de la famille que par alliance… Réfléchis à ce que je viens de te dire, tu verras que je n'ai pas tort. Crois-moi, il n'y a rien de pire que de savoir, mais ne pas pouvoir parler.

Curieuse, j'ai ensuite voulu lui demander comment elle allait, comment c'était dans l'au-delà, et d'autres questions du même genre. Mais elle m'a juste dit :

— Je ne suis pas là pour répondre à ce type d'interrogations. Ne parle à personne, à part Emma, de cette discussion…

Et puis, elle s'est lentement volatilisée. La lumière a persisté une minute après son départ, puis son intensité a diminué peu à peu pour disparaître par la suite totalement.

23

Alice s'arrêta un instant pour reprendre sa respiration.

— Voilà mon rêve ou ma vision de cette nuit. Je peux savoir ce qui se passe exactement ?

Un silence pesant s'installa pendant quelques secondes avant que je ne lui explique brièvement la situation. Je fis le choix de la transparence.

— J'ai trouvé, dans le grenier de Milon, des carnets dans lesquels Marguerite avait écrit sa vie. C'est tout !

Elle nous regarda tous les deux.

— Vous avez lu les carnets ?

— En partie seulement !

Alice sembla interloquée.

— Vous avez des carnets sur la famille et vous ne vous êtes pas précipités dessus !

— Je n'ai pas l'habitude de lire de la littérature. J'avance lentement à mon rythme dès que j'ai un peu de temps. Ils sont écrits à la main et l'écriture de Marguerite est fine et serrée. C'est long et fatigant. Comme si cela ne suffisait pas, je n'ai que des problèmes depuis que je les ai en ma possession.

Éric précisa.

— On vient d'en faire une copie et je les commence tout juste. Nous n'avons pas la même vision de la lecture que toi, et nous sommes peut-être moins impatients !

Je lui demandai :

— Tu veux les lire ?

— Non, Marguerite ne le souhaite pas et malgré mon immense curiosité, je me plierai à son désir.

Nous repartîmes une heure plus tard, un peu secoués par ce que nous avions entendu. Nous restâmes silencieux, plongés dans nos pensées, pendant tout le trajet du retour.

Nous étions profondément troublés par toutes ces histoires de fantômes qui se parlaient par l'intermédiaire des humains pour résoudre les problèmes qu'ils n'avaient pas osé affronter de leur vivant.

Éric insista.

— Je ne parviens pas à suivre. Je suis sûr qu'il doit y avoir une explication rationnelle. Je suis désolé, Emma, mais toutes ces histoires me dépassent totalement.

— Tu reconnais que c'est tout de même concret.

— Oui, mais j'ai comme l'impression que nous sommes tous victimes d'une hallucination collective.

— Moi, j'y crois, même si je ne peux t'expliquer pourquoi.

— Le sixième sens féminin, j'imagine.

Nous coupâmes net notre discussion, sentant que cela allait mal finir, choisissant de parler de sujets plus consensuels comme le beau temps, les courses à faire, où partir en vacances et ce que nous allions manger le soir.

24

Pendant les années 30, notre vie fut assez tranquille. La crise de 29 ne nous affecta pas. Eugène avait même économisé suffisamment pour monter une nouvelle affaire en plus de la pharmacie. Il racheta à bon prix un restaurant dans le centre-ville de Chevreuse. Il fit d'une petite auberge sans prétention un restaurant d'un très bon niveau gastronomique, car il sut s'entourer de personnes compétentes pour gérer son affaire. Cet établissement lui permit de se lier d'amitié avec les notables de la ville et des environs qu'il se mit à fréquenter avec plus d'assiduité qu'auparavant. Les affaires marchaient de mieux en mieux. Nous avons ensuite déménagé dans une grande maison bourgeoise un peu à l'extérieur du centre-ville de Chevreuse dont je refis entièrement la décoration. Nous pouvions enfin recevoir dignement dans une grande salle de réception qui faisait la fierté d'Eugène. Nous étions de plus en plus reconnus dans la région.

Mais, pour mon mari, le comble de la reconnaissance sociale fut atteint en 1937 lors d'une soirée organisée chez nous. Après un dîner des plus réussis, les hommes allèrent s'installer confortablement dans la bibliothèque. Après avoir dégusté des cigares et du cognac, ces hommes bien placés dans le parti radical firent une offre à Eugène.

— Eugène, nous serions flattés si vous acceptiez de participer aux prochaines élections municipales en tant que premier adjoint. Le maire se représente et vous apprécie énormément. Il serait ravi de vous avoir à ses côtés.

— Votre confiance m'honore, messieurs. Mais, cette décision ne doit pas se prendre à la légère. Quand dois-je vous donner ma réponse ?

Évidemment, Eugène accepta la proposition et se retrouva dans le conseil municipal de la ville. Son influence dépassa largement les attributions de son poste. Il sut habilement se rendre indispensable. Toutes les décisions essentielles passaient par lui. Le maire le consultait dès qu'un arbitrage devait être fait et lui avait délégué la plupart des dossiers importants.

Dix ans après les doutes qui avaient pesé sur lui concernant la mort suspecte de ses beaux-parents, il était enfin reconnu comme un notable. Lorsqu'il pensait rétrospectivement à sa réussite depuis ses débuts de paysans sans le sou, il était fier du chemin parcouru.

Eugène avait également renoué avec sa famille de Saint-Robert. Non pour les aider financièrement, mais pour leur acheter des produits de la ferme pour son restaurant. Leurs relations étaient purement marchandes. Pas de sentiments ni d'émotions. Lorsque sa mère mourut d'une mauvaise bronchite en 1938, il alla à l'enterrement plus par devoir et souci du qu'en dira-t-on, que par respect ou amour pour sa famille.

Je m'étais éloignée de lui au fil des années. Nous faisions chambre à part depuis 1935. Je ne supportais plus d'être réveillée chaque nuit lorsqu'il rentrait et de sentir son haleine chargée d'alcool dans mon cou. Je ne m'étais jamais remise de la mort suspecte de mes parents et Eugène n'avait pas tenté de se disculper. Nous avions donc adopté d'un commun accord un style de vie permettant de nous voir qu'un minimum de temps. Eugène était très pris par ses affaires et je ne m'impliquais absolument pas dans leur gestion. Il restait tard au restaurant et ne rentrait qu'à une ou deux heures du matin. Je m'occupais attentivement de mes trois enfants et patronnais des associations caritatives de la ville. Je regrettais, en revanche, d'avoir dû abandonner mes dessins de mode après mon mariage – une femme mariée ne devait pas avoir ce genre d'activité. Désormais, je dessinais et peignais juste pour mon plaisir.

Nous avions trouvé un bon équilibre et ne nous plaignions pas. Les apparences d'un couple uni étaient sauves et c'était l'essentiel.

Bien sûr, Eugène avait des maîtresses depuis des années. Je l'appris vite par des commérages, mais je ne lui en voulus pas vu que je lui refusais mon lit.

Un soir, après avoir entendu, sans qu'ils s'en doutent, deux domestiques discuter des frasques de mon mari, mon amour-propre en prit un sale coup et je rentrai dans une colère froide. Je décidai de lui fixer les limites à ne pas franchir.

J'allai le rejoindre dans son bureau lambrissé où il buvait un cognac en fumant l'un de ses gros cigares dont je détestais tant l'odeur âcre. Je refermai la porte doucement. Eugène leva la tête, surpris par mon intrusion, il me regarda inquiet. Je ne le dérangeais jamais d'habitude lorsqu'il s'enfermait dans sa bibliothèque. Il me demanda sèchement :

— Que se passe-t-il ? Marguerite ?

Il regretta longtemps d'avoir posé cette question sur ce ton. Il aurait mieux fait de s'abstenir, j'étais vraiment en colère et le ton et le contenu de ma réponse furent particulièrement durs.

— Écoute-moi bien attentivement, Eugène Beaumont, car je ne répéterai pas deux fois ce que je vais te dire. Je sais que tu me trompes depuis un certain temps.

Eugène, extrêmement gêné que j'aborde ce sujet tabou entre nous d'une manière aussi directe, voulut m'interrompre. Il n'avait pas encore ouvert la bouche que je devinai son intention et levai ma main en le fustigeant du regard.

— Ne me coupe pas la parole pour jouer les hypocrites avec moi. Je ne t'en veux pas, car je t'ai interdit mon lit. Ce n'est pas pour autant que j'accepte de jouer le rôle de la pauvre femme trompée aux yeux de tout le monde y compris de mes domestiques. Ces derniers ne se gênent pas pour dire tout haut ce que tout le monde pense tout bas. Lorsque tu as des relations extra-conjugales, mon chéri, tu es prié d'être discret. Je ne veux pas que tu te montres avec tes conquêtes, je ne supporte pas que tu t'affiches dans ton restaurant, une catin pendue à l'un de tes bras. D'autre part, tu as intérêt à faire attention à ce qu'un petit bâtard n'apparaisse pas tout d'un coup, car je ne le tolérerai pas. Je te préviens si tu ne changes pas tes habitudes, je te quitte avec fracas et je mets en cause ta carrière politique. N'oublie pas qu'on accepte que les hommes politiques aient des maîtresses, mais pas que leur femme les quitte parce qu'ils se conduisent comme des goujats. Or tu as des ambitions politiques, non ?

La mise en garde fut largement suffisante. Eugène ne tenta plus le diable et prit ses précautions. Il continuait à voir des filles, mais plus à Chevreuse. Il profitait des relations de travail qu'il avait développées à Versailles pour s'y rendre sous des prétextes qui ne trompaient personne, mais qui respectaient le contrat moral qu'il avait passé avec moi.

Eugène ne souhaitait pas que je le quitte, et pas seulement à cause de ses ambitions purement politiques. La vie indépendante qu'il menait avec moi lui convenait parfaitement. Je savais recevoir, étais cultivée et pouvais mener une discussion intelligente lors des réceptions qu'il organisait, ce qui n'était pas le cas de toutes les femmes qu'il connaissait, loin de là. De plus, s'il ne m'aimait plus, il me respectait. J'étais quand même la mère de ses enfants et je l'avais soutenu lorsque cela allait mal pour lui.

25

Éric m'avait rattrapée dans sa lecture. J'avais imprimé une nouvelle version des carnets pour lui. Nous lisions les mêmes pages. Nous éprouvâmes le besoin de lâcher prise, d'oublier un peu qu'Eugène avait peut-être tué ses beaux-parents, qu'il trompait sa femme, et qu'il avait été prêt à tout pour acquérir du pouvoir. Apprendre qu'un membre de ma famille avait été sans scrupule était particulièrement perturbant.

— J'ai un drôle de goût dans la bouche. Tu sais, le même goût que tu as lorsque tu as fait une fête de tous les diables… Je commence à comprendre pourquoi Eugène ne voulait pas évoquer le passé.

— Emma, je ne veux pas te décevoir, mais mon petit doigt me dit que ce n'est qu'un début.

— Le pire c'est que je te crois et cela commence à me faire peur. J'ai besoin de faire une pause.

— Bon, on va aller se changer les idées. Que dirais-tu d'une promenade dans les bois ?

Nous partîmes dans les bois des Vaux de Cernay. Nous marchâmes quelques kilomètres et nous installâmes dans une clairière. Nous étions seuls, le soleil brillait, pas un nuage. Je m'allongeai dans l'herbe.

— Je revis. Être enfermée toute la journée me tape sur le système.

— À propos de lumière, je suis toujours très perplexe par rapport aux rêves de l'au-delà. Ta tante est bizarre, je te l'accorde. Mais, ton oncle est plutôt rationnel. Ça me chiffonne.

Avec le ton le plus neutre possible pour ne pas le froisser, je dis doucement :

— Tu ne veux pas admettre la réalité de ce qu'ils ont vu.

— Je ne sais pas. Je ne me suis jamais intéressé à ce genre de choses auparavant.

— Alice a plein de livres. On pourrait lui en emprunter quelques-uns. Elle sera ravie de nous en prêter. La seule chose que je sais, c'est que des études ont été faites par des scientifiques. Par exemple, les visions des gens qui reviennent à la vie après avoir été déclarés morts sont toujours les mêmes, quelle que soit leur religion, leur nationalité. C'est troublant, non ?

— Oui et non. Tu pourrais penser que les visions sont dues à des réactions biochimiques, hormonales ou autres…

Je soupirai.

— Oui, tu as peut-être raison.

— On ne peut pas savoir, Emma. On n'aura jamais de preuves. Passons à autre chose. Soyons constructifs. Qui t'en veut ? Il faut mener notre enquête.

— Je te souhaite du courage, Hercule Poirot ! Parce que si je suis certaine que cette personne fait partie du clan familial, je n'ai pas pu avancer davantage dans mes déductions.

— On pourrait prendre les empreintes sur les messages anonymes que tu as reçus.

— Je ne pense pas qu'il y en aura. Tout le monde sait ça grâce aux séries policières où l'on cherche toujours les empreintes. Autre remarque subtile, j'ai mis les miennes dessus et toi aussi. On ne s'est pas conduit comme des enquêteurs.

— En effet, mais je le ferai quand même, au cas où.

Nous nous relevâmes lentement pour reprendre le chemin du retour. Nous étions pensifs. Nous ne regardions pas le paysage magnifique qui nous entourait. Des surplombs rocheux bordés d'une petite rivière longeaient un vieux moulin. Quelques tables en bois pour pique-niqueurs amoureux de la nature étaient astucieusement disposées dans la verdure des lieux. Le site était très agréable surtout qu'en semaine et à cette période de l'année, il n'y avait personne. La vallée de Chevreuse avait pour atout de ne pas être très touristique à quelques exceptions près, comme les châteaux de Dampierre et de Breteuil ou la forêt de Rambouillet. Elle possédait un tas de lieux peu connus où l'on pouvait s'isoler sans problème, même un dimanche en plein été.

Éric relança la discussion.

— J'ai une idée, nous pourrions profiter du dîner de ce soir pour parler du cambriolage…

Je l'interrompis.

— Quel dîner ?

— Celui qui a lieu à Milon pour le retour d'Adélaïde, la paléontologue prodige.

— Adélaïde est de retour parmi nous. Oh ! Heureusement que tu es là, j'avais complètement oublié le mail que nous avons reçu à ce sujet… Tu veux qu'on parle du vol. Pour dire quoi ? Tu veux parler des carnets ?

— Non, il faut être plus subtil et observer les gens. Juste dire que tu n'as vraiment pas de chance en ce moment et qu'il t'arrive un tas de choses bizarres depuis un certain temps. On improvisera.

— C'est reconnaître que les actes de cette personne sont importants pour moi.

— C'est le cas, non ?

26

L'agréable promenade que nous avions faite la veille aux Vaux de Cernay m'avait permis de me poser et j'avais réalisé que nous allions fêter notre anniversaire de rencontre dans six jours. Cela faisait quatre ans que nous nous étions rencontrés et deux ans que nous vivions ensemble. Après une rupture assez traumatisante, je n'avais pas imaginé me remettre aussi vite en couple et surtout aimer ça. Éric avait lui aussi un passif amoureux avec une séparation compliquée, car il avait eu une fille avec celle qui était devenue son ex. Ils avaient réussi à garder une relation cordiale pour le bien-être de Noémie, qui était maintenant devenue une adolescente un peu rebelle. Lui aussi avait pris son temps avant de s'impliquer dans notre relation.

Éric était une personne très rassurante, avec un raisonnement rationnel qui canalisait mes envolées émotionnelles. Il était très intelligent et s'intéressait à tout. Il m'acceptait telle que j'étais et je faisais de même.

Quatre ans, ce n'était pas rien et j'entrepris d'organiser une surprise pour cette soirée d'anniversaire. Éric aimait le bon vin et j'aimais manger des plats gastronomiques. Un restaurant étoilé me sembla une bonne idée. Après m'être assurée qu'Éric n'avait rien de prévu ce soir-là – il semblait d'ailleurs avoir complètement oublié que c'était l'anniversaire de notre rencontre et je le laissais dans son ignorance – je réservais une table à *La Grande Cascade* – une étoile Michelin – dans le bois de Boulogne, une valeur sûre juste à côté de chez nous. Son menu végétarien me conviendrait parfaitement et le menu en cinq plats ferait la joie d'Éric, j'en étais certaine.

Comme cela faisait un moment qu'il souhaitait étudier l'œnologie et qu'il avait repéré des cours d'initiation, je décidai de les lui offrir. Certes, ce cadeau ne concernait pas directement notre couple, mais j'aimais aussi les bons vins et s'il devenait expert en la matière, j'en bénéficierais aussi et nous pourrions organiser des voyages d'études afin de déguster des vins dans de bons restaurants et des vignobles. Que de bonnes choses en perspective ! C'était donc un cadeau parfaitement approprié pour célébrer notre rencontre !

27

Adélaïde n'était pas contente, mais pas contente du tout. La circulation entre Orly et Milon avait été désastreuse, elle avait mis plus d'une heure pour parcourir une petite vingtaine de kilomètres, tout cela à cause d'un accident qui avait bloqué l'autoroute A6 et créé un embouteillage monstre. Elle détestait l'Île-de-France et ses inconvénients : la pollution, le manque d'amabilité des Parisiens qui se prenaient pour le centre du monde, les bouchons, le manque d'espace. Elle ne supportait cet environnement stressant que pour trois raisons comme elle l'expliquait une nouvelle fois.

— Premièrement, c'est temporaire, je vais repartir en voyage sur des lieux déserts pour rechercher des ossements de dinosaures. Deuxièmement, je dois travailler au *Museum d'Histoire naturelle* situé malheureusement à Paris. Troisièmement, la vallée de Chevreuse est un peu à part, c'est la campagne…

Lorsque Adélaïde était lancée sur ce sujet, plus personne ne pouvait l'arrêter, elle devenait intarissable. Toute la famille l'écoutait, compatissante, sans un mot, attendant que l'impétueuse chercheuse se calme. Elle reprit de plus belle.

— Et, moi qui aime la ponctualité, je suis à cause de cela, arrivée en retard pour dîner avec vous…

Sébastien tenta de la calmer.

— Mais, Adélaïde, nous ne sommes pas à l'usine. Nous avons pris un verre d'apéritif de plus en patientant c'est tout. Détends-toi, tu es dans un endroit calme et accueillant maintenant…

La soirée s'annonçait bien. Ma grand-mère avait sorti l'argenterie, Lucienne s'était surpassée et avait préparé les plats qu'Adélaïde affectionnait particulièrement. Le menu était alléchant : carpaccio de saumon à l'aneth suivi d'un confit de canard agrémenté de pommes de terre revenues à la poêle, puis salade, large plateau de fromages et une tarte aux framboises à la crème fouettée.

Ma grand-tante s'adoucissait au fil du repas, devenait agréable et racontait ses aventures de paléontologue expérimentée.

À la fin du repas, Éric me regarda fixement. Allais-je parler du cambriolage, de toutes les choses étranges qui m'arrivaient comme nous étions convenus aux Vaux-de-Cernay ? Je soutins son regard un moment, puis détournai les yeux. La petite voix fluette de Marguerite se faisait insistante : « Ne parle pas, ce n'est pas le moment », mon regard se tourna vers Alice. Mais, Alice ne me regardait pas et ne semblait pas le moins du monde être en contact avec l'au-delà. Elle paraissait passionnée par une discussion sur l'art avec Isabelle. Dans le doute, je jugeai plus prudent de ne rien dire. La dernière fois que je n'avais pas écouté cette petite voix, je m'en étais voulu, et mes ennuis avaient commencé.

Éric, voyant que je n'osais pas aborder le sujet, décida de le faire à ma place. Je le compris et lui fis discrètement signe de se taire. Il ne sembla pas voir mon appel. Au moment exact où il s'apprêtait à parler, toutes les lumières de la maison s'éteignirent brutalement, une fenêtre entrouverte claqua et un courant d'air glacial passa dans toute la pièce. Pendant quelques secondes, le silence fut absolu. Puis, timidement, Jean-Luc, mon père, prit la parole.

— Il y a de l'orage de prévu ce soir ?

Bien entendu, il n'y avait aucun grondement de tonnerre, pas un éclair.

Charles, mon grand-père, appela Lucienne.

— Lucienne, votre mari est-il allé voir le compteur ?

La cuisinière arriva en apportant des bougies.

— Oui, oui. Il est sur place.

Sylvain, le mari de Lucienne, avait longtemps été le jardinier et l'homme à tout faire de la maison. Maintenant retraité, il s'occupait des petits travaux dans le jardin et laissait les tâches les plus dures à des intervenants extérieurs.

Christiane, ma mère, resserra sur ses épaules son châle. Elle regarda l'assemblée avant de murmurer :

— J'ai froid. C'est à cause de ce coup de vent glacial, c'est bizarre non ? Tu aurais un pull ou un gilet pour moi, Isabelle ?

— Oui, bien sûr. Quelqu'un peut aller fermer la fenêtre ?

Sébastien se leva et se dirigea vers la fenêtre pendant qu'Adélaïde déclarait :

— Oh ! Il n'y a plus de courant d'air maintenant.

Tout le monde resta pensif. Je regardai fixement Éric, les lèvres serrées. Je comprenais ce qui s'était passé. J'avais l'impression d'être dans un autre monde. La coupure d'électricité et le courant d'air froid étaient des signes, une mise en garde d'Eugène ou de Marguerite qui ne désirait pas qu'ils parlent en famille de ces problèmes.

Éric me regarda, perplexe, et ne tenta plus d'aborder le sujet. Les lampes se remirent à fonctionner au grand soulagement de tous, mais Sylvain fut bien incapable d'expliquer ce qui s'était passé, le compteur marchait et les maisons aux alentours étaient restées illuminées. L'ambiance s'était sensiblement refroidie, personne ne s'attarda.

Il était tard, à 23 h 30, lorsque nous nous retrouvâmes seuls. Éric était furieux contre moi et en même temps troublé par ce qui s'était passé.

— Pourquoi t'es-tu dégonflée, Emma ? Ce n'est pas ton genre de ne pas respecter ce que nous avions décidé !

Presque agressive, je rétorquai :

— Tu as vu ce qui s'est passé lorsque tu as voulu parler pour moi ?

— Qu'est-ce qui s'est passé de si extraordinaire ?

Sa mauvaise foi me mit hors de moi.

— Tu te moques de moi ? Tu trouves normal qu'il y ait une coupure d'électricité que personne ne sache expliquer, que le vent s'engouffre dans la salle à manger, que les portes-fenêtres claquent…

Il me répondit, d'un ton ironique.

— Comment analyses-tu ça ? C'est le fantôme d'Eugène qui est venu hanter la maison ?

Ma voix se fit stridente.

— Tu as peut-être une analyse plus pertinente à faire de la situation ?

Éric sentit que nous risquions de nous dire des choses que nous regretterions plus tard. Il préféra faire un repli stratégique.

— Calme-toi, Emma. Je ne sais pas quoi penser. Il s'agit peut-être d'un phénomène météo rare.

Je le regardai d'un air blasé et haussai les épaules.

— Ce que tu peux être limité parfois, Éric !

— Que veux-tu faire ? Appeler un prêtre exorciste, un désenvoûteur vaudou, un médium…

— Non, je ne pense pas qu'Eugène hante la maison, il veut nous mettre en garde, c'est tout.

— Écoute, Emma, allons voir Alice et demandons-lui ce qu'elle en pense.

Il bâilla en s'étirant.

— Il est minuit passé, on en reparlera demain. Tu téléphones à ta tante et nous allons la voir demain soir ?

— Oui.

Je sentis mes paupières se fermer bien malgré moi. J'aurais bien lu les carnets avant de m'endormir, mais je ne m'en sentais pas la force.

28

Ma journée passa rapidement. Je la consacrais à parfaire ma présentation et à la répéter à haute voix plusieurs fois pour être dans les temps qui m'étaient impartis. Je communiquais avec d'autres intervenants qui seraient également présents et que je connaissais bien. Nous voulions nous assurer que nos communications n'auraient pas des parties redondantes. Je dus ajuster quelques points mineurs et une amie archéologue spécialisée en gemmologie médiévale me conseilla de lire un article qui venait de paraître sur un site anglais et pouvait renforcer mon argumentation. Il expliquait le rôle des bijoux ornés de pierres précieuses à cette époque. Les femmes étaient enterrées avec les objets de leur vie quotidienne. Ces artefacts étaient soigneusement choisis en fonction de leur statut social et de la région dans laquelle elle vivait. On n'enterrait pas de la même façon un franc ou un Gallo-Romain à la période mérovingienne…

29

Lorsqu'Éric revint dans notre appartement vers 18 h 30 après une journée de travail bien remplie, il me trouva profondément concentrée devant l'écran de mon ordinateur.

Il se changea et me servit un verre de Chablis.

— Tu t'en sors ?

— Je n'en suis qu'aux trois quarts. Je suis mal. Il va me falloir improviser.

— Tu veux quand même prendre le temps de voir Alice ou pas ?

Pris d'un doute, il me regarda attentivement.

— Tu lui as téléphoné ?

— Oui, et elle nous invite à prendre l'apéritif. Mon oncle est en voyage d'affaires.

— D'accord. On y va dans une heure, ça te va ?

— Oui, pas de problème.

Je sauvegardai mon fichier, éteignis son ordinateur et me tournai vers lui.

— Tu as passé une bonne journée ?

— Pas vraiment. Je suis un peu perturbé par ce qui nous arrive.

— Tu n'es pas le seul, rassure-toi.

Une heure trente après, nous trinquions avec Alice. Le temps était superbe, anormalement doux pour la saison. Nous nous étions installés dans la véranda pleine de plantes qu'affectionnait particulièrement Alice. Nous abordâmes rapidement le sujet qui nous tenait à cœur. Je me jetai à l'eau.

— Alice, comment interprètes-tu ce qui s'est passé hier soir ?

Alice ne répondit pas tout de suite.

— Et, vous deux, qu'est-ce que vous en tirez comme conclusions ?

La réponse d'Éric fusa.

— Je n'en tire aucune.

Je lui coupai la parole.

— C'est bien ton problème !

Éric regarda ma tante.

— Comme tu peux le constater, nous ne sommes pas d'accord.

— Emma, quelle est ton analyse ?

— J'envisage que l'esprit d'Eugène soit venu nous mettre en garde.

— Contre quoi ?

— Nous avions décidé de raconter tout ce qui m'arrive d'étrange.

— Qu'est-ce qui se passe ?

— Nous avons été cambriolés, avons reçu des menaces, des coups de fil anonymes… Nous ne comptions pas parler des carnets.

— Dans quel but ?

Éric le lui expliqua.

— On voulait voir les réactions de tous les participants au dîner pour essayer de connaître la personne qui en veut à Emma.

Je repris la parole.

— Je ne me décidais pas à parler, car j'entendais la petite voix de Marguerite qui me disait de ne rien en faire. Éric ne comprenait pas ce qui m'arrivait et, malgré mes signes, s'apprêtait à parler à ma place lorsque les lumières se sont éteintes.

Surprise, Alice se tourna vers Éric.

— Tu veux dire que c'est exactement au moment où tu allais parler que la lumière s'est éteinte…

Éric l'admit presque à regret.

— Oui, c'est vrai.

Le regard d'Alice se mit à pétiller.

— Pour une coïncidence, c'est une belle coïncidence, n'est-ce pas Éric ? D'après toi, il ne s'agit que de hasard ? Même chose pour le coup de vent glacial dans la salle à manger ?

Éric fit une moue boudeuse et ne répondit pas.

Alice reprit la parole.

— Je suis d'accord avec Emma. Je pense qu'il s'agissait d'Eugène. Soit positif Éric, cela veut dire que vous avez touché un point faible. Nous avons la preuve que la personne qui veut empêcher Emma d'avancer dans la lecture des carnets était bien là. De plus, Éric, d'une certaine manière, Eugène t'a sauvé la mise. Il n'aurait pas été judicieux que tu parles. Nous ne sommes que trois dans la famille à être au courant, si l'on exclut la personne qui en veut à Emma. Nous avons l'avantage. On peut créer un effet de surprise. Je ne peux pas intervenir puisque Marguerite ne le veut pas, mais toi, Éric, tu le peux.

L'air d'Éric changea. Ce point de vue sembla l'intéresser. Il pouvait jouer un rôle. En revanche, mon attitude le plongeait dans un abîme de perplexité. Je l'entendais presque me dire : « Comment peux-tu adhérer aussi facilement à toutes ces histoires de fantômes ? »

L'attitude d'Alice ne le choquait pas, elle avait toujours été un peu à part, mais j'étais comme lui une personne rationnelle.

Il garda pour lui ses pensées.

— Quel est notre plan de bataille ?

Alice lui répondit d'une voix naturelle et douce.

— Si tu veux, je vais essayer de rentrer à nouveau en contact avec Marguerite, elle pourrait nous donner des idées ?

Je ne pus m'empêcher de sourire. Éric ne s'attendait pas à cette proposition.

— Cela serait génial, Alice.

Éric s'étonna d'une voix un peu ironique.

— Je ne savais pas que tu pouvais établir un contact facile avec les morts, Alice. Mais, si tu le peux, fais-le.

Je revins sur terre.

— Bien, c'est un bon début. Mais je suis fatiguée et je dois encore travailler toute la nuit pour finir ma présentation.

Nous nous dirigeâmes rapidement vers la porte d'entrée. Alice promit de nous rappeler dès qu'elle aurait du nouveau. Cependant, elle crut bon de nous préciser une petite chose.

— Je ne sais pas combien de temps je mettrai à la contacter. Il ne suffit pas de le vouloir pour que cela marche. Ne soyez donc pas impatients et continuez à lire les carnets en patientant.

30

J'arrivai dans l'appartement la dernière. Ma présentation s'était bien déroulée. J'étais soulagée. J'avais beau avoir l'habitude de ces communications, elles continuaient à me stresser.

Éric m'offrit à boire et d'un commun accord, nous décidâmes de continuer la lecture des carnets après le dîner. Nous partîmes au restaurant pour fêter mon intervention… Notre choix se porta sur le *River Café* à Issy-les-Moulineaux, un restaurant le long de la seine, dans la verdure, à bord d'une péniche.

Pendant notre dîner, je racontai ma journée à Éric et, en particulier, son moment phare où j'avais réussi à renverser mon verre d'eau sur un grand ponte de mon domaine en le bousculant par inadvertance. Heureusement, le grand homme n'avait pas mal pris la manière dont je l'avais accosté.

À mon grand soulagement, aucun sujet concernant ma famille ne fut abordé, nous nous installâmes confortablement et reprîmes notre lecture. L'écriture de mon arrière-grand-mère tremblait un peu, les lignes étaient devenues très serrées. Je sentis intuitivement qu'écrire ces pages n'avait pas été facile pour elle.

31

Carnet de Marguerite – 1941

C'était la guerre. C'était les privations, les morts et les choix. Comme dans tant d'autres familles, ces choix variaient d'un individu à l'autre.

Mes deux garçons étaient trop jeunes pour avoir participé à la débâcle. Notre famille avait été épargnée par les deuils de la première heure. Je me mis à participer activement à des comités de soutien aux familles qui avaient perdu l'un des leurs, je réunissais des fonds pour soutenir les personnes dans le besoin. Rapidement, je m'investis davantage et commençais à faire de la Résistance sans véritablement appartenir à un réseau quelconque. Je cachais, avec Adélaïde, des juifs et des Résistants dans le grenier. J'allais aux dîners huppés avec mon mari et écoutais l'air de rien les conversations afin d'aider les gens qui allaient être arrêtés. Je ne parlais jamais à mon mari de mes activités illicites.

Ce dernier ne me parlait pas non plus de son activité de collaborateur actif. Mais il ne se cachait pas. Il dirigeait un véritable réseau de marché noir. Il achetait à sa famille de Saint-Robert des fruits et légumes ainsi que de la viande qu'il revendait au prix fort aux restaurants de Versailles. Puis, il réinvestissait cet argent dans des denrées plus rares et donc plus demandées comme du champagne et du vin, des vêtements, des bijoux, de l'or…

Grâce à ses connaissances et le soutien de fonctionnaires de la préfecture de Versailles, il se forgea un réseau d'approvisionnement solide. Il amassa une véritable fortune. Il acheta des terres dans la vallée de Chevreuse à Milon et à Choisel, prit un appartement à Versailles où il alla passer de plus en plus souvent du bon temps avec des filles faciles. Il se mit à fréquenter des Allemands qu'il fournissait en tout. Charles devint petit à petit son bras droit, il s'impliquait de plus en plus dans ses affaires tout en continuant ses études de droit.

Je sus bien vite que mon mari était un profiteur de guerre. Les gens du pays voyaient d'un très mauvais œil sa manière de se conduire. Adélaïde, très idéaliste, ne comprenait pas comment son père pouvait se compromettre avec l'envahisseur d'une telle manière. Ils eurent sur ce sujet de nombreuses disputes lors de dîners houleux.

— Mais, tu n'as pas honte. Comment peux-tu donner la main à des gens qui ont envahi ton pays, tué des jeunes du village ? Ne vois-tu pas comment les gens te jugent ?

— Regarde ton assiette ! Qui la remplit ? Tu crois que cela se fait tout seul ? Ton frère a échappé au STO[1]. Tu sais la vie qu'ils mènent en Allemagne, dans les camps du STO. Tu crois que ce sont des camps de vacances ? Tu devrais me remercier au lieu de me critiquer !

— C'est une question de valeurs, d'éthique ! Tu es prêt à toutes les compromissions pour garder ton petit confort personnel. Tu me dégoûtes.

— Tu me remercieras plus tard. Tu verras que j'ai raison.

Henri écoutait ces discussions passionnées, songeur, sans dire un mot. Il passait inaperçu, personne ne l'écoutait, ni ne lui prêtait attention. Il faisait partie des meubles. C'était le petit dernier. Enfin, il avait presque dix-huit ans, et mesurait un bon mètre 95 pour 90 kilos de muscles – qu'il entretenait grâce à une pratique assidue de la boxe française. Mais, il savait aussi se mouvoir silencieusement et rester calme en toute occasion. Pour Adélaïde, d'un caractère entier et passionné, ce frère qui ne disait que l'indispensable, ne bronchait

---

[1] STO : Service du Travail Obligatoire.

pas et en imposait juste par sa présence calme, restait une énigme, un mystère.

Cependant, la guerre devait les rapprocher. Adélaïde aidait les juifs et les Résistants cachés dans le grenier à s'enfuir vers un lieu plus sûr où d'autres personnes les prenaient en charge pour les faire sortir de la zone occupée. J'étais au courant des risques qu'elle prenait et morte d'inquiétude, mais ne lui fis aucune remarque. Henri, quant à lui, avait remarqué notre petit manège. D'abord, il nous donna ponctuellement des coups de main, puis lui aussi s'engagea malgré son jeune âge dans la Résistance. Il participait à des opérations de sabotages, où il était fort apprécié avec sa condition physique exceptionnelle. Il disparaissait ainsi plusieurs jours de suite, pour réapparaître ensuite, sale, fourbu, épuisé. Son père et son frère ne remarquaient rien tandis qu'Adélaïde et moi tentions de le remettre d'aplomb avant qu'il ne reparte vers de nouvelles missions.

Au mois d'août, Henri nous quitta une fois de plus. Il devait saboter des voies de chemin de fer près de la gare de Trappes afin d'empêcher un convoi militaire allemand de les emprunter. Il comptait revenir deux jours plus tard.

Le midi du jour de son départ, à la demande de mon mari, j'organisai un déjeuner. Trois fonctionnaires de police de Versailles étaient présents avec leurs femmes. Au moment du dessert, la discussion se porta sur la raison de leur présence à Chevreuse. L'un d'eux déclara pompeusement :

— J'espère que la prise sera bonne aujourd'hui.

Devant mon air surpris alors que je revenais de la cuisine en apportant le dessert, il précisa ses propos, fier comme un paon :

— Cette nuit, nous allons aider la Gestapo à démanteler un réseau de terroristes, grâce aux informations données par votre mari. Une attaque du réseau ferré va avoir lieu à Trappes et nous leur avons tendu un guet-apens afin de les capturer. Vous pensez bien que ces informations sont extrêmement confidentielles, mais comme votre mari nous aide si

gentiment, je pense que nous pouvons compter sur votre entière discrétion...

J'eus l'impression de recevoir un coup de poignard dans
le cœur et les larmes me montèrent aux yeux. Il y avait de
grandes chances que mon fils fasse partie de cette expédition ! Je pris une grande inspiration et me forçai à conserver
tout mon calme. Je repris la parole d'une voix apparemment
sereine.

— Oh ! Bien sûr, je ne savais pas que mon mari avait pu
vous fournir des informations. Il est si discret que je ne savais
pas qu'il travaillait avec vous, d'où ma surprise. Je suis particulièrement fière de lui.

— Votre mari ne fait pas partie de nos services, mais il a
su profiter d'une conversation entendue par hasard dans son
restaurant et nous a avertis immédiatement.

— Quelle bonne idée ! Bien... Vous désirez un peu de
café ? Une petite liqueur ?

32

Je reposai avec fracas le tas de papier sur la table de la salle à manger. Mon visage était devenu rouge de honte et de colère. Je ne me contenais plus.

— Tu te rends compte ? J'ai envie de vomir. Un vrai collabo, il dénonçait les Français, les Résistants. Se faire de l'argent en profitant du malheur des gens ne lui suffisait donc pas, il fallait qu'il descende encore plus bas…

Éric reposa quelques minutes plus tard ses feuilles, je lisais plus vite que lui. Il était aussi abasourdi que moi, même s'il restait plus calme.

— Je comprends pourquoi personne ne voulait te répondre lorsque tu posais des questions sur la guerre.

Je ne m'en remettais pas.

— Je suis sincèrement outrée par ce que je viens de lire.

Éric voulut m'apaiser en me voyant tremblante de rage.

— On fait une pause. On reprendra demain. Cela ne sert à rien de s'énerver comme cela.

Mais, je ne l'écoutais pas et continuais à parler toute seule de la honte millénaire qui s'abattait sur la famille, du fait que je ne pourrais plus me sentir la même en sachant que j'avais dans mes ancêtres un Hitler en puissance…

Éric me laissa extérioriser ma colère pendant un temps, puis me coupa dans mon élan.

— Tu sais, Emma, je suis peut-être moins démonstratif et virulent que toi, mais je suis aussi extrêmement choqué. Mais, sois positive ! On commence maintenant à comprendre pourquoi Eugène ne veut pas qu'on lise les carnets.

— Oui, c'est sûr, qu'il ne voulait pas que l'on sache que c'était un collabo… Je commence à comprendre aussi pourquoi Marguerite souhaitait avant sa mort rétablir la vérité, qu'il y ait une trace.

Je m'étirai en bâillant longuement, Éric me répondit en faisant de même tout en se frottant les yeux.

Éric se dirigea vers la cuisine.

— Tu veux quelque chose à boire ?

— Non, merci, je vais plutôt aller me coucher…

— Je n'ai plus la force de lire ce soir. On continuera demain. Tu sais, je crois que les terroristes dénoncés par Eugène incluaient son propre fils.

— J'en suis persuadée, mais j'ai déjà demandé à mon grand-père comment son frère était mort, et il m'a expliqué que c'était à Périgueux alors qu'il aidait des juifs à passer en zone libre.

— N'empêche qu'Eugène a failli faire tuer son fils.

— Oui, mais ce n'est pas ce qui s'est passé. J'ai vu son acte de décès établi à Périgueux donc il n'y a pas de doute possible.

33

Je rêvai. J'étais dans un train allant vers un endroit inconnu. Tout était flou, mal défini comme si j'étais devenue myope. J'étais dans un compartiment de six personnes avec Eugène et Marguerite qui ne parlaient pas. Éric était présent également. Les deux dernières places étaient vides. L'ambiance était pesante, comme si personne n'osait dire ce qu'il avait sur le cœur. Je me sentais complètement paralysée et impuissante. Je cherchais désespérément une solution.

Tout à coup, j'entendis une sirène stridente, qui devint de plus en plus insistante. Je pensai instantanément aux bombardements *une véritable plaie, ces bombardements qui mettent en route des sirènes sans arrêt…*

Mon portable sonna longuement. Je fis soudainement le lien entre la sirène de mon rêve et la sonnerie du téléphone. Je grommelai d'abord avant de pousser une série de jurons rauques intraduisibles.

Mon intense mécontentement ne provoqua aucune réaction de la part d'Éric qui semblait être dans un profond sommeil. Cela m'étonna, car vu l'impétuosité de mes dernières tirades, j'étais persuadée qu'il aurait réagi immédiatement s'il avait été dans un état normal.

Péniblement, je m'apprêtais à prendre le combiné quand la sonnerie s'interrompit. Dépitée, je constatai qu'Éric n'était plus dans la chambre et que je m'étais réveillée pour rien. Je vis alors qu'il était 9 h 30, donc une heure décente pour appeler. Au moment, où je me dirigeai, en grognant, vers la salle de bain pour prendre une douche, mon portable sonna à nouveau.

Je me ruai vers le téléphone. C'était ma tante, cela me calma instantanément.

— Comment vas-tu, Emma ?

— J'ai eu un début de journée un peu dur ce matin, mais ça va. Et toi ?

— J'ai parlé avec Marguerite.

Son ton était celui d'une personne qui avait la possibilité de prendre le thé avec Marguerite tous les jours.

Je tentai de rester pragmatique pour autant que cela soit possible.

— Tu as donc réussi à rentrer en contact avec elle.

— Non pas exactement, j'ai essayé, mais il ne s'est rien passé. En revanche, j'ai de nouveau fait un rêve plus ou moins éveillé. Il faut que je te dise que Sébastien me prend pour une illuminée.

— Pourtant Eugène lui a parlé.

— Oui, mais il ne souhaite pas renouveler l'expérience, lui...

— Elle t'a dit quelque chose d'intéressant ?

— Oui, que vous devez tous les deux trouver le moyen de rétablir la vérité. Je lui ai demandé ce que cela apporterait de remuer de vieilles histoires. Je lui ai dit qu'elle souhaitait que d'autres fassent le travail qu'elle n'avait pas voulu faire de son vivant. Elle a semblé se vexer et a parlé de la nécessité de clarifier les situations, du besoin de pardonner, de vouloir apaiser de vieilles rancœurs. Elle n'était pas très claire, je dois te l'avouer. Puis, elle s'est de nouveau évaporée.

— C'est bizarre quand même ! Qu'est-ce qu'elle en a à faire du pardon et de la vérité ? Elle n'est plus de ce monde !

— Ce n'est pas très simple à expliquer. En résumé, elle semble penser que tu récoltes ce que tu sèmes. Tous tes actes ont des conséquences même dans l'au-delà.

— Houlala ! Cela devient trop compliqué pour mon cerveau définitivement limité d'un point de vue spirituel !

— On en reparlera une autre fois. Je dois te laisser, on sonne à la porte...

Je passais le reste de la journée à réfléchir, troublée, sur ce que venait de me dire ma tante.

J'attendis la fin du dîner pour parler à Éric de ma discussion avec Alice. Je ne voulais pas aborder ce genre de sujets un peu métaphysiques dès son retour. Sa réaction prévisible ne se fit pas attendre :

— Je me demande parfois si Alice ne fabule pas un peu. Elle est peut-être de bonne foi, elle désire inconsciemment entrer en contact avec Marguerite pour nous aider, alors elle s'invente des rêves.

— Je n'en suis pas aussi sûre que toi. Jusqu'à présent, lorsque le paranormal est intervenu, c'était toujours avec des répercussions dans notre vie réelle.

— Oui, mais, là, c'est un peu fort. Et puis, cette histoire de dettes à payer, de pardon, c'est à dormir debout. Je ne peux plus suivre.

— Je dois t'avouer que je suis troublée… perplexe… Alice m'a dit qu'elle était prête à en reparler.

— Je sens la discussion ésotérique et incompréhensible.

— Ne te bloque pas non plus. Je souhaite entendre ce qu'elle a à nous dire. De toute façon, ce ne sera pas pour tout de suite, car ils partent pour le week-end. Elle a ajouté que nous pouvions tous les deux venir fouiller dans sa bibliothèque et prendre tous les livres que nous souhaitions. Je lui ai répondu que nous n'hésiterions pas. Il y a eu ensuite un silence, comme si elle ne savait pas comment m'annoncer autre chose. Puis elle m'a dit que Marguerite avait ajouté qu'il n'y avait pas de hasard ou de coïncidences… Cela m'a laissée sans voix. Voyant que je ne la suivais plus, elle a précisé que les choses arrivent au bon moment parce qu'elles sont nécessaires à notre évolution. On progresse pendant un certain temps, on acquiert une certaine expérience, puis un événement arrive et cela nous permet d'atteindre un nouvel objectif. J'étais sidérée. Elle a poursuivi en disant que si les conditions nécessaires à la production du changement ne sont pas encore réunies, l'événement ne se produira pas. Avant que je ne dise quoi que ce soit, elle a conclu en disant qu'elle devait me laisser, car elle devait préparer ses bagages et qu'elle n'était pas en avance.

— À quoi cela sert-il de te dire des choses comme ça ? Qu'est-ce qu'elle a derrière la tête ?

— Comment ça ?

— Cela me semble en effet un peu gros. Pourquoi mélanger tout cela ? Quel rapport y a-t-il entre nos sombres histoires de famille et le destin ou la prédestination ? Est-ce qu'Alice n'essaierait pas de nous embrouiller ? Elle n'a peut-être pas tant d'informations que cela à nous donner de la part de Marguerite, ses rêves sont certainement plus flous qu'elle nous le dit, alors elle brode avec ses débilités métaphysiques…

— Je t'avoue que je ne sais que penser…

La voix d'Éric se durcit.

— De toute manière, il faut bien qu'il y ait un coupable ou un complot et nous avons tous les suspects devant nous. Alors, oui, je me méfie de tout le monde, y compris d'Alice.

34

Le déjeuner traînait en longueur. Je vivais un supplice. Je ne pensais qu'à une chose, prévenir les Résistants, ne pas laisser la Gestapo réussir. Peut-être que mon fils faisait partie des personnes visées. Une boule me serrait la gorge. En même temps, une colère froide envers mon mari montait en moi. Comment pouvait-il être si inhumain ? La vie n'avait-elle aucune valeur pour lui ? Il n'avait donc aucune éthique pour donner ces renseignements aux Allemands alors que ces derniers ne lui demandaient rien de particulier. Ils étaient déjà trop contents d'avoir quelqu'un qui pouvait leur fournir en temps de pénurie toutes les denrées qu'ils souhaitaient.

Le repas fini et les invités partis, j'envoyai la bonne chercher de toute urgence Adélaïde qui donnait un coup de main à la pharmacie. Cette dernière, pressentant un problème, arriva à la maison en courant. Catastrophée, je lui annonçai ce que je venais d'entendre.

— Tu penses comme moi qu'il s'agit du sabotage qu'Henri avait prévu de faire cette nuit.

— Ce n'est pas que je le pense, j'en suis sûre. Je dois aller le prévenir.

— Tu sais où il est ?

— Non, mais je vais essayer de le retrouver. Je connais quelques personnes de son réseau. Je vais essayer de les joindre.

Elle regarda l'horloge. Il était plus de 16 heures. Elle s'affola, la nuit tombait tôt à cette époque de l'année.

— Tu peux surveiller la pharmacie pour moi ? Je pars maintenant.

Adélaïde était atterrée. Elle frissonna comme si elle était envahie par un froid glacial. Elle en savait beaucoup plus qu'elle ne me l'avait dit. Elle était certaine que son frère agirait à la gare de Trappes cette nuit-là, mais en plus, le Résistant hébergé depuis trois semaines dans le grenier, était impliqué dans la même opération.

J'avais accueilli Steven les bras ouverts lorsque Adélaïde l'avait découvert en sang, allongé dans un champ à 500 mètres de chez nous.

Steven avait raconté à Adélaïde dans un français hésitant, son parachutage, sa chute sur un arbre, comment il s'était perdu. Puis, il lui avait demandé si elle connaissait un certain Henri Beaumont.

Elle s'était exclamée :

— Vous avez une chance inouïe ! C'est mon frère.

Elle n'en revenait pas. Il était tombé par hasard sur la famille de la personne qu'il cherchait à contacter. Son frère était présent dans la maison à ce moment-là. Elle alla discrètement le trouver. Dès qu'il sut que Steven était plein de sang allongé dans le grenier, il bondit de son fauteuil pour aller le rencontrer.

Après avoir parlé longuement avec Steven, Henri vint me voir.

— Maman, il faut que nous gardions Steven chez nous. Il est là pour nous aider. Il vient d'Angleterre. Il fait partie du SOE, les services secrets. Tu penses qu'on peut le loger pendant plusieurs semaines dans le grenier sans que papa s'en aperçoive ?

— Oui, il faudra juste prévenir le réseau que nous ne pourrons plus accueillir de Résistants et de juifs en transit comme nous le faisions habituellement. Ils devront trouver pour ces personnes une autre solution.

— Oui, ne t'inquiète pas. Je les contacterai et leur dirai. Cependant, si tu préfères, nous pourrions utiliser la réserve de la pharmacie, papa n'y va plus du tout.

— Tu n'as pas peur que les employés le trouvent et parlent ?

— Si, tu as raison, ce n'est pas une bonne idée. Va pour le grenier. C'est de toute manière un endroit où la milice ou la Gestapo n'ira jamais chercher des Résistants ou des juifs.

— Oui, et c'est bien le seul avantage de la collaboration active de ton père.

— Il faut que tu le soignes aussi. Tu as regardé sa blessure à l'épaule ?

— Non, je suis à la pharmacie tout le temps. Je demanderai à ta sœur de s'en occuper.

La sœur en question n'hésita pas. À l'instant où elle avait croisé le regard de Steven, elle s'était sentie comme en transe. Elle s'occupa de lui plus que nécessaire, il améliora son français en un temps record, elle acquit rapidement des notions d'anglais.

En rigolant, ils appelaient cela des échanges interculturels approfondis.

Steven devint rapidement son amant. Ils avaient eu le coup de foudre dès le premier jour, s'étaient fait mille promesses. Ils savaient tous les deux que leurs vies ne tenaient qu'à un fil, mais ils voulaient y croire, tenter de faire des projets. Ils prévoyaient de se marier dès que la France serait libérée. Steven était prêt à vivre en France afin qu'Adélaïde reste près des siens et reprenne ses études interrompues pendant la guerre. Leur idylle était restée secrète parce qu'il était anglais et était là d'une manière clandestine.

Tout comme moi, Henri eut vite des doutes quant à la nature des relations entre Adélaïde et Steven. Mais, il choisit de ne rien dire. Après tout, ce n'était pas son problème et il appréciait beaucoup Steven qui était devenu rapidement son ami. Il était toujours drôle et de bonne humeur, ce qui n'était pas forcément évident vu sa situation d'homme traqué vivant dans le secret sous le toit d'un collabo qui recevait des Allemands sans aucun état d'âme.

Ma fille avait donc deux raisons d'être angoissée, elle savait son amant et son frère dans une situation catastrophique à cause de son père.

Adélaïde mit un foulard sur sa tête et un imperméable et prit son vélo. Elle hésita. Elle ne savait pas trop où aller. Elle porta son choix sur un ami de son frère. Henri lui avait toujours dit que s'il y avait un problème, elle devrait demander de l'aide à cette personne de confiance qu'elle ne connaissait pas personnellement.

Gérard habitait à quelques kilomètres de là dans le village de Choisel. Elle mit une petite demi-heure pour y aller. Trempée, elle s'arrêta devant une maisonnette grisâtre qui ne payait pas de mine. Pas très rassurée, elle tambourina à la porte à plusieurs reprises. Personne ne lui répondit. Elle sentit une boule d'angoisse dans sa gorge et des larmes lui montèrent aux yeux. Que faire ? Vers quel endroit aller ? Vers qui se tourner ?

Elle remonta en selle, elle n'avait pas fait trois tours de roue qu'elle aperçut quelqu'un sous la pluie. Elle ne voyait qu'un imperméable voler au gré du vent. Le tonnerre gronda bruyamment et elle sursauta. Une impression de fin du monde l'envahit. Elle s'avança timidement vers l'inconnu.

— Je cherche quelqu'un s'appelant Gérard qui habiterait ici. Vous le connaissez ?

L'inconnu la contempla d'un air des plus méfiants. Il la fixa droit dans les yeux comme pour juger de sa sincérité.

— C'est à quel sujet ?

Elle le regarda un instant sans un mot. Elle était comme hypnotisée par son regard bleu acier.

— Je viens de la part de Henri Beaumont. Gérard est un de ses amis. Il m'a dit d'aller le voir si j'avais un problème.

— Vous vous appelez comment ?

— Oh ! Excusez-moi ! Je suis sa sœur Adélaïde.

— Je suis Gérard. Que puis-je faire pour vous aider ?

— Je dois retrouver au plus vite mon frère. Il est en danger de mort. Il doit aller à Trappes ce soir et les Allemands lui ont tendu un guet-apens, je dois le prévenir.

Elle prenait de gros risques en donnant des détails à cet inconnu. Elle n'était même pas certaine qu'il s'agissait bien du fameux Gérard. Et puis, qu'est-ce qu'il faisait à marcher comme ça sous la pluie ? D'où venait-il ? Comme s'il avait lu dans ses pensées. Gérard lui précisa en radoucissant son ton :

— Je reviens de Saint-Rémy. Ma voiture est en panne.

— Nous devons y retourner. Votre frère est là-bas.

— Nous ne pouvons pas le joindre par téléphone ?

— Je n'ai pas de téléphone et la poste de Choisel est tenue par des collabos. Je ne veux pas prendre de risque. Il faut y aller.

— Je viens avec vous. Je veux voir mon frère. Donnez-moi un vélo !

Ils arrivèrent trois quarts d'heure plus tard à Saint-Rémy. La pluie tombait de plus en plus fort. On ne voyait pas à cinq mètres.

35

Éric reposa son exemplaire en baillant de tout son saoul.

— Je n'en peux plus. J'ai les yeux qui se ferment bien malgré moi, le champagne doit aussi y être pour quelque chose !

— Veux-tu que l'on arrête de lire pour ce soir ?

J'étais horriblement frustrée de la lenteur avec laquelle Éric lisait, mais je ne voulais surtout pas le lui montrer. Il faisait un bel effort en s'attelant à autre chose que de la documentation technique.

— Oui, si cela ne te dérange pas.

— Non, je suis également en train de tomber de sommeil. Mais, l'histoire est passionnante. Heureusement que Marguerite l'a écrite à la fin de sa vie lorsqu'elle a eu une vision globale des choses. Je ne te dis pas qu'elle est objective, mais elle avait certainement pris beaucoup de recul par rapport aux événements.

— Oui, mais je ne comprends toujours pas notre rôle dans tout cela.

— Comment cela ?

— Si je rentre dans le monde paranormal qui nous entoure, Marguerite a laissé ses carnets dans le grenier avec l'espoir secret que quelqu'un les retrouverait. Eugène nous met des bâtons dans les roues et Marguerite nous encourage à rétablir la vérité. Mais quelle vérité ? Quel rôle devons-nous jouer ?

— Elle a dit également à Alice qu'il n'y avait pas de hasard, que pour la tranquillité de son âme, il fallait faire ce qu'elle n'avait pu accomplir de son vivant. C'est là que j'ai du mal à suivre.

— Tu m'as dit qu'Alice mettait sa bibliothèque à notre disposition.

— Oui, en effet.

— Je vais faire un grandiose effort d'ouverture d'esprit. Nous allons aller voir les livres qu'elle pourrait avoir sur les coïncidences et les lois de cause à effet. Cela te va ?

Mes yeux se mirent à briller.

— Oui, avec plaisir.

36

J'avais préparé le petit déjeuner pendant qu'Éric émergeait lentement. Je lui tendis une tasse de café fumante. Il la prit d'un air absent. Je tentai d'engager la discussion.

— Ça fait quel effet d'être en week-end ?

— Beaucoup de bien.

— Que veux-tu faire aujourd'hui ?

J'avais l'espoir secret qu'il m'annoncerait qu'il voulait finir de lire les carnets.

— On va passer chez Alice voir ses livres, si tu veux…

Ce n'était pas la réponse que j'attendais, mais c'était quand même une très bonne idée. Éric semblait très fier de sa proposition. Il ajouta même :

— Tu vois, je ne suis pas complètement obtus…

— En effet, ton cas n'est pas définitivement désespéré. Rappelle-toi l'obscurantisme de l'église catholique qui a eu un mal fou à admettre que la terre tournait autour du soleil. Ne fais pas la même erreur qu'elle !

— Oui, mais mon éducation spirituelle attendra un peu. Je vais rester pragmatique. Je vais également jouer à Sherlock Holmes dans la journée. Je vais prendre tes messages anonymes et regarder si des empreintes différentes des nôtres existent. Auparavant, je souhaite finir mon petit déjeuner dans la sérénité. Mon programme te convient-il ?

Je gardais pour moi mes envies de lecture.

— Parfait ! Ton programme est parfait !

— Où sont les messages ?

— Dans le dossier rouge sur ta table. N'oublie pas de prendre des gants pour ne pas brouiller les pistes davantage !

— Ne te moque pas de moi !

Je partis faire quelques courses. Lorsque je revins, je constatai avec consternation qu'Éric avait eu l'idée saugrenue de vouloir nous préparer ce qu'il appela un succulent repas : des hot-dogs. J'avais une autre vision de l'art culinaire. Non pas que je fasse des repas élaborés, mais il y avait des fruits et des légumes dedans, c'était sûr !

Ne voulant pas le vexer, j'entamai le sandwich avec une bonne volonté évidente.

— Je me propose de reprendre en charge, si cela ne te dérange pas, la partie culinaire de notre vie commune.

Un sourire de contentement illumina son visage.

— J'adhère à 2000 % à ta proposition.

— Bon, sinon, ton enquête a avancé ?

— Oui et non.

— Comment as-tu procédé ?

— J'ai pris tes deux feuilles avec des gants. J'ai extrait la mine d'un vieux crayon à papier que j'ai ensuite réduit en poudre. À l'aide d'un pinceau, j'ai balayé les deux feuilles. Des empreintes un peu floues sont apparues. Je les ai comparées avec les miennes que j'ai obtenues à l'aide de ton tampon encreur. Maintenant, il me faut les tiennes. J'ai une troisième série d'empreintes. Il va falloir inventer quelque chose afin d'obtenir celles du reste de la famille.

Je posai mon doigt sur le tampon, puis l'appliquai soigneusement sur une feuille de papier vierge. Éric, à l'aide d'une loupe, compara l'empreinte avec celles passablement floues des deux messages. Il me tendit la loupe.

— C'est bon, j'ai isolé les tiennes. Tiens, regarde !

Je regardai attentivement, mais je ne vis rien de précis. Je choisis de lui faire confiance.

— Comment fait-on, maintenant ?

— Il faut profiter d'une réunion de famille et trouver un moyen de relever les empreintes de tout le monde discrètement.

— On pourrait utiliser les verres de l'apéritif et les relever avec du scotch !

— Du scotch ! Tu as vu ça où ?

— Je ne sais plus. À la télévision ou dans un roman policier. Pourquoi ?

— Il ne faut pas que Lucienne puisse nous voir.

— Pourquoi veux-tu que Lucienne ne soit pas au courant ?

— Tu trouves cela normal de relever les empreintes de ta famille ? Elle le répétera, c'est sûr !

— Quand est-ce que la prochaine réunion de famille a lieu ?

— Le week-end prochain. Nous allons fêter l'anniversaire de ma grand-mère. Il y aura tout le monde.

Nous fîmes un test avec de la poudre de mine de crayon à papier et scotch. On pouvait recueillir l'empreinte sans problème, mais elle était inversée, ce qui compliquait un peu l'exercice de comparaison. Enfin, nous essaierions et verrions bien !

Un éclair déchira le ciel. Une trombe d'eau s'abattit contre les fenêtres de la salle à manger. Le temps n'étant pas au beau fixe, nous reportâmes au lendemain la visite chez Alice et, à mon grand plaisir, nous nous remîmes à notre lecture commune.

37

Carnet de Marguerite – 1942

Ils étaient trempés jusqu'aux os. Ils sonnèrent à la porte d'une boulangerie qui avait pourtant ses rideaux baissés. Gérard insista, il semblait savoir ce qu'il faisait. Une jeune femme apparut derrière la porte. Méfiante, elle commença par dire que c'était fermé, puis elle reconnut Gérard. Un bref sourire apparut sur son visage. Rapidement, elle les fit entrer, referma la porte à double tour et baissa le rideau derrière eux. Gérard discuta avec elle à voix basse pendant deux à trois minutes. Ils ne semblaient pas vouloir qu'Adélaïde entende. La confiance régnait ! À un autre moment, elle aurait réagi, mais là elle ne voulait pas perdre de temps en discussion stérile et en plus elle n'avait pas la force d'affronter la fille de la boulangère de Saint-Rémy. Gérard se retourna ensuite vers Adélaïde qui se frictionnait avec l'énergie du désespoir pour se réchauffer. Il lui adressa un regard désolé.

— Mauvaise nouvelle ! Ils sont déjà partis.

— Tu veux dire à Trappes.

— Près de Trappes, oui.

— Il faut les rejoindre, les prévenir.

La jeune femme se tourna vers elle :

— Tu es sûre de tes informations. Qui nous dit que tu ne nous tends pas un piège ?

— Au cas où vous l'ignoreriez, mon père travaille étroitement avec les Allemands. Il en a reçu deux à déjeuner ce midi. Et ces derniers se sont vantés devant ma mère d'aller à la chasse aux terroristes cette nuit à Trappes.

— Vous pourriez travailler avec eux aussi.

Gérard l'interrompit brutalement en la regardant droit dans les yeux.

— Tu peux avoir confiance, elle cache des juifs, des Résistants. On perd du temps. Tu peux nous passer une voiture ?

— Non, je n'ai pas de voiture. En revanche, j'ai la moto de mon frère.

— Ça fera l'affaire. On part tout de suite.

Chaque minute comptait. Ils se précipitèrent sur la moto. La pluie continuait à tomber. Son intensité augmentait. Un sentiment de catastrophe impossible à conjurer envahissait maintenant Adélaïde. Elle avait la certitude qu'ils ne pourraient pas arrêter l'opération à temps. C'était un sentiment irrationnel, mais tenace. La nuit tombait doucement. Éviter les ornières sur la route mal entretenue leur prit du temps et ils firent des détours pour échapper à d'éventuels contrôles de police. Ils arrivèrent quarante minutes plus tard dans la forêt de Guyancourt abandonnant la moto pour se frayer un chemin tellement cela glissait. La nuit était presque totale à cause des nuages gris très bas et des arbres. Ils s'enfoncèrent dans la boue à plusieurs reprises. Ils arrivèrent à la cachette, une vague cabane en ruine abandonnée dissimulée par des feuillages. Plus personne à l'intérieur.

Adélaïde ne put s'empêcher de gémir.

— Oh, mon Dieu ! Ils sont déjà partis. On est arrivés trop tard.

Des larmes coulaient sur ses joues. Elle regarda Gérard, désespérée.

— On fait quoi maintenant ?

— On reprend la moto, on va à la gare de triage de Trappes et on essaie de les arrêter.

Il sortit un pistolet de son pardessus et lui tendit.

— Vous pourriez en avoir besoin !

Constatant l'air ahuri d'Adélaïde, il demanda :

— Vous savez l'utiliser ?

— Non. Je ne sais pas. Je n'en ai jamais eu l'occasion.

— C'est simple, vous prenez l'arme, vous enlevez le cran de sécurité, vous visez dans la direction où vous voulez que la balle aille et vous tirez.

Il la regarda intensément :

— Ça va aller ?

Se demandant si seulement elle serait capable de l'utiliser en cas de besoin, elle murmura :

— Oui.

Le retour vers la moto fut pénible, la nuit était maintenant totalement noire et ils perdirent un temps précieux en s'égarant à plusieurs reprises. Ils glissaient sans arrêt dans la boue. C'était l'enfer, les feuillages leur giflaient le visage. La moto, heureusement, démarra au quart de tour. Ils furent à Trappes en vingt minutes. La moto fut cachée à 200 mètres de la gare de triage pour qu'ils ne soient pas repérés. Ils coururent. Des échanges de coups de feu retentirent, ce qui les stoppa net dans leur élan.

Gérard lui prit la main et cria :

— Suivez-moi !

Ils se cachèrent derrière des wagons de marchandises.

Affolée, Adélaïde porta sa main à sa bouche pour ne pas hurler tellement elle avait peur. Elle venait de voir, à trente mètres d'elle, son frère blessé à la jambe qui rampait lentement dans leur direction. Pas d'Allemands ou de milice en vue, Gérard se courba et courut jusqu'à lui, puis le traîna jusqu'à leur cachette.

Gérard chuchota :

— Il faut partir, les alliés vont bombarder la gare. Ils veulent tout détruire.

Rassurée de voir que son frère était pris en charge par Gérard, elle demanda d'une voix blanche :

— Où est Steven ?

— Je ne sais pas, ils l'ont peut-être pris. On est tombés dans un guet-apens. Il faut partir.

— Allez-y ! Je reste ! Je veux retrouver Steven.

Ils entendirent le bruit des camions de la milice qui partaient.

— Je vais voir s'il n'est pas là, blessé ou mort. Je vous rejoins, je me débrouillerai.

Gérard hésita deux secondes.

— Je ramène Henri en lieu sûr et je passe te prendre avec une voiture. On se retrouve à l'endroit où j'ai garé la moto.

Elle embrassa doucement son frère sur le front.

— Tu vas t'en sortir frérot, ne t'en fais pas.

Elle courut vers les voies ferrées tout en guettant les sirènes annonçant un bombardement imminent. Des projecteurs, qui étaient restés allumés, dispensaient une lumière blafarde. Et, alors, elle le vit. Elle poussa un hurlement proche de la crise de nerfs et se rua vers lui. Il était allongé par terre. Du sang coulait de son bas-ventre.

Il lui fit un pâle sourire et lui dit d'une voix presque inaudible en grimaçant de douleur :

— Ils m'ont eu. C'était un piège… Je suis heureux que tu sois là.

Adélaïde pleurait à chaudes larmes. Elle le prit contre elle.

— Tout va bien maintenant, Steven. On va te soigner, te guérir. Gérard va revenir avec une voiture.

— Je vais mourir Adélaïde, je le sais. Cela fait dix minutes que je pisse le sang. Je ne sens plus rien.

Elle sentit les bourrasques sur son visage, la pluie qui se mêlait à ses larmes. Elle se mit à sangloter, à hurler :

— Ce n'est pas possible, il n'a pas pu faire cela ! Tu vas guérir.

Elle l'embrassa longuement.

Il lui murmura doucement :

— Je t'aime, baby.

Puis plus rien, le silence.

Elle le secoua frénétiquement pendant un temps interminable. Les sirènes se mirent à hurler. Elle resta. Elle voulait mourir, elle aussi. Ne pas vivre alors que son amant avait été trahi par son propre père.

Gérard arriva en courant, la mit sur son épaule et l'emmena. Elle ne comprenait plus.

Elle hurla.

— Je veux mourir, je veux mourir.

Les premières bombes se mirent à tomber. Un bâtiment explosa à une cinquantaine de mètres d'eux. Adélaïde sentit la chaleur des flammes, puis le trou noir…

Elle se réveilla dans une pièce inconnue. Un médecin était penché vers elle.

— Comment allez-vous ?

Elle répondit d'une toute petite voix.

— J'ai mal partout et j'ai soif. Mon frère va comment ?

— Il va bien. Ses jours ne sont pas en danger. Il va se remettre. Votre maman est au courant. Elle va venir vous chercher tous les deux.

Elle repensa à Steven. À son absence pour toujours. Elle sentit les larmes couler doucement sur ses joues, c'était comme une digue qui cédait, elle eut l'impression qu'elle ne pourrait jamais s'arrêter de pleurer.

38

Une autre digue avait cédé. Je pleurai à chaudes larmes. Je posai les feuillets sur la table basse.

— Comment a-t-il pu faire cela ? Je comprends qu'Adélaïde soit partie loin après la guerre. C'est ignoble !

Éric avait les yeux secs, mais semblait en état de choc. Il dit d'une voix cynique :

— Rien d'étonnant à ce que ta famille ne soit pas prolixe en explications sur la Seconde Guerre mondiale.

Nous bûmes un café, ce qui me laissa le temps de me calmer. La chaleur de la boisson nous fit du bien. Éric reprit la parole.

— Que va-t-on apprendre d'autre ?

— Je ne pourrai plus regarder ma famille de la même manière, maintenant. Ce qui m'étonne c'est que l'on n'ait pas assumé tout cela.

— Assumé ?

— Oui, tout le monde fait des erreurs, il vaut mieux donner sa version des choses plutôt que de se voiler la face. Les secrets finissent toujours par se savoir. Comment Marguerite a-t-elle pu rester avec lui après cela ?

— N'oublie pas ce qu'elle dit au début, lors de l'accident de ses parents. Elle est profondément catholique. Or, à cette époque, on ne divorçait pas comme aujourd'hui. Si on le faisait, on était excommunié.

— Au moins, une chose est sûre. Adélaïde ne peut pas être la coupable. Elle a carrément été la victime d'Eugène. Elle n'a aucun intérêt à ce que la vérité soit cachée.

— Attendons avant de tirer des conclusions hâtives. Tu ne sais pas ce qui s'est passé ensuite. Même si Adélaïde est *a priori* hors de cause puisqu'elle n'était pas là lorsque notre appartement a été visité et lors du repas où ton oncle a raconté son rêve du fantôme.

— Je suis d'avis d'arrêter notre lecture afin de digérer toutes ces nouvelles informations. J'ai eu assez d'émotions comme cela pour la journée.

39

Après cet intermède reposant, le dîner de famille dominical avec relevés d'empreintes arriva vite.

Pour parvenir à nos fins, le stratagème prévu était simple. J'éloignerais Lucienne de la cuisine sous un prétexte quelconque et pendant ce temps-là, Éric, armé de poudre et de scotch, irait prendre les empreintes.

Tout ne se passa pas exactement comme nous l'avions imaginé. Notre plan fut remis en cause dès notre arrivée. Lucienne, victime d'une indigestion, ne fit pas le service. De plus, nous conservâmes nos verres de champagne à table pour en boire une coupe au dessert.

Le repas se déroula sans que nous parvenions à trouver une solution. Une fois le dessert servi et le champagne bu, soudainement pris d'une illumination, je proposai d'aller faire le café. Je posai sur un plateau les coupes en suivant la disposition de la table, puis les ramenai dans la cuisine en priant le ciel qu'Éric ait l'idée géniale de me suivre.

Éric se leva quelques secondes plus tard, courut chercher le scotch et se précipita dans la cuisine. Pendant que le café coulait, nous nous répartîmes les relevés. J'étais très tendue, car je trouvais qu'on mettait beaucoup trop de temps à trouver les empreintes sur les verres, à mettre la poudre de la mine du crayon et à apposer le scotch.

Nous avions presque fini lorsque ma mère entra dans la cuisine. Elle nous regarda, amusée.

— Vous voulez de l'aide ? Vous ne trouvez pas les tasses ? Qu'est-ce que vous complotez tous les deux ?

Éric eut le temps de glisser le scotch dans sa veste. J'eus moins de chance, je ne réussis pas à décoller le morceau que j'avais posé sur le verre utilisé par mon oncle. Voulant le cacher, j'attrapai le verre maladroitement et le fis tomber par terre où il s'éclata en mille morceaux.

— Je suis désolée… Qu'est-ce que je peux être maladroite ! Je m'en occupe, maman.

Il fallait que je freine les ardeurs de ma mère qui se dirigeait d'un pas décidé vers le balai. Je lui pris des mains et ramassai les morceaux de verre épars pendant qu'Éric faisait diversion. Je réussis discrètement à ramasser le scotch et le mis dans ma poche sans que ma mère s'en aperçoive grâce à la présence d'esprit d'Éric. Ce dernier lui décrivait dans le détail les différences entre le café italien, français et turc.

En revenant à la maison, impossible de trouver ma clé pour ouvrir la porte d'entrée. Ce fut Éric qui l'ouvrit. Nous avions un double chez le gardien, j'irais le chercher le lendemain matin.

Une fois chez nous, nous reparlâmes de notre relevé d'empreintes amateur, nous riions aux éclats.

Éric s'exclama :

— Tu parles de détectives !

— Nous avons été minables.

— Nous n'avons même pas réussi à obtenir toutes les empreintes.

— Il manque celle de mamy, c'est tout ?

— Oui, et je ne sais pas si celle de ton oncle sera exploitable vu le traitement que tu lui as infligé ! Quelle présence d'esprit !

— Je vais me vexer, Éric.

— Allons plutôt analyser nos relevés, dans ce cas.

Une demi-heure plus tard, le verdict tombait. À notre grande déception, aucune des empreintes obtenues ne correspondait avec celles recueillies sur les messages anonymes. J'étais perplexe.

— Tu es sûr de tes analyses ?

— Oui, certain. Cela élimine cinq personnes sur les sept.
Il ne reste plus que ta grand-mère et ton oncle.

— Tu imagines mamy en train de crever mes pneus avec
son arthrose de hanche. Tu vois mon oncle en train de voler
les carnets chez moi.

— Il avait accès à la clé.

— Oui, mais il était en voyage d'affaires au Portugal à
cette époque-là. De toute façon, si quelqu'un a manipulé ce
papier, cela ne signifie pas forcément que c'est lui qui a envoyé le message. Imagine un membre de notre famille particulièrement retors. Il voit quelqu'un manipuler des feuilles
de papier blanc. Il met des gants et ensuite envoie son message.

— Ton idée n'est pas stupide. Mais je dois t'avouer que
dans ce cas, nous n'avançons pas d'un pouce dans notre enquête, si ce que nous faisons est une enquête...

Je me mis à rire.

— Le mot est peut-être un peu présomptueux, effectivement...

40

Carnet de Marguerite – 1943

Adélaïde avait l'impression que tous les malheurs du monde s'abattaient sur elle. Non, il n'était pas suffisant que son amant meure, que son père soit collabo et son frère soit blessé. En plus, elle était enceinte de Steven. Le docteur l'avait examinée pour être sûr qu'elle n'avait rien et lui avait appris la nouvelle. Une nouvelle crise de larmes avait accueilli sa déclaration. Elle avait l'impression de s'assécher à force de pleurer tout le temps, et au moment où elle se disait qu'elle ne pourrait plus jamais pleurer, qu'elle avait pour sa vie entière épuisé toutes les larmes de son corps, elle remettait cela. Elle était donc enceinte d'une personne qui n'était pas censée être sur le territoire français, et qui était morte dans un acte de sabotage. Elle demanda au docteur de garder le secret absolu sur cette histoire. Comme elle était majeure, il accepta.

Qu'allait-elle dire lorsque son ventre s'arrondirait ? Il fallait qu'elle trouve un père à cet enfant. Elle ne savait pas vers qui se tourner. Elle envisagea de mettre sa mère dans la confidence, mais elle ne pourrait pas lui apporter de solution qui lui convienne. Elle lui en parlerait une fois qu'elle aurait un père à disposition.

Dans ces connaissances, elle ne voyait personne qui ait un sens du sacrifice suffisant pour accepter. Elle pensa alors aux Résistants. L'aider était un acte de Résistance d'une certaine manière. Elle allait tenter sa chance avec Gérard ; demander à ce quasi-inconnu d'endosser la paternité de cet enfant. Ils avaient vécu un moment d'une violence inouïe à Trappes, il connaissait son amant. C'était un bon candidat célibataire et libre de toutes attaches.

Elle convint avec lui d'un rendez-vous dans l'église de Milon. Ils se méfiaient de la milice et des Allemands. Aucun lien n'avait été fait entre eux et le sabotage de la gare de triage, mais il valait mieux être prudent.

Gérard pensait qu'elle voulait s'investir plus dans la Résistance pour venger son amant. Elle ne l'avait pas démenti.

— Je veux m'engager davantage. Je suis prête à aider des personnes recherchées à franchir la zone libre. Henri m'a dit qu'il connaissait des gens à Périgueux qui pourraient nous aider. Mais, je dois te demander un petit service, plutôt un énorme service.

Il la regarda droit dans les yeux pressentant qu'elle allait lui demander quelque chose de peu ordinaire.

— Je vais d'abord te poser une question indiscrète. As-tu une fiancée ?

— Non. Pourquoi ?

— Henri a dû te dire que j'avais une liaison avec Steven ?

Gérard répondit par l'affirmative d'un hochement de tête. Elle prit une longue inspiration.

— Et bien, je viens d'apprendre que j'étais enceinte. J'ai un problème : qui est le père de cet enfant ? Je ne peux pas parler de Steven, officiellement il n'existe pas. Or, on va me poser des questions.

Gérard comprit instantanément où elle voulait en venir.

— Et, tu voudrais que je sois le géniteur officiel de cet enfant.

Il éclata de rire. Son rire résonna dans toute l'église d'une façon incongrue. Heureusement, elle était vide. Mais, cela provoqua une nouvelle crise de sanglots chez Adélaïde qui avait envie de rentrer six lieues sous terre tellement elle se sentait humiliée et naïve d'avoir cru qu'elle pouvait compter sur lui.

Il lui posa sa main délicatement sur son épaule, mais elle eut un mouvement de recul. Il se reprit et lui parla d'une voix douce.

— Excuse-moi. Je ne sais pas ce qui m'a pris. Un rire nerveux, je suppose. Je suis tellement surpris par ta demande. On ne se connaît que depuis quelques jours.

— Je ne te demande pas de m'épouser. Je souhaite seulement que tu reconnaisses cet enfant afin que personne ne sache que nous avons hébergé Steven. Un acte de Résistance, si tu veux.

Gérard réfléchit un instant.

— Écoute, voilà ce que je te propose. J'endosse la paternité de cet enfant à partir du moment où ton état sera visible. Mais, nous rétablissons la vérité dès que les boches auront quitté le pays. Cela te va ?

Elle lui fit un beau sourire. Cela lui allait parfaitement.

— Oui, je te remercie infiniment. On fait comme cela.

— Tu ne pourras pas sortir des gens de la zone occupée dans ton état.

— Si ! Je pourrai ! Je ne suis pas handicapée, tu sais ! On ne se méfiera pas d'une femme enceinte. De plus, dès qu'Henri sera rétabli, il viendra m'aider.

Gérard regarda sa montre.

— Bon, il ne faut pas que je traîne de trop. Je dois partir. On te contactera.

Adélaïde sortit de l'église un peu plus sereine. Mais, elle avait encore deux ou trois choses à régler.

D'abord, elle devait aller voir son frère, pas Henri, mais Charles. Il fallait lui ouvrir les yeux sur deux ou trois petites choses.

Elle le retrouva sur la terrasse d'un café. Protégé du soleil par un parasol, Charles était en pleine discussion avec sa fiancée portant le doux prénom d'Isabelle. Cette dernière était issue d'une famille de propriétaires fonciers. Elle fréquentait Charles depuis quelques mois et ignorait tout de ses activités avec les Allemands. Charles, qui avait un semblant de morale, ne s'en vantait pas. Pour elle, il n'était qu'un simple étudiant en droit des affaires.

Adélaïde ne fut pas très diplomatique dans son approche.

— Bonjour, Charles. Bonjour, Isabelle. Je souhaiterais avoir un entretien seul à seul avec toi, Charles.

— Là, maintenant ?

Adélaïde ne se laissa pas impressionner.

— Oui. Là. Maintenant.

Isabelle sentit qu'Adélaïde avait un problème. Bien qu'elle trouvât la manière de procéder un peu cavalière, elle se leva et déclara d'un ton posé qu'elle avait quelques courses à faire, qu'elle reviendrait dans une petite demi-heure.

— Cela te convient-il, Adélaïde ?

Cette dernière approuva d'un rapide hochement de tête et attendit patiemment qu'Isabelle se lève.

À peine était-elle partie qu'Adélaïde attaqua. Elle parla d'une voix basse et menaçante.

— Charles, nous avons un gros problème tous les deux. Je ne sais pas si tu en es conscient, mais avec les débilités que tu fais avec papa et les Allemands, tu as failli tuer Henri et tu as tué l'un de mes amis, Steven.

Son frère s'affola.

— De quoi parles-tu, Adélaïde ? Tu es devenue folle ou quoi ?

— Je suppose qu'une fois de plus, tu étais avec papa à Versailles lorsqu'il a entendu lors d'un déjeuner des informations sur un sabotage qui aurait lieu à la gare de Trappes.

— Oui, pourquoi ?

La voix d'Adélaïde devint anormalement aiguë.

— Cela ne t'a pas dérangé qu'il le répète aux Allemands. Tu étais là aussi lorsqu'il l'a fait.

— Oui, et alors ? On ne va pas laisser des terroristes briser nos voies de communication. Tu ne te rends pas compte, Adélaïde, que la guerre est finie, que ce sont les Allemands qui ont gagné. Alors, autant collaborer avec eux.

— Espèce de sombre crétin ! Il ne t'est jamais venu à l'esprit qu'Henri pouvait avoir des idées différentes des tiennes. Il y était, Charles ! Il ne s'est pas blessé lors d'un accident de moto comme il l'a raconté, mais il fait partie des terroristes qui veulent libérer notre pays de l'occupation nazie ! Recommence un coup comme ça et tu le tueras à coup sûr et moi aussi.

Charles recracha instantanément le café qu'il était en train d'avaler et se rua vers les toilettes pour vomir les pâtisseries qu'il venait d'ingérer.

Il revint quelques minutes plus tard, l'air hagard, des gouttes de sueur perlant à ses tempes.

— Je suis désolé, sincèrement désolé. Quand je pense que j'ai failli tuer mon propre frère, j'en suis malade.

Il la regarda, catastrophé.

— Et tu dis que tu as un ami qui est mort.

— Mon amant est mort, oui. Le père de mon enfant aussi.

Le teint de Charles devint blafard. Elle crut qu'il allait avoir un malaise.

— Tu es enceinte ?

— Oui, d'un Résistant.

— Comment vas-tu faire ?

— Ne t'inquiète pas, j'ai trouvé un père de remplacement qui jouera parfaitement son rôle, d'ici la fin de l'occupation. Voilà, tu as toutes les cartes en main. Tu peux aller nous dénoncer ou essayer de te racheter. Réfléchis, Charles. Je ne voudrais pas être à ta place lorsque je me regarderai dans la glace, tous les matins.

— Comment puis-je vous aider ? Papa s'en rendra compte.

— Je vais dire ses quatre vérités à papa. Il ne saura pas pour l'amant et je ne lui annoncerai que je suis enceinte que lorsque je ne pourrai plus le cacher. En revanche, je veux qu'il sache pour son propre fils et...

Charles l'interrompit d'un geste brusque en plein milieu de sa tirade. Il la prit par le bras et la regarda, complètement terrifié :

— Tu vas faire une énorme bêtise, Adélaïde. Papa est persuadé qu'il est du bon côté. Il prendra Henri pour un vaurien. Il le dénoncera peut-être.

Il reprit son souffle et ajouta d'un ton plus calme :

— Henri est au courant de ce que tu comptes dire à papa ?

— Non.

— Tu ne crois pas qu'avant tout tu devrais lui demander son avis ?

Adélaïde ne répondit rien. Cependant, elle savait déjà qu'il avait raison. Elle ne dirait rien à son père, du moins pour le moment, et ce, même si elle en mourait d'envie. Après un long silence où chacun d'entre eux sembla perdu dans ses pensées, Adélaïde reprit la parole.

— Tu as raison. Papa ne saura rien. Il suffit que tu sois nos yeux et nos oreilles. Tu participes à toutes les discussions et tu nous répètes ce que tu entends. Cela pourrait vraiment nous aider vu les fréquentations de notre cher père et la confiance qu'ils lui accordent. Tu seras une sorte d'agent double.

Charles se vexa.

— Je ne suis pas un agent des Allemands. Je les côtoie d'accord, je peux même faire des affaires avec eux, mais je n'ai jamais fait de délation. J'essaierai de parler avec papa, de lui dire qu'il ne faut pas faire de délation, que l'on n'est absolument pas obligé de le faire, que les Allemands sont très contents de nos relations actuelles, qu'il faut envisager la possibilité d'une défaite allemande.

Adélaïde alla dans son sens et ajouta d'un ton cynique :

— Il comprendra ce langage politique et pragmatique, il faut qu'il se donne la possibilité de retourner sa veste.

— Tu ne dois pas le juger, il croit avoir fait le bon choix.

Elle ne put empêcher sa bouche de trembler et lui répondit d'une voix amère.

— Tu veux dire qu'il n'a aucune morale, que d'avoir des morts sur la conscience ne le dérange pas. C'est sûr, pour lui, cela reste abstrait, ce n'est pas lui qui appuie sur la gâchette.

41

Nous reposâmes d'un commun accord les feuillets. Nous en avions appris assez pour la journée. Mon grand-père avait baigné dans toutes ces saletés. Certes, il avait eu la volonté de se racheter, mais il avait quand même commercé avec les nazis sans que cela lui pèse sur la conscience. Maintenant, je savais d'où provenait tout notre argent. Ma famille avait fait partie des profiteurs de guerre, il n'y avait pas de quoi en être fier. Éric essaya de tempérer mon jugement.

— Nous jugeons, Emma, mais nous ne savons pas comment nous aurions réagi dans la même situation. C'est facile de critiquer.

— Oui, mais il y a une question de morale, il faut pouvoir se regarder dans la glace tous les matins. Eugène aurait pu faire partie des nombreuses personnes attentistes, ne rien faire. Mais, non, il a été un collabo actif. C'est horrible.

— Revenons au présent et jouons à Hercule Poirot. Nous avons besoin de savoir qui aurait un mobile pour ne pas vouloir que tu lises ces carnets. Or, Charles en a un. Il ne veut pas que l'on sache qu'il a été collabo, qu'il a participé d'une manière indirecte à la mort de Steven.

— Oui, je suis d'accord. Mais comment le prouver ?

— Pour le moment, on ne peut pas. Continuons à lire et à faire la liste de toutes les personnes qui pourraient avoir un mobile. Tu sais, on disait qu'Adélaïde n'avait aucune raison de nous créer des ennuis… En même temps, elle a peut-être honte pour sa famille, et elle ne veut peut-être pas que son histoire avec Steven soit connue. Elle n'en a jamais parlé.

— Oui, mais Adélaïde est forcément hors de cause, elle n'était pas là quand mes ennuis ont commencé.

Je regardais ma montre.

— On va oublier ma famille et ses secrets et nous préparer pour notre soirée.

Comme je l'avais imaginé, Éric avait oublié de nous souhaiter un bon anniversaire de rencontre lorsque nous nous étions réveillés. Il avait pris un air coupable et m'avait promis de rentrer tôt.

— Devons-nous nous mettre sur notre trente-et-un ?

Le regardant avec son jeans usé et le polo qu'il utilisait pour bricoler, je crus utile de lui donner quelques informations.

— Je t'emmène dans un restaurant gastronomique pour fêter notre anniversaire. Je te laisse voir la tenue qui est la plus adaptée.

— En effet, je vais me changer.

Le restaurant de *La Grande Cascade* est un endroit historique. Nichés dans la verdure, à côté de Paris, les lieux servaient de halte à Napoléon III lorsqu'il chassait. Le bâtiment fut ensuite utilisé pendant l'exposition universelle de 1900 comme restaurant. Une ambiance surannée est conservée avec une décoration Art Nouveau et une verrière signée de Gustave Eiffel. Nous étions très bien placés sur une petite table donnant le long de la baie vitrée. Nous avions commandé du champagne et nous trinquions à nous deux. Ce fut alors qu'Éric fit une chose qui me souffla. Lui, qui n'aimait pas les conventions et tenait tant à son indépendance, sortit tranquillement de sa poche une petite boîte en velours noir et me fit une demande en mariage en bonne et due forme.

D'un ton très sérieux, ouvrant sa boîte qui contenait une très belle bague, il me demanda :

— Emma, acceptes-tu de te marier avec moi ?

Un peu plus, il aurait posé son genou à terre. Médusée, totalement prise au dépourvu, les larmes me montèrent aux yeux et moi, si bavarde, je me retrouvai sans voix. Nous n'avions jamais parlé mariage, officialisation de notre union. Nous n'avions même pas envisagé de nous pacser. Comme quoi, mon compagnon n'était pas si prévisible que cela. Je n'hésitai pas. Je me penchai pour l'embrasser.

D'une voix tremblante d'émotions, je murmurai :

— Oui, monsieur Massarina !

Je mis la bague à mon annulaire. Je constatai qu'elle m'allait parfaitement. Cela ne pouvait pas être un hasard. Éric avait dû m'emprunter l'une de mes bagues pour avoir la bonne taille.

Ce moment particulièrement intense fut interrompu par l'arrivée de deux serveurs qui nous apportaient nos entrées. Cela me permit de me reprendre.

— Waouh ! Pour une surprise, c'est une surprise ! Tu m'as bien eue ! Tu avais tout prévu et tu te rappelais parfaitement que c'était notre anniversaire, finalement ?

— Oui, en effet ! Je suis fier de moi ! Après tranquillise-toi, on ne va pas se marier dans deux mois. On a tout notre temps. Mais j'avais très envie de m'assurer qu'on était sur la même longueur d'onde.

— Nous le sommes…

Nous choisîmes de ne pas annoncer la nouvelle immédiatement à nos familles et amis. Il serait temps de le faire quand nous serions plus avancés dans la préparation de l'événement.

42

Après la journée de la veille qui avait été plutôt calme, les morts reprirent le devant de la scène. Eugène fit de nouveau surface, avec toujours le même intermédiaire. Le pauvre Sébastien n'en revenait toujours pas. Pourquoi les esprits d'outre-tombe voulaient-ils lui confier leurs secrets ou demandes ?

Cette fois-ci, mon oncle réagit autrement. Il n'en parla pas à toute la famille par peur de passer pour un imbécile et pour ne pas entrer dans le jeu d'Eugène. Il nous invita juste tous les deux à prendre un apéritif chez lui.

Alice expliqua la raison de leur invitation.

— Sébastien est au courant de vos péripéties. Eugène est revenu dans ses rêves et il a mis en cause sa santé mentale. Il voulait se faire interner. Alors je lui ai tout raconté. Autant dire qu'il est en état de choc.

Sébastien avait du mal à admettre sa situation.

— Je n'arrive pas à croire à toutes ces histoires. Tes parents sont au courant, Emma ?

— Non, je ne désire pas les inquiéter. Vous leur avez parlé ?

— Non. Tu ne les suspectes pas tout de même ?

Éric le coupa.

— Il faut bien qu'il y ait un coupable. Nous sommes obligés d'être prudents, d'en parler au minimum de personnes.

— Cela devient incroyable votre histoire

Je l'interrompis. Je voulais aller à l'essentiel.

— Qu'est-ce qui s'est passé avec Eugène ?

— Eh bien, cela a recommencé comme la première fois. Eugène m'est apparu. Il avait vraiment l'air mécontent. Il avait sa tête des mauvais jours. Sa voix s'est mise à tonner. Je t'avais dit de les avertir. Tu n'as visiblement pas pris les choses au sérieux. Il faut que cela s'arrête, que tu les préviennes que s'ils ne font rien, tout sera révélé. Il faut tout brûler ! Je lui ai répondu que j'en avais marre d'être le médiateur d'un problème dont j'ignorais tout et que je ne dirai rien à personne. Alors il a levé les bras en l'air et cela a fait un bruit terrible. Je me suis réveillé en sursaut et j'ai voulu allumer ma lampe de chevet. Plus de lumière. J'ai pris peur et j'ai réveillé Alice.

Cette dernière continua son récit.

— Oui. En effet. Je me suis alors levée pour voir quelle heure il était et prendre une lampe de poche. Et bien figurez-vous que toutes les horloges et réveils étaient arrêtés. Le disjoncteur avait sauté. Vous réveillez les morts tous les deux !

J'étais proche de la panique en les entendant.

— Je comprends que vous n'étiez pas rassurés. J'aurais été morte de trouille à votre place.

Alice me coupa.

— Mais ce n'est pas fini. Nous avons eu le droit ensuite à une apparition de Marguerite qui nous a dit que vous deviez persister dans votre voie et qu'Eugène avait tort de s'interposer. Nous étions alors dans la salle à manger. Et, cela a été l'apothéose. Deux verres en cristal ont explosé dans l'armoire. Marguerite a continué à parler. Et, chaque fois qu'elle ajoutait quelque chose, un verre supplémentaire sautait. Tout mon service soit 24 verres en cristal y est passé. La moutarde m'est montée au nez et je me suis énervée. Je leur ai dit d'aller voir les personnes directement concernées par ces problèmes, mais qu'il était hors de question qu'ils règlent leurs différents personnels chez nous. Alors, subitement, ils ont disparu.

Sébastien crut bon d'ajouter :

— On voulait vous prévenir. Si vous les voyez, mettez-les à la porte. Je suis en état de choc. Moi qui ne croyais à rien, il va falloir que je révise ma philosophie personnelle sur pas mal de choses.

Éric ne trouva rien à dire. Tout comme moi, il semblait tétanisé, dépassé par les événements. Il restait immobile, la bouche entrouverte, donnant l'impression de ne pas comprendre ce qu'on venait de lui expliquer. Moi-même, pourtant plus ouverte, j'étais paralysée par la peur.

— Alice, tu penses qu'ils vont venir nous voir et nous empoisonner la vie aussi.

— Ils ne sont pas vraiment dangereux, Eugène veut juste nous effrayer et Marguerite que la vérité éclate.

À ma grande surprise, la voix d'Éric devint presque hystérique.

— Mais, cette histoire est complètement dingue. Qu'ils règlent les désaccords dans l'au-delà, mais qu'ils ne viennent pas nous prendre la tête. Pourquoi s'attaquer à nous ?

Personne ne put répondre à sa question.

Curieux, Sébastien demanda alors :

— Qu'est-ce que vous avez appris de si terrible ?

Je regardai Éric sans prononcer un mot, puis ce dernier leur répondit :

— Nous préférons ne rien dire pour le moment.

Sébastien prit mal sa réponse. Il déclara sèchement :

— À ta guise.

Puis il se mit à hurler en regardant le ciel.

— Qu'Eugène et Marguerite ne mettent plus les pieds chez nous. On est horsjeu.

Après un moment un peu pénible, Alice nous demanda si nous désirions toujours prendre des livres, si nous étions passés pendant leur absence. Un silence répondit à sa proposition et elle n'insista pas.

Nous nous quittâmes froidement. Dans la voiture qui nous ramenait, Éric dit agacé :

— C'est quasiment de notre faute si tes arrière-grands-parents cassent les verres en cristal chez eux. Un peu plus et on se faisait engueuler. Je commence à en avoir vraiment assez de toutes ces débilités.

Après un long moment de réflexion, je lui répondis doucement.

— Tu veux qu'on arrête de lire, que l'on brûle tout. Tu crois que l'enjeu en vaut la chandelle ?

— Tu m'aurais posé la question il y a trois jours, je t'aurais peut-être dit : « oui, laissons tomber ». Mais là, non. Ma conduite ne va pas être dictée par des fantômes, ça certainement pas. Je suis très, mais vraiment très agacé par ce genre de pression. Et, puis, ils nous racontent peut-être n'importe quoi.

— Pardon ?

— Oui, Emma. Tu es naïve. Tu n'as jamais envisagé qu'ils soient dans le coup. Qu'il s'agisse d'une conspiration, qu'ils aient tous peur que nous apprenions quelque chose de grave, qu'ils se soient ligués contre nous.

— Tu deviens parano, Éric ! Calme-toi !

Mais ce n'était pas fini. Nous venions de nous garer devant notre immeuble lorsqu'affolés, nous vîmes des voitures de pompiers. Ces derniers rangeaient leurs tuyaux. Nous nous précipitâmes. Éric s'empressa de demander pourquoi ils étaient là.

— Qu'est-ce qui s'est passé ?

— Un départ d'incendie dans l'appartement 211.

— Mais c'est notre appartement !

— Il ne faut pas laisser de mégots se consumer dans votre poubelle, monsieur.

Interdit, Éric le regarda.

— Une cigarette, vous dites !

— Oui. Vous savez que cela arrive plus souvent qu'on ne le croit. Vous avez eu de la chance. Un voisin a donné l'alerte rapidement et il n'y a que votre buanderie qui a brûlé. En revanche, on a dû casser une de vos vitres, car nous n'avons pas réussi à joindre le gardien pour avoir votre double.

— Oui, le gardien n'est pas là à cette heure-là. Mais, je ne fume pas, monsieur. Emma, tu ne fumes pas en cachette, je suppose ?

— Non, je ne fume pas non plus.

— Il faudra le dire aux policiers qui vont prendre votre déclaration.

Nous nous dirigeâmes en courant vers l'appartement. Heureusement, il n'y avait pas trop de dégâts. Éric devrait juste jeter une dizaine de bouteilles de vin relativement chères qu'il avait en stock. Cela aurait pu être pire.

Il se retourna vers le policier qui le suivait.

— La personne qui a prévenu les pompiers a laissé son identité ? Je souhaiterais la remercier.

— Non, malheureusement.

Je regardai Éric. Nous comprîmes instantanément que l'incendie n'était pas le fait du hasard ni des fantômes. Quelqu'un avait pénétré dans l'appartement et avait sciemment mis le feu.

Éric fit une déposition et porta plainte.

Une fois les pompiers et policiers partis, notre calme apparent disparut comme par enchantement.

— Comment cette personne est-elle rentrée dans l'appartement sans forcer la porte d'entrée ?

— Je n'en ai pas la moindre idée. On va appeler le vitrier pour changer la vitre abimée par les pompiers et le serrurier pour faire mettre une nouvelle serrure. Quelqu'un a dû récupérer la clé chez le gardien. On le lui demandera demain.

En écoutant Éric, je sursautai.

— C'est moi qui ai le double. Tu te rappelles qu'hier soir je n'avais toujours pas retrouvé mes clés et j'avais gardé le double du gardien avec moi…

— Tu les as eus en main, il y a combien de temps ?

— Quand nous sommes partis de la maison hier pour aller au dîner, c'est moi qui ai fermé la porte…

— C'est donc au dîner qu'on te les a prises…

— Punaise !

Nous fouillâmes l'appartement. Comme la première fois, seules les photocopies des carnets avaient disparu.

— Qui que ce soit, il est têtu ! Mais ce qu'il fait ne sert à rien. J'ai la clé USB dans ma poche tout le temps. On va devoir réimprimer la partie qu'on n'a pas lue une nouvelle fois…

Éric m'arrêta.

— Si cela leur sert. La ou les personnes qui nous volent les documents savent maintenant exactement quelles sont les révélations de Marguerite. Ce que nous ne savons pas est si les vols ont été commis par les mêmes personnes. Pourquoi deux vols ? Pour nous intimider ? Ils voient bien qu'ils n'ont pas les originaux. Ils se doutent bien qu'on a numérisé le document…

— Tout le monde n'est pas aussi versé en informatique que toi et penserait à numériser les carnets…

43

Adélaïde passa donc tout son temps dans la Résistance. De nouveau, nous logions les personnes recherchées par la milice dans le grenier. Nous les aidions ensuite à se rendre dans la zone libre par Périgueux pour qu'elles se réfugient en Espagne par le Pays basque.

Lorsque ma fille fut enceinte de cinq mois, Gérard déclara qu'il était le géniteur officiel de son enfant. Ils annoncèrent qu'ils désiraient attendre la fin de la guerre pour se marier. Je les regardai attentivement et ne dis rien, mais Adélaïde sut que je n'étais pas dupe de la réelle identité du père de son enfant.

À sa grande surprise, son père ne réagit pas. Il se contenta de lui dire qu'elle se comportait comme une traînée et que si devenir fille-mère lui suffisait, il n'en avait rien à faire. Mon mari avait d'autres soucis en tête. Les bruits d'un débarquement sur les côtes françaises devenaient de plus en plus persistants et il tentait désespérément de retourner sa veste. Il prenait ses distances avec les Allemands, faisait moins de commerce avec eux, suivant en cela les conseils de Charles. La grossesse de sa fille n'était pas la première de ses priorités. Il cherchait juste à sauver sa peau.

Charles, en revanche, se rachetait. Il semblait regretter sincèrement son attitude avec les Allemands. Il fournissait des renseignements précieux aux Résistants et il leur permit d'éviter bien des arrestations et des pièges.

Sous une fausse identité et avec un laissez-passer falsifié, Adélaïde fit de nombreux allers-retours en train avec des personnes recherchées. Lorsqu'elle faisait ces trajets, elle s'appelait Jeanne Roger et était infirmière, elle emmenait soi-disant des malades dans une maison de repos située dans le sud-ouest de la France. Elle réussit à passer plusieurs personnes sans difficulté qui furent prises en charge par une autre filière à partir de Périgueux. Une fois remis, son frère Henri l'accompagna, se faisant passer pour un docteur. Leur manège marcha bien pendant un certain temps, puis parut suspect. Plus leur nombre de passages augmentait, plus la probabilité qu'ils se fassent prendre devenait importante. Ils envisageaient d'ailleurs de changer de trajet ou de moyen de locomotion.

Un officier allemand qui prenait souvent le même train qu'eux fit part de ses doutes à la Gestapo sur la réelle utilité des trajets multiples qu'ils effectuaient. La Gestapo prépara alors un guet-apens. Ils auraient pu les prendre rapidement en effectuant un contrôle dans le train, mais ils souhaitaient arrêter un maximum de personnes. Après avoir fait une rapide enquête, ils apprirent qu'Adélaïde et Henri descendaient toujours à Périgueux. Ils allaient les attraper là-bas.

Ce jour-là, Henri et Adélaïde étaient sur leur garde. Henri était vraiment inquiet.

— C'est la dernière fois que nous prenons cette filière. Je ne peux pas te dire pourquoi, mais je ne suis pas à l'aise. Nous sommes grillés.

— Je suis d'accord avec toi, il faut trouver une autre solution. On pourrait passer par une autre ville que Périgueux.

— On doit en parler à notre contact là-bas, que l'on mette quelque chose de moins risqué en place.

Ils n'en eurent pas l'occasion. Ils furent suivis sans qu'ils s'en rendent compte jusqu'à leur lieu de rendez-vous et la milice leur tomba dessus alors qu'ils discutaient avec leur contact. Des coups de feu furent échangés. Ils réussirent à s'enfuir dans l'arrière-pays, mais leur contact fut arrêté et leur passager abattu.

Ils avaient maintenant très peur. Ils connaissaient les interrogatoires musclés de la milice ou de la Gestapo. Leur contact parlerait, ils en étaient certains. Tout le monde parlait sous la torture, on n'y pouvait rien, c'était comme cela. Il fallait prévenir la Résistance afin que toutes les personnes qui le connaissaient de près ou de loin puissent se cacher ou changer d'identité.

— Mais nous ne connaissons strictement personne dans le coin. Comment veux-tu qu'on les prévienne ?

— J'ai un numéro de téléphone de secours, il faut que l'on trouve un téléphone.

Adélaïde alla dans le premier bureau de poste venu et appela afin de prévenir et de demander des instructions pour leur retour. On lui conseilla de revenir par la route et d'aller voir un fermier installé au nord de Bordeaux.

Après avoir dormi à la belle étoile dans les bottes de foin, ils marchèrent en direction de Bordeaux par des sentiers de traverse afin d'éviter les grandes routes. Ils durent demander leur chemin à plusieurs reprises. Une des personnes interrogées dut trouver bizarre ce couple qui marchait dans la campagne. Une femme enceinte, à son septième mois de grossesse, ne fait pas de randonnées !

Au village suivant, ils furent arrêtés pour un banal contrôle d'identité. Ils présentèrent leurs faux papiers espérant qu'aucun avis de recherche n'avait été lancé contre eux. Leurs espérances furent déçues, l'avis de recherche précisait que la fugitive était enceinte. Ils furent amenés à la gendarmerie la plus proche.

Leur interrogatoire ne donna rien. L'attitude du couple qui persistait dans des allégations mensongères eut le don d'énerver le responsable de la gendarmerie qui décida de les remettre à la milice dès le lendemain matin.

Ils furent incarcérés pour terrorisme. Dès qu'ils furent mis en cellule, Adélaïde déclara qu'elle ne se sentait pas bien.

Cela embêta les deux gendarmes de garde qui la prirent en pitié, ils lui fournirent une couverture, de quoi se restaurer. Ils ne voulaient pas se retrouver avec un accouchement sur le dos. Ils se mirent alors petit à petit à discuter avec le couple. Adélaïde et Henri eurent beaucoup de chance. Après quelques minutes de conversation, ils comprirent rapidement qu'ils étaient du même côté qu'André, l'un des gendarmes. Ce dernier profitant de l'absence momentanée de son collègue leur murmura :

— Je vais vous aider, ce soir nous fêtons un anniversaire. Nous serons tous de l'autre côté de la gendarmerie. Je vais les faire boire en mettant un somnifère dans leur boisson et prendre la place du gendarme de garde. Je vous ferai partir ensuite. Reposez-vous, madame, vous aurez besoin de toutes vos forces.

Il regarda respectueusement Adélaïde.

— Je vous libérerai vers minuit.

La petite fête des gendarmes commença vers 20 heures. Plus elle avançait, plus la surveillance se relâchait fortement. Des filles étaient venues égayer l'atmosphère et beaucoup des gendarmes étaient fort émoustillés et ivres. André proposa de prendre la garde le temps que son collègue puisse boire un coup. L'autre ne se le fit pas dire deux fois. André attendit deux heures avec eux. Vers minuit, il alla voir dans quel état étaient ses collègues. Ils étaient ivres morts ou endormis. Il profita de ce moment pour libérer Adélaïde et Henri et leur dit également d'aller voir le fermier installé au nord de Bordeaux.

Ils se retrouvèrent donc dans la nature, à minuit passé, avec une température plus que fraîche, un petit crachin qui tombait et une nuit sans lune. Ils possédaient comme seules indications, un plan au crayon fait à la hâte par André sur une feuille de papier journal.

Leur situation était dramatique. Évadés et recherchés comme terroristes par toutes les polices de France, ils devaient littéralement disparaître. L'état d'Adélaïde inquiétait fortement Henri. Elle était fatiguée, elle avait du mal à marcher. Il fallait qu'ils trouvent rapidement un endroit pour qu'elle puisse se reposer. Adélaïde insista pour qu'ils aillent jusqu'à la ferme.

— Nous nous séparerons ensuite. J'irai me cacher dans une maison de repos ou un hôpital. Tu seras libre de tes mouvements. Tu pourras entrer dans le maquis jusqu'à la fin de la guerre.

— Je ne veux pas te laisser, Adélaïde. Imagine que l'hôpital soit contrôlé, que quelqu'un te reconnaisse.

— Je deviens une charge pour toi, Henri. Ce n'est pas ce que je souhaite. Nous pourrions trouver un établissement près du Pays basque. Si tu participes aux filières d'évacuation vers l'Espagne, nous serions au même endroit.

Adélaïde insista et son frère se laissa convaincre. Elle s'en voulut beaucoup après, il n'aurait fallu qu'un mot de sa part pour qu'Henri abandonne la Résistance pour rester à ses côtés.

44

Nous reposâmes nos feuillets, il était tard. Nous étions fatigués.

Nous avions passé une partie de la journée à régler les problèmes d'assurance à la suite du départ d'incendie.

Nous n'arrivions pas à savoir quelle conduite adopter. La police était désormais impliquée. Cela devenait inquiétant. Il fallait mettre quelqu'un d'autre de confiance dans le coup.

Je réfléchis à haute voix :

— Quand nos ennuis ont commencé, j'ai pensé en parler à Adélaïde. Puis, je me suis dit qu'il valait mieux ne rien lui dire, car elle pouvait être impliquée, même indirectement, dans tout cela.

— Après tout ce qui s'est passé, tu penses qu'aller voir Adélaïde serait une bonne solution ?

— On peut la croire. Depuis le début, elle n'a rien à se reprocher.

— Oui, mais elle n'a rien dit. Elle est au courant de tout, elle a participé à la conspiration du silence.

— Qu'est-ce que tu voulais qu'elle dise ?

Un long silence répondit à ma question.

Passant à un autre sujet, Éric me demanda :

— D'après toi, qui est au courant ?

— C'est la grande inconnue. La personne ou les personnes qui nous ont volé les manuscrits au minimum. Je ne pense pas qu'Alice le soit, vu ce que lui a dit Marguerite. Tu te rappelles qu'elle parlait des liens du sang, cela veut peut-être dire que seules les personnes appartenant à la famille sont au courant, que les conjoints ne le sont pas.

Après une bonne heure de délibération, nous décidâmes de voir Adélaïde le lendemain sans que mes grands-parents ne le sachent.

45

Le lendemain matin, j'appelai ma grand-tante alors qu'elle supervisait des doctorants au *Muséum*.

— Adélaïde, nous souhaiterions te voir. Est-ce que tu pourrais passer prendre l'apéritif à la maison ce soir ? Nous pourrions ensuite dîner ensemble.

— Je suis agréablement surprise par votre invitation. Nous avons quelque chose de spécial à fêter ?

L'étonnement d'Adélaïde était parfaitement compréhensible. Jamais je ne l'avais invitée, à part une brève visite de famille organisée à Suresnes, lors de mon emménagement dans ma maison de l'époque[1].

Nous avions envisagé la possibilité de questions de ce genre. Notre réponse était prête :

— Non rien à fêter. Nous voulons juste discuter avec toi de quelque chose d'un peu spécial. Viens et tu verras. Je préfère ne pas trop t'en dire au téléphone, si cela ne te dérange pas.

Adélaïde, curieuse, accepta l'invitation. Le secret qui entourait cet entretien l'amusait.

Elle arriva à 19 heures précises. Elle nous embrassa avec fougue et se laissa tomber sur le canapé de tout son poids. Éric, à sa demande, lui servit un whisky bien tassé. Elle nous regarda droit dans les yeux :

— Alors, de quoi s'agit-il ?

---

[1] *Une Rue si Tranquille, Une enquête d'Emma Latour*, tome 2, de la même auteure.

Nous avions fait le pari de mettre cartes sur table avec elle, de tout lui dire. Je lui racontai tout depuis le début. Les yeux d'Adélaïde devinrent carrément narquois quand j'évoquai les histoires de fantômes de Marguerite et d'Eugène, s'assombrirent lorsque je parlai de la guerre, mais à aucun moment elle ne m'interrompit.

Lorsque j'eus fini, elle redemanda juste un nouveau whisky, en précisant bien tassé.

Nous la regardions boire lentement sans rien dire. Son visage était impassible. Impossible de deviner à quoi elle pensait.

— Remuer le passé n'est pas une bonne chose. Cela ne nous apportera rien de bon. Je ne vois pas comment je peux vous être utile et je ne crois pas un mot de ces histoires de fantômes.

Interloquée par l'attitude très réservée de ma grand-tante, je lui demandai :

— Tu ne veux pas nous aider ?

Elle me regarda bizarrement, puis répéta un peu sèchement.

— Je ne vois pas ce que je peux faire.

— Tu as peut-être une vague idée des personnes qui ne veulent pas que nous lisions le journal de Marguerite ?

— Pas la moindre, non. Vous pourriez poser la question à chaque personne de la famille et voir comment chacune d'entre elles réagit.

— Tout le monde dira la même chose que toi, Adélaïde. J'avoue que je suis très surprise par ta réaction.

— Je ne comprends pas ce que cela apporte de salir l'honneur de la famille pour des histoires vieilles de plusieurs dizaines d'années.

La discussion s'arrêta là, et prétextant un dîner impromptu, Adélaïde s'éclipsa. Elle promit, néanmoins, de conserver le secret sur notre entretien.

Nous n'en revenions pas. Comment avait-elle pu réagir d'une telle manière ? Elle n'avait rien à se reprocher. Son attitude, cependant, était ambiguë. Elle n'avait rien fait non plus pour nous arrêter dans nos recherches. Elle aurait pu tenter d'essayer de nous convaincre de lui donner les carnets. Mais, non ! Plus étonnant encore, elle n'avait même pas demandé à les voir. Nous ne comprenions plus rien.

Adélaïde avait à peine touché à l'apéritif. Je tendis à Éric un verre de vin. Il le prit, trinqua avec moi et soupira.

— Tu crois que l'on a fait une erreur en lui parlant ?

— Je ne sais plus quoi penser ! Oui, je suppose, car cela fait une personne de plus au courant et tout cela pour rien. Cependant, elle n'a pas de mobile pour nous en vouloir. En revanche, elle veut peut-être protéger quelqu'un. Sinon comment expliquer son refus de nous aider ?

— Tu veux dire quoi par protéger quelqu'un ?

— Il pourrait y avoir des informations dans les carnets qu'elle ne voudrait pas que l'on connaisse, parce qu'elles mettraient gravement en cause une personne qu'elle veut protéger. Si elle coopérait avec nous, elle nous aiderait à mettre à jour ces informations.

— Je suppose que nous pouvons continuer à lire pour en apprendre davantage…

Nous annulâmes notre réservation pour trois au restaurant. Je nous préparai un rapide repas froid et nous nous replongeâmes dans notre lecture.

46

Carnet de Marguerite – 1944

Henri continua à effectuer des sabotages et à aider des personnes recherchées à passer en Espagne. Il allait dans les opérations plus dangereuses les unes que les autres. Il partait du principe que contrairement à d'autres personnes, il n'avait ni femme, ni enfants, ni quiconque à charge. Il lui semblait donc logique de prendre plus de risques que les autres. Il allait voir Adélaïde chaque semaine. Sa grossesse se passait bien. C'était la seule personne à laquelle il tenait vraiment.

Un jour, on le contacta en plein maquis pour lui dire d'aller au plus vite à la maison de repos où se tenait Adélaïde. Quelque chose était arrivé.

Lorsqu'il entra dans la chambre d'Adélaïde, il eut un choc en la regardant. Sa sœur semblait avoir pris dix ans de plus, elle était prostrée sur son lit, le visage livide. Elle pleurait sans un bruit.

Elle murmura d'une voix à peine perceptible.

— Je l'ai perdu.

Même s'il pressentait déjà la réponse, il lui demanda doucement :

— Qu'as-tu perdu ?

D'une voix entrecoupée par des sanglots, elle lui dit :

— Mon bébé. Je l'ai perdu. J'ai accouché, mais cela s'est mal passé. Il se présentait mal, on a perdu du temps. Ils se sont décidés à prendre les forceps. Mais, il était trop tard. Il était mort.

Il la prit dans ses bras. Son état lui faisait peur, elle semblait si fragile.

— Tu veux que je te ramène chez nous ? Les alliés viennent de débarquer en Normandie. Paris sera libéré bientôt. Ce n'est qu'une question de jours. Je peux te remonter jusqu'à Chevreuse.

Mais elle ne l'écoutait pas.

— J'ai tout perdu. Mon amant, mon fils. Pourquoi ? Je n'ai plus rien à présent à part toi.

Il ne sut que lui répondre. Il lui dit juste qu'il l'aimait, ils se serrèrent fort l'un contre l'autre. Ils s'embrassèrent. Il partit en promettant de revenir dans quelques jours pour la ramener à Paris. Ce fut la dernière fois qu'elle le vit.

47

Ce matin-là, en ouvrant le courrier, je sursautai. Éric me demanda ce qui pouvait provoquer un tel mouvement de surprise.

— Une lettre anonyme.

— Comme celles qu'on a déjà reçues ?

— Oui, mais celle-ci vient du clan opposé. Elle est là pour nous aider.

— Comment ça ?

Dans une enveloppe, un simple mot imprimé.

CREUSEZ DANS LE JARDIN À CÔTÉ DE LA MARE ET DU GRAND CHÊNE ET VOUS TROUVEREZ UN SECRET DE PLUS

Le papier était signé

UN AMI QUI VOUS VEUT DU BIEN.

D'un ton un peu ironique, je m'exclamai :

— Pour une fois que l'on a de l'aide.

Je fis une pause.

— Sauf si c'est un piège… Mais j'ai envie de croire que ce n'est pas le cas.

Très sarcastique, Éric ne fut pas en reste.

— Oui, on va jouer à la chasse au trésor maintenant, comme si on n'avait pas assez d'ennuis en ce moment !

— Il faut donc aller creuser dans la maison de Milon. Rien que ça ! Comment allons-nous faire cela ?

Un peu énervé, Éric me répliqua :

— C'est dommage, notre ami ne nous a pas donné la notice d'emploi. Je ne sais pas. Je suppose qu'il va falloir y aller de nuit comme des voleurs.

— Au cas où tu l'ignorerais, Lucienne a un chien, et elle habite en bas du parc. Or, où est la mare ?

— Je me souviens du chien, oui. C'est du gros modèle – pas un teckel – et la mare est, en effet, à côté de sa maison. Tu as une solution plus intéressante à proposer ?

— Il faudrait attendre qu'ils partent en week-end ou en vacances.

— Oui, dans combien de temps cela arrivera-t-il ?

48

Travailler devenait un bon moyen pour me changer les idées. C'était quand même le comble ! Cela me permettait de ne plus penser à mes aïeux et leurs horribles secrets. Je regrettais presque de ne pas me trouver sur un chantier de fouilles préventives où notre temps d'intervention était des plus limités afin de ne pas retarder les travaux.

J'en étais là dans mes pensées qui me désespéraient un peu, lorsque je reçus un appel de Thierry Berthemont que j'avais connu sur mon chantier à Annecy-le-Vieux[1]. Nous avions sympathisé et étions restés en contact. Après avoir pris de nos nouvelles respectives, il entra dans le vif du sujet.

— Tu habites bien dans les Yvelines ?

— Non, à Saint-Cloud, dans les Hauts-de-Seine.

— Ah… Tu es loin de la vallée de Chevreuse ?

— Non, à trente-quarante minutes quand cela roule bien.

— Figure-toi que je vais avoir un chantier de fouilles préventives à faire à Boullay-les-Troux, car une entreprise, *Céréalex*, veut faire une extension de ses locaux et la zone est référencée comme ayant un potentiel archéologique. Ce n'est pas pour tout de suite, car j'attends que l'intérêt du site soit confirmé. Partant du principe que c'est le cas, je suis en train de constituer mon équipe et je voulais savoir si cela t'intéresserait.

— Oui, avec plaisir. Je ne suis pas sur un chantier en ce moment. Je peux y participer.

---

[1] *Un Anniversaire presque Parfait, Une enquête d'Emma Latour*, tome 4, de la même auteure.

— Pourrais-tu dès à présent m'aider sur les recherches préliminaires ? Je suis un peu débordé, en ce moment.

Je compris tout de suite ce que Thierry attendait de moi. Il voulait que je l'aide à analyser les raisons du classement du terrain en zone de présomption de prescription archéologique, que j'étudie le dossier de prescription. Je devrais aussi reprendre tous les documents existant sur la zone comme les documents historiques, cadastraux… En d'autres temps, j'aurais fait la fine bouche, car je préférais nettement analyser les artefacts. Là, j'exultai.

— Pas de problème. Envoie-moi ce que tu as et je vais me plonger dedans.

Ce nouveau travail m'occupa jusqu'au retour d'Éric.

49

Nous eûmes de la chance. Lucienne et son mari avaient été invités à un mariage à Lyon, ville où malgré les années, Lucienne avait gardé des liens étroits. Ils y retournaient une à deux fois par an. Ils partaient cette fois-ci pendant cinq jours et détail important, ils y allaient avec leur chien. Nous aurions donc le champ libre dans deux jours – date de leur départ.

Nous nous mîmes en ordre de marche pour préparer notre plan de bataille. Nous devions trouver de quoi creuser, une lampe torche, la clé du portail du bas de la maison. Les deux premières choses furent faciles à trouver à la jardinerie de Chevreuse. Obtenir le double de la clé fut plus compliqué. J'avais le vague souvenir que mes parents en avaient une. Sous un prétexte quelconque, j'irais voir ma mère et profiterais d'un moment où elle serait seule, pour prendre la clé et en faire un double. À sa visite suivante, je la remettrais à sa place. Personne ne verrait rien puisque cette clé n'était jamais utilisée.

50

Deux jours plus tard, Henri était en train de poser des explosifs sur un pont à Périgueux qui devait être utilisé par les Allemands pour convoyer des prisonniers. Il fut blessé mortellement dans une embuscade, descendu froidement par la police française. Son groupe avait été dénoncé par l'un des leurs à la milice lors d'arrestations à Lyon. La torture y était certainement pour quelque chose. C'était récent. Ils n'avaient pas été prévenus à temps pour pouvoir se cacher et prendre le maquis.

Adélaïde nous envoya un télégramme succinct pour nous apprendre la mort de son frère pour fait de Résistance. Puis elle l'enterra dans un petit cimetière non loin de Périgueux. Personne de la famille n'avait pu venir. Seuls ses compagnons de la Résistance étaient là, ce qui lui convint totalement. Elle ne voulait pas que son frère soit pleuré par celui qui avait failli le faire tuer pour plaire aux Allemands.

Je me retrouvais seule à pleurer mon fils. Ce fut une période particulièrement difficile pour moi, surtout qu'Adélaïde n'était pas à mes côtés pour me soutenir. Je n'arrivais plus à parler à Eugène qui prit soin de m'éviter pendant plusieurs semaines.

Puis, elle alla voir le fermier du nord de Périgueux qui lui indiqua les routes et les gens à contacter pour remonter à Paris. Cela lui prit un certain temps. Les routes n'étaient pas en bon état.

Elle ne revint pas à Chevreuse. Elle ne voulait plus voir son père. Elle ne pouvait pas lui pardonner. Elle s'installa à Paris dans une chambre de bonne payée grâce à un travail de serveuse. Elle reprit ses études à la faculté. Elle serait paléontologue. Elle avait dû arrêter ses études pendant la guerre. Plus rien ne pourrait la freiner maintenant.

Je fus la seule personne de la famille qu'elle accepta de revoir. Je ne lui posai aucune question ayant appris par d'autres biais ce qui lui était arrivé. Nous ne parlions pas d'Henri non plus. Nous avions tourné une page. La vie devait recommencer.

Charles s'installa aussi à Paris pour y finir ses études de droit. Il tenta de revoir sa sœur à plusieurs reprises, mais celle-ci ne voulut pas reprendre contact avec lui. Adélaïde ne pouvait oublier ses aveuglements du début de la guerre qui avaient coûté la vie de son amant. Charles en fut profondément touché, car il pensait s'être racheté en aidant les Résistants à la fin de la guerre. Cependant, il n'insista pas.

La vie à Chevreuse reprit tout doucement. La vie des Beaumont changea complètement. Eugène vendit sa maison, son restaurant et sa pharmacie. Mon mari ne conserva que son appartement de Versailles où il passait la plupart de son temps. Il abandonna toute prétention à la vie politique. L'hostilité des gens du pays envers ce collabo qui ne s'était jamais caché ne fut tempérée que par respect pour nous qui avions été des Résistants dont le courage était reconnu par tous.

Je m'éloignais de plus en plus de lui. Il m'acheta une belle maison à Choisel où il ne venait que le week-end. Je consacrais toute mon énergie à la rénover et à en faire un endroit agréable à vivre. À la même époque, j'engageai Lucienne pour me seconder.

Lucienne arrivait de Lyon, sa ville natale. C'était Adélaïde, apprenant que je recherchais une personne de confiance pour m'aider, qui me l'avait conseillée. Lucienne avait perdu ses parents déportés dans un camp de concentration en 1943. Elle n'avait pas vraiment compris pourquoi. Ses parents ne pratiquaient plus la religion juive depuis qu'ils avaient émigré de Russie au début du siècle. Ils ne se sentaient pas menacés, car ils avaient francisé leur nom en obtenant la nationalité française. Sa mère n'était pas en bonne santé, elle fut gazée dès son arrivée au camp. Son père travailla dans une usine d'armement. Un jour qu'il revenait à son baraquement, il fut abattu par un garde nazi pour une raison inconnue.

Lucienne se retrouvait donc à seize ans orpheline et sans famille. Elle alla se réfugier dans le maquis et prit une part active dans la Résistance. La guerre finie, ne sachant pas faire grand-chose, elle recherchait une place d'employée de maison.

Je ne regretterais jamais mon choix, elle resterait avec moi toute ma vie.

51

Nous creuserions dès le premier soir. Nous voulions avoir de la marge au cas où nous aurions un problème et devrions revenir ou que Lucienne rentre plus vite que prévu. Notre humeur n'était pas au beau fixe. Une pluie torrentielle s'abattait sur la région depuis le début d'après-midi et, d'après la météo, cela n'irait pas en s'arrangeant. Nous avions retrouvé de vieilles bottes en caoutchouc et nos imperméables jaune vif, datant de vacances en Bretagne, ironiquement qualifiés par Éric de très discrets pour une expédition secrète.

Nous arrivâmes vers minuit en bas de la propriété, garâmes notre voiture devant la mairie située à quelques mètres de là pour ne pas attirer l'attention. Les problèmes commencèrent lorsque nous voulûmes ouvrir le portail. La serrure avait été changée.

Éric fut pris d'un fou rire nerveux en se voyant complètement trempé – le parapluie ne faisait pas partie de notre équipement – en train de pénétrer en voleur chez mes grands-parents. Il murmura en essayant d'adopter un ton neutre :

— Ta clé date d'une quarantaine d'années.

Prise également d'une envie de rire irrépressible, je ne pus qu'admettre les faits.

— C'est un échec total. La préparation de notre mission n'était pas optimale.

— Il va falloir grimper par-dessus.

Un bruit de voiture se fit entendre. Nous nous jetâmes dans le fossé qui bordait la maison pour ne pas être repérés. Le coin était désert et nous aurions paru suspects si une personne de la région nous avait vus. Nous ne souhaitions pas particulièrement être interrogés par la gendarmerie.

La voiture passée, nous nous précipitâmes vers le portail et commençâmes à l'escalader. Nos bottes pleines de boue glissaient dessus. Éric me porta sur ses épaules et je pus l'enjamber. Je l'aidai ensuite à monter. Nous sautâmes en même temps de l'autre côté. J'étouffai un cri.

Éric se tourna vers moi.

— Qu'est-ce que tu as ?

— J'ai la violente sensation de m'être tordu la cheville en tombant par terre.

Éric marmonna d'une voix presque inaudible.

— Il ne manquait plus que cela.

Je choisis de ne pas tenir compte de sa remarque non constructive. À voix basse, il reprit :

— Tu peux marcher ? Essaie de te relever !

Avec son aide, je me redressai, et en boitillant, le suivit jusqu'à la mare. Une vingtaine de mètres la séparait du chêne. La question était où commencer à creuser ?

Nous espérions trouver quelque chose d'un peu inhabituel, une marque, un repère. Si quelqu'un avait caché quelque chose, il avait dû laisser des indices lui permettant de retrouver facilement sa cachette. La pluie tombait vraiment fort et il faisait nuit noire. Nous aurions dû bénéficier de la pleine lune, mais elle disparaissait totalement sous les nuages.

Nous regardâmes attentivement la distance en ligne droite entre la mare et le chêne. La seule aspérité sur la pelouse était un petit rocher blanc posé là d'une manière qui pouvait sembler artistique.

— Tu penses que c'est l'indice ?

— Je ne vois rien d'autre. Creusons !

Il fallait le bouger et creuser en dessous. C'était la seule chose logique à faire. Si nous ne trouvions rien, nous serions obligés de faire une tranchée entre la mare et le chêne, tâche qui serait difficile de faire en une nuit et les traces de notre passage seraient visibles. La pluie était cependant une alliée.

Elle humidifiait la terre et permettait peut-être de ne pas laisser de traces sur le sol.

Pousser le rocher ne se révéla pas facile. Il était particulièrement lourd et je n'étais pas au mieux de ma forme. À bout de souffle, complètement arc-boutés contre le rocher, nous arrivâmes à le faire rouler sur deux mètres. Épuisée par l'effort que je venais de fournir, je m'assis à même la terre boueuse et regardai sans un mot mon compagnon s'emparer de la pelle et commencer à creuser un trou. Au bout de dix minutes, sa pelle heurta quelque chose de dur. Cela lui redonna du courage. Malheureusement, ce n'était qu'une fausse alerte. Il ne s'agissait que d'un gros caillou. Il me regarda longuement, se demandant probablement si cela valait la peine de continuer.

Mon regard le dissuada d'envisager à voix haute cette possibilité. Il enleva la pierre et dirigea sa lampe torche pour voir ce qu'il y avait en dessous. On devinait une trace blanche. Il se mit à genoux et commença à enlever la terre avec ses mains. Une boîte apparut petit à petit. Cela ressemblait à une boîte en fer carrée d'une bonne quinzaine de centimètres de long assez profonde. Je me traînai vers lui pour voir ce qu'il avait trouvé.

Il me demanda de l'ouvrir, car il avait les mains pleines de boue. Je pris délicatement la boîte et tentai vainement de la desceller. Cela devait faire un moment qu'elle était là et elle était un peu abîmée.

Malgré notre intense curiosité, nous n'insistâmes pas. Nous devions reboucher le trou et remettre la pierre en place. Nous regarderions la boîte chez nous.

J'aidai au mieux Éric à remettre la pierre en place. Cela nous prit une bonne demi-heure. Il fallait repartir à présent. Éric me soutint jusqu'au portail. La pluie venait de cesser. Les nuages disparaissaient et la lune se mit à nous éclairer.

Le portail me semblait être un obstacle insurmontable. Je ne voyais pas, même avec la meilleure bonne volonté, comment faire de l'escalade avec ma cheville en vrac.

Après une rapide discussion, Éric me fit la courte échelle
pour grimper à cheval sur le portail.

52

J'avais l'impression d'être dans un rêve. Si on m'avait dit un mois plus tôt que je me retrouverais trempée à trois heures du matin, juchée sur le portail de mes grands-parents, j'aurais parié une caisse de champagne que c'était du domaine de l'impossible absolu. Tout cela pour récupérer une grosse boîte rouillée dont le contenu était vraisemblablement abîmé par le temps. Je devenais vraiment cinglée.

Je retombai lourdement de l'autre côté de la grille rattrapée par Éric. Nous marchâmes lentement vers la voiture. Nous faisions peur à voir, couverts de boue, trempés et fatigués.

Je crus bon de préciser d'une toute petite voix :

— J'espère qu'il n'y aura pas d'autres opérations commando de ce style à refaire, car je ne m'en sentirai pas le courage.

— C'est une certitude, on n'est pas fait pour cela…

Une fois que nous fûmes installés dans la voiture, la curiosité fut trop forte. Nous essayâmes de nouveau d'ouvrir la boîte sans davantage de succès.

— Il faudrait une pince ou un tournevis pour la forcer. Tant pis si elle est abîmée, de toute façon, vu comment elle a joué avec le temps, on ne pourra pas la refermer.

Dès notre arrivée, je préparais un grog pour nous réchauffer. De son côté, Éric s'attaqua activement à la boîte. Il parvint à ses fins au bout de dix minutes. Il m'appela, il ne voulait découvrir son contenu qu'en ma présence. Je me penchai vers l'objet.

— Ouvre-la.

Il ôta délicatement le couvercle. Je pris doucement ce qui se trouvait à l'intérieur. Une enveloppe et un objet.

J'attrapai l'enveloppe qui, par maladresse, m'échappa des mains. Des photos gondolées et jaunies ainsi que deux feuilles de papier à l'encre rendue pâle par le temps tombèrent éparpillées sur le sol.

J'étouffai un cri. Je rapprochai l'une des photos de mon visage comme pour confirmer que ce que je voyais était vrai. Je m'exclamai alors :

— Mais c'est mamy quand elle était jeune !

D'un ton incrédule, Éric continua à ma place tant j'étais soufflée.

— Elle est nue ! Et, attends ! Elle est avec Sylvain.

— Pourquoi nous donner ces photos ? En quoi cela peut-il nous aider de savoir que mamy a eu Sylvain comme amant ?

— Que doit-on faire de ses photos ?

— Il n'y a même pas de dates. On ne peut donc pas savoir quand c'était. Après tout, ils ont pu se connaître avant leurs mariages et dans ce cas, cela ne regarde qu'eux.

— Imagine que cela ne soit pas le cas !

— Ne faisons pas de plans sur la comète. Nous en saurons plus en continuant notre lecture. Marguerite était peut-être au courant.

Je me jetai sur le papier. Je déchiffrai le texte plus que je ne lus.

Je soussigné, Sylvain Julina, déclare renoncer à tous mes droits de paternité sur Sébastien Beaumont.

La lettre était datée de six mois avant la naissance de Sébastien et signée par Sylvain. Un reçu accompagnait la lettre. Sylvain reconnaissait avoir reçu en 1947 deux millions de francs de la part d'Isabelle.

J'étais devenue livide. Je regardai Éric pendant un long moment sans prononcer un mot.

Je pris l'objet emballé de papier kraft dans mes mains tremblantes. J'enlevai l'emballage précautionneusement. Nous découvrîmes un paquet d'argent relié par une ficelle en voie de décomposition.

Éric, me voyant en état de choc, prit doucement l'argent et le compta, il s'agissait bien des deux millions de francs. Sylvain n'y avait pas touché. Il n'avait pas profité de cet argent. Bien que très surpris, il était un peu plus lucide que moi. Il se demandait déjà ce qu'il avait pu se passer entre Sylvain et Isabelle. Comment en était-elle arrivée à lui donner cette somme énorme pour l'époque ?

La réponse devait être dans les écrits de Marguerite. Il me regarda, un peu inquiet. Il ne savait que me dire. Je venais d'apprendre que Sylvain était mon grand-oncle. Lucienne n'était pas encore mariée avec Sylvain à cette époque-là. Elle ne le serait que deux ans plus tard. Elle était stérile. Ils n'eurent pas d'enfant et n'en adoptèrent pas.

Éric attendit patiemment que je reprenne mes esprits. Après deux bonnes minutes, je murmurai d'une voix rauque :

— Tu te rends compte, Éric…

— Quoi ?

— Ils ont acheté Sylvain. Pour qu'il n'y ait pas de scandale, ils ont préféré l'acheter plutôt que d'accepter que mon véritable grand-père…

— Tu dis ils, mais il n'y a qu'Isabelle qui a signé. Charles n'est peut-être pas au courant.

— Oui, tu as raison. On ne sait pas. En revanche, je suis sûr que cet ami, qui tenait à nous aider, n'en est pas un. Est-ce que tu crois que mon oncle est au courant ?

— Je ne sais pas. Il n'aurait de toute manière pas intérêt à ce que cela se sache.

— Comment vais-je tous les regarder à présent ? Est-ce que je dois me taire ?

Je le regardai d'un air tourmenté.

— Tu ferais quoi à ma place, Éric ?

Je lui posais une question à laquelle il pouvait difficilement répondre. Il réfléchit un moment.

— Je suppose que je lirai le carnet pour comprendre ce qui s'est réellement passé avant de prendre des décisions hâtives. On n'est pas objectif pour le moment. Il faut raisonner calmement, avec du recul.

Il était plus de quatre heures du matin. Nous allâmes nous coucher, appliquant l'adage *la nuit porte conseil*.

53

Le lendemain, en déjeunant, nous regardâmes une nouvelle fois les photos, scrutant attentivement chaque détail, cherchant un indice, quelque chose qui puisse nous mettre sur une piste. Nous remarquâmes, alors, que l'une d'entre elles était différente. Elle ne faisait visiblement pas partie de la même série que les autres. Elle était datée au verso de 1944 et un petit mot était inscrit au crayon :

Les trois mousquetaires de la guerre : Adélaïde, Henri et Gérard

Je retournai la photo et reconnus sans hésiter Henri que j'avais vu plusieurs fois dans l'album de famille. Adélaïde fut également identifiée sans difficulté.

J'observai ensuite Gérard qui avait été prêt à endosser la paternité de l'enfant d'Adélaïde au nom de la Résistance. Il ressemblait étrangement à Sylvain, le mari de Lucienne. Je me demandai un instant s'ils étaient de la même famille. Je repris alors les photos de Sylvain avec Isabelle et les comparai avec celle que j'avais en main. Je montrai ma trouvaille à Éric :

— Éric, tu ne trouves pas qu'ils se ressemblent ?

— Ils ne se ressemblent pas, Emma. Il s'agit de la même personne. Regarde les détails du visage, les cheveux.

— Attends ! Tu es en train de me dire que Gérard et Sylvain sont une seule et unique personne !

— Oui ! Peut-être que Gérard était son nom de Résistant…

— Je suis en train de voir Sylvain sous un autre jour. Il paraît si effacé, toujours dans le jardin et dans la remise. On a juste l'impression qu'il fait partie du décor. Comme quoi les gens ne sont jamais ce qu'ils paraissent être ! Il est temps que j'apprenne à le connaître.

— Tu crois que c'est lui qui nous a donné les photos ?

— Peut-être. Nous allons finir de lire le récit de Marguerite et une fois que j'aurai tous les éléments en main, je verrai comment agir.

54

Charles se maria dès la fin de ses études. Il entreprit de créer à Versailles un cabinet d'avocats avec deux amis de sa promotion. Les parents de ces jeunes diplômés fournirent les fonds nécessaires. Le travail abondait. Il y avait beaucoup de litiges à régler après la guerre. Il aidait également son père dans ses affaires.

La maison de Choisel fut laissée aux jeunes mariés dès que la maison de Milon fut construite sur un grand terrain acheté par Eugène qui investissait de plus en plus dans l'immobilier depuis qu'il avait renoncé à la vie politique.

Charles se passionnait de plus en plus pour son travail. Il partageait souvent l'appartement de Versailles avec son père quand il terminait trop tard.

Je proposai à Adélaïde de lâcher son studio de Paris pour s'installer à Milon. Elle accepta, car j'y étais souvent seule. Elle évitait juste d'être là lorsque Charles ou Eugène revenait à la maison, ce qui était rare. La maison était très grande donc on ne se gênait pas. De plus, son métier la faisait beaucoup voyager et elle n'était pas souvent sur Paris.

Isabelle se plaignit plusieurs fois du manque de disponibilité de mon fils, elle se sentait seule, il n'était presque jamais là, ils ne faisaient rien ensemble. Elle essaya d'en parler avec lui. Il acquiesçait, reconnaissait qu'elle avait raison et promettait d'être plus présent, mais rien ne changeait.

Elle se rapprocha beaucoup de moi. Je compris parfaitement son problème vu que j'avais eu le même avec Eugène.

Je lui expliquai qu'il fallait qu'elle se trouve des activités pour occuper ses journées. Nous nous voyions souvent, car nous partagions la passion du jardinage.

À cette époque-là, je recherchais un jardinier à mi-temps pour entretenir mon jardin, Eugène n'étant ni intéressé ni là pour accomplir des tâches assez dures comme passer la tondeuse, tailler les haies…

La boulangère me conseilla alors de prendre Sylvain qui s'occupait déjà du jardin de Monsieur le Maire. Je n'hésitai pas une seconde, car le jardin du maire était impeccable. Je rencontrai rapidement Sylvain et l'embauchai sur-le-champ.

Isabelle avait aussi un jardin. Rapidement, Sylvain partagea son temps entre le sien et le mien. Ma belle-fille passait donc de longs moments, seule avec lui. Elle se sentait isolée, délaissée par son mari. Sylvain avait son âge, était célibataire et plutôt bien fait de sa personne, et surtout il avait un regard bleu acier perçant qui ne la laissait pas indifférente.

Jamais Sylvain n'eut la moindre attitude portant à confusion avec elle. Il restait correct, se conduisait comme un bon employé respectueux doit le faire. La situation aurait pu ne pas évoluer si un événement extérieur ne les avait rapprochés !

Isabelle entreprit de ranger un beau matin les affaires de son époux. D'épaisses chemises avec de nombreux papiers administratifs et juridiques traînaient depuis un an déjà dans la bibliothèque. Elle jeta donc un coup d'œil dans les dossiers et découvrit un tas de transactions commerciales que son mari avait faites pendant la guerre avec les Allemands ainsi qu'un carnet de notes où de nombreux renseignements concernant les Résistants étaient notés. Trois ans s'étaient écoulés depuis la guerre et l'épuration était terminée. Isabelle tomba des nues, elle n'était absolument pas au courant des activités de collabo de son mari. Ils s'étaient fiancés pendant la guerre et Charles lui avait seulement fait part de son rôle dans la Résistance. Elle avait cependant dans les mains la preuve d'un commerce hautement rémunérateur avec les

Allemands. Elle avait des noms aussi. Elle en connaissait certains. Ces personnes étaient soit mortes, soit disparues dans des camps. Elle eut un haut-le-coeur et courut vomir. Elle tremblait. Ainsi, elle était mariée à un agent double qui avait collaboré avec les Allemands.

Elle reprit la liste. Des noms, des dizaines de noms. Elle remarqua alors avec horreur que le nom de son propre père y figurait avec une date, celle de son arrestation. Son père avait échappé à la mort parce qu'il était de robuste constitution. Il avait été déporté dans un camp de travail et en était revenu transformé pour le restant de ses jours. Il ne parlait jamais de ce qui s'était passé là-bas.

Il avait été arrêté en 42. Elle avait connu Charles deux mois après. Elle se mit à pleurer. Que faire de ces papiers ? La liste continuait et s'allongeait jusqu'en 44. Or, en 44, il était Résistant aux yeux de tous. Elle vit également le nom d'un de ses amis de classe, mort dans une rafle en 44. Il était Résistant, son réseau avait été dénoncé. Maintenant, elle savait par qui.

Le passé était le passé. Mais, devait-elle se taire pour autant ? Elle pouvait aller voir son mari et lui donner la liste en lui demandant des explications, annoncer à son père que l'horreur qu'il avait vécue avait pour responsable son propre gendre. Puis, elle pourrait divorcer. Elle serait alors excommuniée par l'église. Le scandale ! La honte ! Impensable ! Elle prit les papiers, fit un tas bien propre et les remit à leur place. Elle verrait ce qu'il faudrait en faire plus tard. Elle finit de classer les affaires, les mit dans un carton au grenier. En attendant !

Elle revint sur la terrasse, s'assit et continua à pleurer. Elle désirait parler à quelqu'un. Elle se sentait seule et avait un cas de conscience. Elle aurait souhaité me parler de sa découverte, mais n'avait pas la moindre idée de ce que je savais. De plus, j'étais la mère de Charles.

Isabelle ne connaissait pas grand monde. Elle réalisa qu'elle s'était petit à petit isolée, ne recevant que des relations de travail de son mari et ne faisant pas grand-chose lorsqu'il n'était pas là. Elle avait une vie sociale et amicale désastreuse.

Son mariage était remis en cause par cette découverte et elle n'avait plus les idées claires. En tout cas, les choses ne seraient plus comme avant, elle allait se reprendre et avoir une vraie vie sans attendre que son mari revienne de temps en temps la voir entre deux affaires.

Elle releva la tête, son regard croisa celui de Sylvain qui la regardait pleurer en silence. Elle laissa ses yeux plonger dans les siens. Il se rapprocha d'elle et toujours sans un mot lui tendit un mouchoir. Il s'éloignait lorsque d'une voix un peu cassée, elle lui dit :

— Merci Sylvain.

Il la regarda d'un air surpris. Elle reprit :

— Pour votre mouchoir, c'était très gentil. Je ne suis pas en forme aujourd'hui. Des mauvaises nouvelles. J'ai besoin de compagnie, vous voulez bien boire quelque chose avec moi ?

Sylvain accepta son offre. Ils avaient des relations relativement amicales même s'ils se vouvoyaient. Ce n'était pas la première fois qu'Isabelle lui proposait une boisson fraîche dans l'après-midi. Ils avaient le même âge et ils leur arrivaient même de discuter un peu, même si les sujets restaient superficiels. Ils restaient des inconnus l'un pour l'autre.

Elle lui parla, lui confia tous ses secrets sans savoir trop pourquoi. Elle sentait qu'elle pouvait lui faire confiance. Mais avant, elle lui demanda ce qu'il avait fait pendant la guerre. Un peu surpris par sa question, il lui raconta qu'il avait été Résistant et qu'il avait connu Adélaïde et son frère pendant la guerre. Il ne détailla pas la liaison que cette dernière avait eue avec Steven et ne parla absolument pas de ce dernier. Il lui montra juste une photo un peu abîmée avec comme légende :

ainsi que leurs noms. Il lui avoua qu'il avait perdu beaucoup d'amis et de la famille, et que beaucoup d'entre eux avaient été dénoncés.

— Qu'est-ce que cela apportait aux gens de dénoncer leur famille ou leur voisin ?

— Des avantages, de l'argent et des traitements de faveur ou tout simplement, cela permettait aux gens de régler leurs comptes. Si vous aviez des problèmes avec votre voisin, vous le dénonciez et vous en étiez débarrassé !

Isabelle murmura d'une voix tremblante :

— Je connais l'un de ces fameux dénonciateurs, Sylvain. Que faut-il que je fasse ? Faut-il que je le dénonce ?

— Si cette personne est proche de vous, cela ne servira à rien de remuer la boue. La guerre et l'épuration sont terminées, il faut tourner la page. Cela reviendrait à dénoncer un membre de votre famille. Qu'est-ce que cela vous apporterait ? La vengeance, croyez-moi, n'apporte qu'une sensation de victoire brève et certainement pas la paix. En revanche, si cette personne n'est pas proche et si les faits sont graves, les preuves solides, vous pouvez aller à la gendarmerie et porter plainte.

— Si je ne dis rien, l'honneur sera sauf, mais moi, je ne verrai plus jamais cette personne de la même manière. Je croyais qu'il était Résistant.

Elle se mit à pleurer de nouveau. Sylvain, qui avait parfaitement compris de qui elle parlait, ressentit sa détresse. Il se rapprocha d'elle et lui entoura les épaules d'un bras protecteur. Elle se laissa aller contre lui, trouvant tellement agréable d'avoir quelqu'un sur qui se reposer. Ses sanglots se calmèrent petit à petit. Elle reprit d'une voix plus sereine :

— Il était agent double. C'est ignoble ! Il a dénoncé mon père deux mois avant de me connaître. Il a également provoqué la mort d'un de mes amis d'enfance. La liste est si longue…

— Vous parlez de votre mari, n'est-ce pas ?

Elle hocha la tête sans rien dire.

Il ajouta :

— Il a fait du mal Isabelle. C'est sûr. Mais, il a également beaucoup aidé la Résistance…

Elle le coupa froidement :

— Il a dénoncé jusqu'en 44. En 44, il vous aidait déjà, mais continuait à se vendre aux Allemands. Je savais que mon beau-père avait été collabo, mais je pensais que Charles avait suivi l'exemple du reste de sa famille. Il a amassé énormément d'argent pendant la guerre. J'ai été naïve. Pour moi, cet argent provenait de son père et de son travail d'avocat. Notre train de vie est financé par l'argent allemand. Comment puis-je faire pour oublier cela ?

Ils discutèrent pendant des heures. Il avait enlevé son bras de ses épaules, mais lui tenait la main. Elle se laissa faire. Elle avait l'impression qu'enfin quelqu'un la comprenait et la prenait au sérieux. Ils se séparèrent la nuit tombée.

Ils se revirent de plus en plus souvent. Ils parlèrent de la guerre, de la Résistance. Puis leurs discussions devinrent de plus en plus intimes et personnelles. Il lui raconta l'histoire d'Adélaïde, de son frère et de son amant. Le jardin n'était qu'une excuse pour leur permettre de se voir sans que cela jase dans la petite ville.

D'amicales, leurs relations devinrent de plus en plus sérieuses et puis, un jour, ils devinrent amants. Charles ne se douta de rien et je me gardai bien de lui dire quoi que ce soit.

Cette situation aurait pu perdurer si Isabelle ne s'était pas aperçue un beau matin qu'elle était enceinte. Le père de l'enfant n'était pas Charles, elle en était certaine. Elle n'arrivait pas à choisir la conduite à tenir. Devait-elle divorcer de son mari et aller vivre avec Sylvain ? Égoïstement, elle constatait que dans ce cas, en plus du scandale et de la réprobation générale – elle ne serait qu'une femme adultère –, elle verrait son niveau de vie considérablement baisser. Cette éventualité ne la laissait pas indifférente. Elle ne pensait pas vraiment à Sylvain, au fait qu'il aurait peut-être aimé élever son enfant.

Après mûre réflexion, elle décida de rester avec son mari. Elle se déculpabilisa en se persuadant que son enfant serait élevé dans de meilleures conditions si elle restait dans une famille riche que si elle allait vivre avec un jardinier. Cette fausse excuse lui permit d'ignorer qu'elle n'aimait plus son mari, qu'elle le trouvait ignoble, qu'elle aimait un autre homme et qu'elle priverait son futur enfant de la joie de connaître son vrai père.

55

Le vrai père en question prit relativement mal la nouvelle. Il refusa de rentrer dans le petit jeu que lui proposait Isabelle.

— Non, je ne suis pas d'accord !

— Mais, pourquoi ? Nous bénéficierons de tous les avantages. Nous aurons de l'argent, une certaine sécurité et nous pourrons continuer à nous voir comme maintenant.

— Je me moque pas mal de l'argent, Isabelle. Tu me déçois énormément. Je ne suis pas prêt à renoncer à mon fils et à rester ton amant pour des histoires de gros sous. Je ne suis pas un gigolo. J'ai une fierté et cet enfant je veux pouvoir le reconnaître et en être fier.

— Tu ne l'as pas souhaité !

— Non, mais il est là et je veux assumer mes responsabilités.

— Rien ne prouve que tu en sois le père !

— Arrête de dire n'importe quoi ! Tu ne vois plus beaucoup ton mari et vos relations conjugales sont inexistantes. D'ailleurs, comment va-t-il prendre cette bonne nouvelle ?

C'était le seul point qu'elle ne maîtrisait pas parfaitement. Comment faire avaler à son mari une couleuvre de cette taille ?

Elle l'avait bien vu pendant cette période et ils avaient fait l'amour une fois. Plus exactement, il était rentré saoul d'un dîner bien arrosé et il avait tenté de la violer. Il n'avait pas été jusqu'au bout de son action, s'étant endormi sur elle en ronflant après quelques pathétiques tentatives. Mais, elle se rassurait en se persuadant qu'il ne se souviendrait de rien.

— Ne t'inquiète donc pas pour cela, je trouverai une explication plausible.

Cette discussion eut un témoin : Joséphine, la femme de ménage d'Isabelle. Cette dernière, une pipelette sans pareille, alla répéter ce qu'elle avait entendu à Lucienne. Lucienne qui était amoureuse de Sylvain fut dégoûtée par l'attitude d'Isabelle. Elle estimait qu'elle n'avait aucune chance que Sylvain s'intéresse un jour à elle et ne lui en voulait pas de connaître d'autres femmes. Elle n'était pas jalouse et son amour restait très platonique et idéaliste. Mais elle ne pouvait admettre qu'Isabelle trompe son mari et traite Sylvain comme un moins que rien. Elle se mit à imaginer un plan diabolique pour confondre les deux amants. Elle allait faire en sorte qu'Eugène soit au courant.

Après quelques jours de réflexion, elle passa à l'action. Elle allait profiter du passage d'Eugène à Milon la semaine suivante pour l'amener sous un prétexte futile à se rendre chez Isabelle à un moment où elle était sûre que les deux amants se verraient.

Elle pouvait compter sur Joséphine. Cette dernière trouvait profondément choquante l'attitude d'Isabelle qui de toute manière ne lui avait jamais montré la moindre considération. Son plan se déroula au-delà de toutes ses espérances.

Le prétexte fut facile à trouver. Isabelle avait emprunté de nombreux ouvrages dans la bibliothèque familiale et Lucienne savait que lorsque Eugène revenait à Milon, il étudiait pour son plaisir l'histoire ancienne. Elle cacha l'un des livres qu'il était en train de parcourir et attendit que contrarié, il le cherche.

Il l'appela pour lui demander si, en faisant le ménage, elle ne l'aurait pas rangé quelque part.

— Non, Monsieur. Je n'ai rien vu traîner et je ne me serais pas permis de ranger quoique ce soit sans vous en faire part. En revanche, Monsieur, peut-être que votre belle-fille l'a

emprunté. Elle prend souvent des ouvrages dans votre bibliothèque. Je peux appeler et demander si elle l'a.

— Faites, Lucienne !

Lucienne appela. Elle apprit par Joséphine que Sylvain
devait arriver dans une demi-heure et qu'Isabelle lui avait demandé de faire une course pour elle. C'était le signe qu'elle
voulait être seule avec Sylvain. Par une coïncidence fort op-
portune, le chauffeur avait pris son jour de congé.

— Monsieur, il semblerait que votre belle-fille ait le livre.
Mais, sa femme de ménage n'en est pas sûre. Madame
semble être partie en promenade et sera de retour dans une
bonne demi-heure. Si vous voulez, je peux demander au
chauffeur de passer chez elle demain.

— Non, je vais y aller moi-même. Cette histoire va traîner
en longueur et cela me permettra de croiser Isabelle que je ne
vois pas souvent.

Joséphine n'était pas partie en courses. Elle était restée
dans le jardin et guettait la voiture d'Eugène.

Les deux amants étaient en train de se réconcilier dans la
chambre d'Isabelle.

Lorsque Joséphine vit arriver Eugène, elle lui souhaita la
bienvenue et le fit entrer sans qu'il eût à sonner. Elle lui expliqua que Madame se reposait dans sa chambre. Elle le
guida jusqu'à la chambre.

Arrivé devant, Eugène, fort surpris, entendit des bruits,
des râles ne laissant aucun doute sur les activités qui s'y tenaient.

Interloqué, il demanda à Joséphine :

— Charles est ici en ce moment ?

— Non, Monsieur. Pas que je sache. Je ne sais pas ce qu'il
se passe, Monsieur. Je suis gênée par cette situation. Il serait
peut-être bienvenu de se retirer.

— Partez, Joséphine, et laissez-moi régler cette histoire,
seul.

Trop contente de les laisser se débrouiller entre eux, Joséphine s'éloigna. Elle resta cachée dans le couloir pour entendre la foudre s'abattre sur le couple illégitime.

Eugène ouvrit la porte d'un coup sec. Les deux amants en pleine action ne l'entendirent pas. Il sentit le rouge de la colère lui monter au visage. Il voulait paraître calme, mais il ne pouvait se contrôler. Il regarda la scène pendant quelques secondes avant de se manifester à la grande surprise des deux amants.

Isabelle eut le réflexe de les couvrir d'un drap. Elle le fixa avec un air de défi dans les yeux.

Elle lui parla d'une voix un peu essoufflée, mais étonnamment calme et posée vu la situation.

— Pouvez-vous sortir de cette chambre et m'attendre au salon ?

Dès qu'Eugène fut parti, elle regarda Sylvain droit dans les yeux.

— C'est tout ce que tu as trouvé pour que je sois obligée de rompre avec Charles ?

— Je ne suis pour rien dans cette histoire. Tu me désoles, Isabelle. Si tu crois que je suis capable de telles bassesses, c'est que tu me connais mal.

— Avoue que c'est bizarre quand même ! Tu veux absolument reconnaître cet enfant et moi je ne veux pas. Et, comme par hasard, mon beau-père qui ne vient jamais, nous tombe dessus à l'improviste. C'est un peu fort comme coïncidence, non !

Sylvain démentit de nouveau. Non, il n'était pas ignoble et n'aurait jamais fait une chose pareille. Leurs propos devinrent rapidement vindicatifs. Il finit par laisser tomber en lui disant qu'il lui laissait le temps de réfléchir, mais que tant qu'elle penserait une telle chose de lui, ce n'était même plus la peine qu'ils se voient.

Eugène, qui était resté derrière la porte, apprit ainsi qu'elle était enceinte d'un autre homme que son mari et que sa présence était certainement due à un coup monté.

Isabelle fit partir Sylvain par la petite porte et alla affronter seule son beau-père qui l'attendait de pied ferme en buvant une tasse de café, dans le salon. Elle croisa dans l'escalier Joséphine qui ne put soutenir son regard bien longtemps. Elle comprit instantanément que Sylvain n'était pour rien dans cette mise en scène.

Elle lui dit juste d'une voix glaciale :

— Vous êtes congédiée, Joséphine. Vous pouvez prendre vos affaires et partir dans l'heure. Je suppose que je n'ai pas besoin de vous expliquer pourquoi !

— Mais, Madame fait erreur.

Isabelle eut un air terrible et Joséphine, en larmes, ne put que s'avouer vaincue. Elle se mit à regretter sa bêtise, mais il était trop tard. Elle devrait changer de région pour retrouver un emploi, car elle pressentait la réputation que lui ferait Isabelle. Les employés se devaient d'être des tombes et elle avait enfreint la sacro-sainte règle.

Isabelle s'assit posément face à Eugène.

— Puis-je connaître le but de votre visite, Eugène ?

— Je suis venu, au départ, vous reprendre un ouvrage que vous m'aviez emprunté. Un ouvrage historique plus précisément.

— Alors vous êtes venu pour rien. Je ne vous ai jamais emprunté ce genre de livre. Vous les consultez souvent et je ne suis guère intéressée par l'histoire. Qui vous a dit que je l'avais ?

Il lui répondit froidement :

— Ce n'est pas vraiment important vu les circonstances, Isabelle.

Isabelle répliqua vertement :

— Si, au contraire ! Vous ne vous êtes jamais demandé si vous aviez été victime d'un coup monté, si on avait fait en sorte que vous vous retrouviez chez moi aujourd'hui alors que je voyais quelqu'un.

— Lucienne a appelé Joséphine. Cette dernière lui a dit que vous étiez partie en promenade et que vous seriez de retour dans la demi-heure.

— Je ne suis jamais allée me promener. J'étais même là lorsque le téléphone a sonné. Joséphine a en effet répondu, mais ne m'a pas appelée. Mais revenons à l'essentiel, Eugène. Que comptez-vous faire maintenant que vous êtes au courant de ma liaison avec Sylvain ?

— Je ne sais pas encore. D'autant plus que vous êtes enceinte. Et pas de mon cher abruti de fils en plus.

— Vous écoutez aux portes, Eugène ! Vous me surprenez !

— Là n'est pas la question. Sylvain n'est pour rien dans cette histoire de coup monté. Si l'on veut sauvegarder l'honneur de la famille, il va falloir faire taire les bavards. Où est votre bonne ?

— Je viens de lui demander de plier bagage.

— Appelez-la.

Un chèque généreux fut remis à Joséphine. Elle signa un papier reconnaissant avoir touché de l'argent et garantissant son silence. Ils essayèrent de savoir avec qui elle avait fait cette mise en scène, mais ils ne purent obtenir une quelconque information. Joséphine avait plus peur de Lucienne que d'eux. Parler ne lui vaudrait que des ennuis. Elle partit donc sans un mot, heureuse de s'en sortir à si bon compte.

Une fois qu'ils se retrouvèrent seuls, Eugène reprit la parole :

— Vous pensez que Lucienne est dans le coup ?

— Difficile à dire. De plus, les motivations de Joséphine sont déjà difficiles à comprendre, alors savoir pourquoi Lucienne aurait voulu ternir l'image de la famille reste une complète énigme. De toute manière, on ne va pas lui demander quoi que ce soit.

— Qui d'autre connaît votre situation ? Mon fils sait-il qu'il est cocu ?

— Non.

— Alors, faites en sorte qu'il ne le sache pas et qu'il pense que cet enfant est de lui. Il va falloir que je parle à Sylvain. Quel sera le prix de son silence ?

— Il ne semble pas préoccupé par ce genre de considérations, voyez-vous.

— Bêtise que cela. Tout a un prix. Il suffit de le trouver. Proposez-lui deux millions de francs. Cela devrait suffire.

— Il va se sentir insulté. Je ne le souhaite pas. Il ne voudra pas partir.

— Qui lui demande de partir ? Il pourra voir son rejeton grandir de loin et restera à notre service. Quant à mon fils, il reviendra ici pour travailler. Je ferai en sorte qu'il soit plus présent. Ces incartades ont assez duré, Isabelle ! Cette liaison doit bien entendu cesser sur-le-champ. À moins que vous ne souhaitiez divorcer ?

Un silence éloquent répondit à la question.

L'entrevue entre Isabelle et Sylvain fut des plus glaciales. Sylvain avait été déçu par Isabelle à plusieurs reprises. Son avidité pour l'argent, sa volonté de cumuler les avantages, sans assumer ses responsabilités et les inconvénients qui en découlaient, le révulsaient. Comment pouvait-elle accepter d'avoir un amant tout en gardant son mari pour l'argent ? Comment pouvait-elle penser qu'il était à l'origine de la venue de son beau-père ?

Son esprit droit et sans compromission ne pouvait comprendre ce genre d'attitude. Il ne la voyait plus de la même façon. Il se sentait comme dégrisé, son amour pour elle s'était transformé en amère déception et plus rien ne pourrait être pareil entre eux.

Isabelle s'excusa tout d'abord de son attitude de la veille, mais, expliqua-t-elle, sa méprise était compréhensible. Cela acheva de blesser Sylvain.

Puis elle lui fit part de sa discussion avec son beau-père et lui remit la liasse de billets pour un total de deux millions de francs amenée par ce dernier le matin même. Elle lui demanda de signer une décharge où il reconnaissait avoir touché cet argent et où il renonçait à tous ses droits de paternité. Une clause, cependant, spécifiait qu'il serait employé tant qu'il le désirerait dans la famille afin de pouvoir rester en contact avec son fils. Cette clause avait été ajoutée après discussion entre Eugène et Isabelle. Ils avaient admis froidement et d'un commun accord qu'il serait dommage et risqué de priver Sylvain de la vue de son enfant. Cette clause avait été ajoutée plus dans un souci de s'éviter des ennuis que par humanité.

Sylvain resta songeur un long moment devant le papier et l'argent. Cet argent, jamais il ne le dépenserait. Il était sale et déshonorant. On l'achetait. Eugène Beaumont avait décidé qu'il valait deux millions de francs. Or, son intégrité n'avait pas de prix. Cependant, s'il refusait, il serait licencié dans l'heure, rejeté par Isabelle et il ne verrait jamais son enfant. Sa liaison avec Isabelle était irrévocablement terminée.

Il signa lentement le papier et prit l'argent.

Elle le regarda, gênée.

— Vu les circonstances, tu comprendras qu'il est impensable que nous continuions à nous voir.

— Je ne te le fais pas dire !

Je fus rapidement mise au courant par mon mari qui m'informa que mon fils était vraiment décevant puisqu'il n'était pas capable de surveiller son épouse. Je me retins de lui répondre vertement que si les hommes avaient des maîtresses – comme lui –, les femmes mariées pouvaient aussi avoir des amants.

Devinant que le débat serait stérile, je gardai mes réflexions pour moi. Je fus horrifiée par leur manière d'étouffer le scandale et éprouvai un véritable élan de pitié pour Sylvain que je savais depuis la guerre profondément honnête.

<h1 style="text-align:center">56</h1>

Je ne pus m'empêcher de m'exclamer :

— Quand ces photos ont-elles été faites ?

— Je ne sais pas, ils sont peut-être redevenus amants ensuite.

— Je n'aurais jamais imaginé mamy comme cela. Elle semble si lisse, si calme. La voir calculatrice et avide me dépasse. Finalement, c'est peut-être Sylvain qui nous a permis d'avoir toutes les preuves en main.

Éric était pensif.

— Oui, mais cela sous-entendrait qu'il a rompu le secret. Or, de ce que tu m'en as dit, c'est un homme de parole. Si Eugène est mort, Isabelle et Charles sont bien vivants, eux.

— Parfois, les secrets sont lourds à garder. Il a peut-être voulu décharger sa conscience. Il n'est plus tout jeune. On éprouve parfois le besoin de régler les situations en suspens. Il s'est peut-être dit que la vérité devait être connue.

— Que ce soit la bonne explication ou pas, nous sommes maintenant dépositaires de ce secret. Si mettre à plat les situations consiste simplement à rejeter ses problèmes sur les autres, je n'arrive pas à me persuader que c'est une bonne chose. Et, si nous parlons, tout peut changer…

Un silence accompagna cette dernière remarque. Nous avions une conscience aiguë des répercussions qu'allaient avoir ces révélations. La question était qui savait. Nous avions éliminé de notre liste de suspects Sébastien, mais si celui-ci était au courant, il fallait le réintégrer. Il aurait alors un sacré mobile pour vouloir que rien ne soit révélé.

Le plus perturbant était que, plus nous avancions dans notre lecture, plus il y avait de suspects et moins nous pouvions deviner qui nous voulait du mal.

Mais nous n'étions pas au bout de nos surprises. Éric voulut tout reprendre depuis le début. Nous établîmes, chacun dans notre coin, la liste des mobiles pour chaque personne. Nous les comparâmes ensuite. Une demi-heure plus tard, j'ouvris le feu et Éric me répondit du tac au tac :

— Charles peut vouloir cacher sa collaboration avec les Allemands.

— Isabelle ne veut pas qu'on sache qu'elle a eu un enfant de Sylvain.

— Mon oncle ne veut pas qu'on sache qu'il n'est pas le fils de Charles.

— J'admets ton mobile si on a la preuve que Sébastien est au courant. Lucienne ne veut pas que l'on sache qu'elle a trahi Isabelle.

— Le fantôme d'Eugène ne semble pas d'accord non plus.

Il soupira.

— Je te suis, même si cela me dépasse. De toute façon, il est aidé par des gens bien vivants dans sa démarche.

— Je ne vois pas de mobiles pour Adélaïde, Benjamin, ma mère et mon père.

— Aucun mobile également pour ta tante Alice.

— A-t-on avancé dans notre enquête ?

— Non, on en est exactement au même point qu'avant.

— On a quand même les idées un peu plus claires, non ?

— Oui, on peut dire cela si ça te fait plaisir, mais on ne sait toujours pas comment démasquer la personne qui nous en veut. Sans parler de notre ami qui nous donne accès à des preuves hautement confidentielles. Qui est-ce ? Sylvain ou encore une autre personne ?

— À propos d'Adélaïde, n'oublions pas qu'elle ne nous a pas aidés quand nous lui avons parlé. Elle ne semblait pas enchantée par nos découvertes.

— Oui, mais elle n'était pas là quand tout a commencé.

Je ne pus qu'admettre à regret qu'il avait raison.

— C'est vrai.

Après un instant de réflexion, je repris la parole.

— Tu sais ce qui m'effraie le plus ?

— Non.

— Nous parlons des membres de ma famille comme s'ils s'agissaient d'inconnus. On est en train de se demander lequel d'entre eux nous veut du mal.

— Je suis d'accord avec toi. Mais, dis-toi qu'il ne faut faire aucun sentiment et n'accorder notre confiance à personne. De plus, il y a peut-être d'autres secrets dont Marguerite ne parle pas et que les gens concernés pensent être dans les carnets.

— Éric ! Ils ont déjà récupéré une copie des carnets ! Ils ont eu le temps de voir de quoi il en retourne !

Éric ne put que reconnaître le bienfondé de mon affirmation.

Nous étions en train de reprendre notre lecture lorsque l'on sonna à la porte. Éric me regarda :

— On attend quelqu'un aujourd'hui ?

— Non pas que je sache !

Il se dirigea vers la porte lentement, me laissant le temps de ranger les carnets.

Il ouvrit et ne vit personne. L'ascenseur était en marche. Il envisagea un moment de courir dans l'escalier, puis abandonna vite son idée voyant qu'il n'avait que des chaussettes aux pieds. Sans trop de surprise, il vit sur son paillasson une grosse enveloppe marron avec le nom d'Emma inscrit au marqueur en lettres majuscules.

Il ne prit pas l'enveloppe.

— Emma ! Passe-moi un torchon !

J'accourus avec l'objet demandé.

— Qu'est-ce que c'est ?

— Je ne sais pas. Mais, je compte tenter un nouveau relevé d'empreintes, afin de savoir qui est notre ami ou notre ennemi !

Nous ouvrîmes l'enveloppe avec précaution. Je le regardai, réprimant un sourire, enfiler des gants de cuisine en caoutchouc. Je contemplai ses gestes malhabiles, trouvant qu'il prenait beaucoup de précautions pour pas grand-chose. Il n'y avait aucune chance pour que cela marche. Même s'il relevait des empreintes, il s'agirait de celles du propriétaire de l'enveloppe qui n'étaient pas nécessairement celles de l'expéditeur. Enfin ! Si cela l'amusait !

Elle contenait une enveloppe avec plusieurs livres de comptes manuscrits allant des années 50 à 55.

— Cette personne nous pense plus en avance que nous ne le sommes réellement !

Éric regarda la documentation juridique insérée dans l'un des livres de comptes.

— Il s'agit d'un magasin de vêtements de luxe qui s'appelait *Au Bonheur des Dames* à Versailles. Le commerce a été détenu à 40 % par Charles, 40 % par une certaine Catherine Dumont, les 10 % restants par Marguerite. La fameuse Catherine a été par ailleurs la gérante de la société.

Je feuilletai pendant ce temps-là un autre livre de comptes. Il s'agissait de celui d'une des entreprises d'Eugène qui se trouvait fort opportunément dans le textile. Après avoir tourné une dizaine de pages, je remarquai qu'il y avait des virements réguliers d'argent vers un compte bancaire avec les initiales CD. Catherine était-elle sa maîtresse et l'entretenait-il ?

Nous nous regardâmes complètement interloqués. Que faire de cette information ? Et surtout, qui avait intérêt à ce que cela se sache ? Voulait-on nuire davantage à la mémoire d'Eugène ? Ou en voulait-on à une autre personne et la viser par le biais d'Eugène ? S'agissait-il d'un ami ?

Je constatai que toutes ses entreprises avaient été revendues ou liquidées peu de temps avant qu'Eugène ne meure. Cyniquement, je me dis qu'il avait dû faire le ménage…

Voyant qu'on n'avançait pas avec ces nouveaux indices, Éric se remit sur son relevé d'empreintes. Mais, à son grand désespoir, celles qu'il trouva ne correspondaient à aucune de celles qu'il avait en stock. Je lui suggérai d'un ton malicieux qu'il s'agissait peut-être de celles du libraire qui avait vendu l'enveloppe ! À la tête qu'il fit, je compris qu'il n'appréciait pas mon humour à sa juste valeur.

Par prudence, nous cachâmes les documents sous une latte du parquet située sous le canapé de la salle à manger.

57

Carnet de Marguerite – 1949

La vie continuait. Après la naissance, en 1947, de son premier enfant, Sébastien, Isabelle mit au monde deux ans plus tard, une petite fille nommée Christiane.

Adélaïde, quant à elle, avait fini ses études en paléontologie depuis un an et demi. Elle était partie en mission dans le nord des États-Unis afin de chercher des os de dinosaures. J'étais la seule personne à avoir de ses nouvelles. Nouvelles qui consistaient en deux longues lettres, une pour mon anniversaire en été et une à Noël.

Adélaïde avait trouvé sa voie. La paléontologie était quelque chose d'exaltant dont elle pouvait parler pendant des heures entières sans lasser son auditoire. Son équipe avait trouvé des squelettes de dinosaures et il fallait désormais les analyser. Cela prendrait des mois pour les étudier et cette perspective provoquait chez elle une excitation profonde. Sa vie s'était compliquée. Un homme était apparu. Un homme marié avec deux enfants qui n'envisageait pas un seul instant de divorcer. Un homme dont personne, à part elle, ne connaissait le nom. Un homme aux hautes responsabilités dans le monde politique. Il avait expliqué à Adélaïde que leur relation ne pourrait jamais être officielle, qu'ils devraient se contenter de rendez-vous secrets à des heures indues. Ce type de relation lui convenait, elle ne voulait à aucun prix s'investir dans une relation sérieuse. Le voir de temps en temps lui allait parfaitement. Pas d'investissement émotionnel fort, juste de bons moments passés avec quelqu'un sans aucune obligation. Choisir une telle carrière impliquait de renoncer aux charmes de la vie familiale et elle s'en portait fort bien. Le statut de la femme au foyer des années 50 ne l'intéressait pas du tout. Elle voulait voyager, faire de nouvelles rencontres, avoir des discussions stimulantes avec des scientifiques. Parler du temps qu'il faisait et des problèmes de rougeole du petit dernier en buvant du thé ne l'emballait pas.

Son indépendance fut cependant remise en question par un impondérable majeur. Elle tomba enceinte. Dès qu'elle s'aperçut de son état, elle fut catastrophée. Cependant, elle avait du caractère et même si mener de front sa carrière tout en pouponnant ne provoquait pas chez elle un frisson de bonheur intense, elle ferait face. Elle avait toujours fait face.

Elle s'était attachée petit à petit à son amant. Ils se sentaient vraiment proches l'un de l'autre, passaient de grands moments de complicité, avaient des crises de fou rire intenses et trouvaient le temps long entre chaque escapade amoureuse.

Seul petit problème, son bien-aimé ne prit pas très bien sa grossesse :

— Tu as voulu me piéger, c'est cela ? Tu n'as pas admis notre relation, alors tu es tombée enceinte afin de m'obliger à reconnaître cet enfant et à divorcer !

— Arrête de dire n'importe quoi ! Je ne désire pas me marier avec toi. Je ne désire rien de spécial d'ailleurs. Je t'informe d'un changement, un point c'est tout !

Mais, il délirait :

— Je savais que les femmes étaient des salopes, mais à ce point-là ! Tu veux briser ma carrière politique, c'est ça ! Tu veux me faire du chantage !

Il la regarda méchamment :

— Tu veux combien ?

Son attitude incohérente et stupide agaça au plus haut point Adélaïde qui s'emporta :

— Si tu me vois comme ça, intrigante et intéressée, nous ferions mieux de ne plus nous voir ! Je ne veux pas que tu reconnaisses cet enfant, je ne veux pas de ton argent et je ne veux pas nuire à ta carrière. Je suis même contente de m'apercevoir que tu ne m'as jamais comprise et que tu n'as aucune confiance en moi. Je m'en vais !

Elle se leva du lit de la chambre d'hôtel sordide sur lequel elle se trouvait. Ils étaient toujours obligés de se cacher dans de tels endroits afin que personne de leurs connaissances ne puisse les apercevoir ensemble. Ils ne pouvaient même pas aller dans son appartement sous prétexte que sa voisine de palier était une de ses collègues. Elle avait l'impression d'avoir subi une cure de désintoxication en version accélérée. Elle contempla rapidement le mobilier usé, le lit défait et son amant qui pleurnichait à présent. Elle fit demi-tour sans état d'âme et claqua la porte sèchement. Elle ne le revit plus jamais. Cet homme fut ensuite compromis dans de sombres affaires de pot-de-vin et finit ses jours en prison. Sa femme divorça !

Adélaïde continua son métier de paléontologue sous les jacassements puérils de certains des membres de son équipe qui auraient bien voulu savoir qui était le père de cet enfant. Elle s'arrêta en tout et pour toute une semaine pour accoucher et mit au monde Benjamin Beaumont de père inconnu. Elle l'éleva seule pendant plusieurs années et ne demanda d'aide à personne. Elle ne voulait plus dépendre désormais de qui que ce soit.

En 1955, lorsque Benjamin eut 5 ans, elle dut cependant se rendre à l'évidence, elle devait trouver une base stable pour scolariser son fils. Profitant d'un colloque très important sur des problèmes méthodologiques relatifs à la paléontologie qui se tenait à Paris, cette année-là, où elle intervenait, à ma grande joie, elle revint s'installer à quelques kilomètres de chez nous. Elle me laissa la garde de Benjamin lorsqu'elle partait faire des fouilles. Elle s'arrangea pour faire plus d'analyse au *Muséum National d'Histoire naturelle* de Paris et moins de terrain afin d'être présente pour Benjamin.

Elle ne renoua jamais avec son père qui restait à ses yeux le meurtrier de son frère et de son amant. En revanche, avec

le temps, elle pardonna à Charles ses erreurs, mais n'eut jamais plus la complicité qu'elle avait pu avoir avec lui avant
la guerre.

58

Éric reposa le manuscrit doucement sur la table.

— Ainsi c'est cela la vraie histoire !

— Oui, le père de Benjamin n'a pas été tué pendant le Vietnam ! Ce qu'ils peuvent être tous menteurs dans cette famille !

— Emma, j'ai quelque chose à t'avouer.

— Oui ?

— J'ai fait un rêve cette nuit…

— Tu as vu des fantômes toi aussi ? C'est familial !

— Non, je pense que c'est juste mon inconscient qui essaie de communiquer avec moi. Dans mon rêve, une voix m'a dit que nous étions sur la fausse piste, que la piste des fantômes n'était pas la seule à suivre. La vérité est beaucoup plus sordide.

— Cela veut dire quoi ? Que les fantômes de mon oncle et ma tante sont un coup monté ? Que l'extinction des lumières lors du repas de famille était une mise en scène ?

Éric la regarda, agacé.

— Comment veux-tu que je le sache ? Peut-être qu'une partie de tout cela est un coup monté. La voix ne disait pas que tout était faux, mais qu'une partie était biaisée. Je répète juste les mots exacts, Emma. Je n'en sais pas plus.

— Donc on nage un peu plus dans le brouillard ! Autre énigme : pourquoi une personne a-t-elle jugé bon de nous donner des documents sur la relation entre Eugène et Catherine ? Jamais personne n'avait évoqué ne serait-ce qu'une fois son nom en tant qu'associée d'Eugène alors qu'il n'y aurait eu rien de mal à cela. Alors, pourquoi laisser cette femme dans l'ombre ?

59

Carnet de Marguerite – 1950

Catherine Dumont arriva dans la vie d'Eugène au début des années 40. Cette jolie femme avait alors vingt-cinq ans. Elle fut d'abord sa maîtresse parmi tant d'autres lors de ses virées à Versailles et puis bien vite son associée dans la plupart de ses entreprises. Il l'avait rencontrée lors d'un dîner organisé par les Allemands grâce à sa participation active dans l'acheminement de denrées de luxe comme le champagne et le foie gras. Il avait été hypnotisé par son regard vert et sa prestance. Il avait quarante-deux ans et les portait bien. Il avait conservé la ligne et possédait toujours ce charme qui avait fait succomber Marguerite. Ils se plurent instantanément. Ils étaient de la même trempe tous les deux : sans état d'âme, ce qui, en temps de pénurie, permettait certains agréments.

Je n'entendis pas parler de Catherine Dumont tout de suite. Je sus en revanche rapidement qu'Eugène entretenait des relations constantes avec une personne nommée CD. Impossible d'en savoir plus. Je n'eus la puce à l'oreille que lorsque cette femme racheta officiellement certaines des parts minoritaires que je détenais en mon nom propre dans les affaires de mon mari. Ces ventes étaient officielles et je fis immédiatement le rapprochement entre Catherine Dumont et les lettres CD.

Pourquoi cachait-il tant cette femme ? Je décidai d'enquêter ou plutôt demandai à l'une de mes connaissances de mener de discrètes recherches. J'appris horrifiée que cette femme était en fait allemande et qu'elle avait fait pendant la guerre des affaires avec mon mari sur le marché noir. Elle avait au moment de la défaite allemande changé de nom afin de le franciser, aidée par les hautes relations qu'Eugène avait conservées avec certaines huiles de l'administration. Puis ils avaient continué à travailler ensemble comme au bon vieux temps.

Catherine n'avait jamais été inquiétée pendant l'épuration. Elle avait pourtant activement aidé l'occupant à attraper les Résistants, avait dénoncé des personnes qui lui faisaient confiance, avait eu des relations avec l'*establishment* allemand et sans jamais se cacher. Alors pourquoi était-elle si protégée ?

Je l'appris vite. Elle avait également entretenu des relations très compromettantes avec des Résistants haut placés qui n'avaient vraiment pas envie que cela se sache. Car Catherine avait plusieurs atouts majeurs, elle était très belle, intelligente et dénuée de scrupules.

Eugène l'aimait dans le sens qu'il admirait chez elle son manque total de morale et son culot. Elle l'aida à dépouiller de nombreuses personnes en abusant de leur crédulité, monta avec lui des sociétés en servant de prête-nom lorsque c'était nécessaire et resta disposée en cas de besoin à se sacrifier afin d'obtenir des faire-valoir lorsque les démarches administratives prenaient trop de temps et que les négociations d'Eugène ne donnaient pas les résultats escomptés.

Un jour, Catherine tomba enceinte. Elle ne savait pas avec certitude qui était le père de son enfant. Elle avait à cette époque-là plusieurs amants. Après quelques jours d'hésitation, elle décida de le garder. Elle avait trente-sept ans, et si elle voulait avoir un jour un enfant, c'était l'occasion rêvée. Autre avantage, elle comptait soutirer un peu d'argent afin d'arrondir ses fins de mois à tous les pères potentiels de cet enfant. Son enfant serait celui de ses trois amants du moment.

Elle apprit la nouvelle à Eugène avec beaucoup de précautions. Il ne réagit pas spécialement mal. Il l'informa seulement qu'il nierait toute paternité, mais qu'il était prêt à lui verser une somme tous les mois. Il ne fut pas dupe un instant. Il savait qu'elle voyait d'autres hommes, mais cela ne le dérangeait pas. Il ne voulait pas d'ennuis avec elle, Catherine était son associée et il la respectait, lui verser une indemnité mensuelle, une sorte de salaire à l'aide d'une caisse noire d'une de ses entreprises ne lui posait pas de problèmes particuliers. Il mettrait son fils dans le coup afin qu'il ne pose pas de question lorsqu'il verrait les virements réguliers se mettre en place.

Charles devait être au courant, car il était son associé et regardait les comptes. Ce dernier ne s'offusquerait pas de la situation et resterait muet comme une tombe. En revanche, il ne voulait pas que je l'apprenne, car il avait bonne mémoire et se souvenait des mises en garde formelles que je lui avais faites des années auparavant.

Mais, je l'appris par la fameuse connaissance qui continuait d'enquêter discrètement. J'entrai dans une rage folle, envisageai de quitter Eugène et de faire éclater le scandale. Je voulais que le monde entier sache qu'il n'était qu'un profiteur de guerre compromis avec une femme indigne. Je voulais voir le petit bâtard nommé Fabrice et connaître la fameuse Catherine.

Puis je me ressaisis. J'avais des enfants, une famille et ne voulais pas leur infliger ce déshonneur. Je tenais à ce que la famille reste unie. Le divorce était encore mal perçu dans les années 50. Je choisis de ne rien révéler, mais ne me gênai pas pour mettre la pression sur Eugène.

Notre entretien fut mémorable. Les pleurs succédèrent aux menaces. Il m'accusa de m'occuper de ce qui ne me regardait pas, de le faire surveiller. Il osa affirmer que la curiosité mal placée ne m'amènerait que des ennuis et qu'il ne tolérerait plus que j'agisse de la sorte. Sans surprise, il appliquait sa maxime préférée : *l'attaque est la meilleure défense.*

Mais je ne me laissai pas démonter pour autant. Il ne m'impressionnait plus depuis longtemps. Je lui criai au visage qu'il n'avait aucun respect pour moi, qu'il était marié et qu'il avait des obligations envers moi et les enfants et que si j'étais prête à tolérer certaines choses, il ne fallait pas qu'il franchisse les limites de la décence.

J'ajoutai quelques précisions utiles.

— De plus, penses-tu que cela restera secret longtemps ? J'ai pu savoir la vérité tellement facilement. N'importe qui peut avoir un moyen de pression sur toi maintenant ! Je veux que tu arrêtes de la payer. Le gamin n'est peut-être même pas de toi ! Elle a déjà énormément d'argent. Depuis quand fais-tu dans la charité ?

— Nous faisons des affaires tous les deux et je ne veux pas que, pour cette sombre histoire d'enfant, mes relations avec elle soient mauvaises. Elle détient un bon pourcentage dans toutes mes affaires. Tu vis avec cet argent, Marguerite ! Tu es contente de le dépenser lorsqu'il tombe ! Si tu as des scrupules quant à la façon dont je l'obtiens, ne pose pas de questions ! Je ne veux plus en entendre parler !

— Il n'y a que l'argent qui compte pour toi ! Avec tout ce que tu as mis de côté, on pourrait vivre comme des rentiers ! Et tu éprouves toujours le besoin d'accumuler encore davantage ! Je te conseille fortement d'éviter les parages pour me laisser le temps de me calmer.

La discussion s'arrêta là. Il sentit la moutarde lui monter sérieusement au nez parce qu'il avait tort et qu'il détestait que je le congédie de cette manière hautaine. Il se leva d'un bond et sortit en claquant la porte.

60

— Attends, on vient d'apprendre qu'Eugène a eu un autre fils ! On a peut-être une nouvelle branche de la famille à découvrir si Fabrice est en vie et a des enfants…

Cynique, Éric me coupa.

— Oui, cela ne va pas créer de tension dans la famille, tu penses bien ! Tu veux aller les voir ?

— Arrête de tout gâcher ! Cela m'amuse de savoir que j'ai peut-être rencontré des gens qui faisaient partie de ma famille sans le savoir. Je l'ai peut-être eu comme petit ami !

— Arrête de fantasmer ! Nous reparlerons de tout cela ce soir. Je travaille à Saint-Cloud cet après-midi. Je dois y aller.

Après avoir rangé l'appartement et fait un peu de ménage, je m'installai sur mon canapé, un verre d'eau à côté de moi. J'allumai mon PC d'un air sérieux. C'était le grand jour. Celui où j'allai commencer à travailler sur mon intrigue… Même si plein de choses n'étaient pas encore claires. Mes doigts se mirent à virevolter sur mon clavier.

Notes sur l'intrigue de mon roman :
Mon héroïne vient de finir de faire la copie d'un écrit d'un philosophe antique (Platon ? Aristote ? Socrate ?) pour compléter la collection de manuscrits que sa mère accumule. À noter : la sauvegarde des écrits antiques est une réelle préoccupation de l'élite gallo-romaine à la suite de la chute de Rome. Les Francs n'ont pas la culture de l'écrit. Pas mal d'aristocrates ont peur que le savoir latin et grec se perde.

La mère de mon héroïne fait partie de ces personnes. Elle identifie des écrits à conserver, acheter ou reproduire pour que le savoir puisse se transmettre. Elle prête et emprunte beaucoup de livres. Sa fille l'aide dans cette tâche. Elle est éduquée, ce qui est rare pour une femme, mais pas impossible. Elle écrit et c'est elle qui a le rôle de copiste. C'est également elle qui va chercher et ramène des livres. Les livres sont fragiles, certains sont des parchemins, ils sont très rares, valent chers, on ne délègue donc pas le transport. Des hommes assurent sa protection. Les livres peuvent provenir des abbayes (l'Abbaye de Lérins existe déjà) ou d'autres lettrés. Comme sa famille est riche, elle fait les trajets à cheval (la plupart des déplacements se font à dos d'âne ou à pied), mais ils sont longs.

L'héroïne se rend à Lyon au printemps (elle est de la région d'Antibes). Elle va faire un voyage aller de 15 jours à 3 semaines. Il y aura des rebondissements (brigands, routes mal entretenues, relais, nourriture, repos pour les chevaux). Elle peut faire 30 km par jour maximum avec les chevaux qui doivent se reposer. Les routes datent de l'époque romaine et ne sont plus ou mal entretenues. Il faut prévoir les relais qui ne sont pas légion à cette époque.

Une fois arrivée là-bas, elle y reste quelques jours pour se reposer. Elle est venue y chercher un parchemin particulièrement fragile reprenant des traités de médecine (il faut que je trouve un nom). De son côté, elle rend le manuscrit du philosophe qu'elle a copié et elle amène un ouvrage qu'elle laissera en prêt pour qu'il y soit copié (il faut que je cherche un autre thème, un manuscrit grec ou un manuscrit latin sur le droit ou sur l'astronomie).

Mais un autre visiteur, présent en même temps qu'elle, meurt empoisonné et les écrits de son abbaye disparaissent (l'Abbaye Saint-Victor de Marseille a une page Wikipédia). Il est venu en cheval et par le Rhône. Prévoir 10 jours. C'est un évêque. Il amène plusieurs écrits. L'un d'entre eux a disparu. Pourquoi ? Est-ce lié à son assassinat ? Huis clos. Qui a intérêt qu'il meure ? À la demande des personnes qui l'accueillent, elle mène l'enquête (elle a une formation d'advocatus [droit romain et rhétorique]) avec un clerc de la délégation de l'évêque. Chacun veut que la nouvelle de cette mort ne s'ébruite pas (politique ?? Francs ?? Clergé contre Francs).

Développer la relation entre l'héroïne et le clerc (ils travaillent bien ensemble ou ils se détestent ou il la trahit ou…)

Bon ! Tout cela était un peu touffu et dans le désordre, mais j'avais une bonne base pour partir à l'aventure. J'étais fière de moi. Mon projet devenait concret.

61

Nous aurions pu continuer à tourner en rond, si une aide inattendue ne nous avait pas été fournie.

J'ouvrais distraitement le courrier qui attendait sur la table quand soudainement, je sursautai. Un nouveau message anonyme venait de nous parvenir. J'appelai Éric qui était parti travailler à Saint-Cloud pour l'après-midi.

— Éric, nous avons un problème.

Il s'alarma.

— Comment ça ?

— Quelqu'un nous a envoyé un message anonyme nous demandant d'être sur nos gardes et de changer notre serrure.

— Ne touche plus le message, je vais faire un relevé d'empreintes dès que je rentrerai.

J'avais envie de me moquer de sa phase Sherlock Holmes qui jusqu'à présent n'avait pas été franchement une réussite. Mais l'ironie n'était peut-être pas la bonne façon de procéder. Devant mon manque d'enthousiasme, Éric prit la mouche.

— Tu ne veux pas que je tente à nouveau le coup ? Dis-le et je laisse tomber !

Je m'excusai platement. Éric essayait de m'aider et je n'allais pas faire la fine bouche.

— Bien sûr que je veux que tu essaies, mon chéri. À force, on y arrivera peut-être.

Dès son retour, Éric commença ses opérations.

— Tu as des gants ?

Je lui apportai des gants de cuisine.

— Ils te conviennent ?

Il ne prit pas la peine de me répondre.

Il saisit délicatement la feuille de papier. Une feuille standard imprimée en caractères majuscules.

FAITES ATTENTION À VOUS. CHANGEZ VOTRE SERRURE. ILS VONT VENIR VOLER LES DOCUMENTS EN VOTRE POSSESSION.

UN AMI QUI VOUS VEUT DU BIEN

Éric remit la feuille dans l'enveloppe.

— Emma, cela ne te rappelle pas quelque chose ?

— Si ! Le message nous disant de creuser dans le jardin de Milon.

— Notre ami nous a réécrit !

Soudain, Éric poussa un cri de victoire.

— Je l'ai, je l'ai !

Je hurlai en me précipitant vers lui.

— Quoi ? Quoi ?

— C'est l'empreinte d'Adélaïde.

Je restai bouche bée, ne sachant que dire. Après un instant, je me repris :

— Cela voudrait dire que c'est elle qui a envoyé la précédente lettre qui nous a permis de savoir que Sylvain est mon grand-oncle.

— Oui. Pourquoi fait-elle cela ?

— Il faut croire que la discussion que nous avons eue avec elle l'a fait réfléchir.

J'appelai immédiatement ma grand-tante. Je mis mon téléphone en haut-parleur de manière à ce qu'Éric puisse participer à l'échange.

Je lui expliquai rapidement que ses empreintes avaient été retrouvées sur le papier. Agacée, Adélaïde avoua que, pressée, elle n'avait plus pensé à mettre des gants.

Un peu vexée d'avoir été démasquée aussi facilement, elle ne se fit pas prier pour nous donner de succinctes explications :

— Sylvain sait que certaines personnes semblent prêtes à tout pour récupérer les manuscrits. Je comptais vous en parler de vive voix demain, mais vous avez été plus rapides que moi.

Je fronçais les sourcils. Qu'allait-elle nous apprendre ?

— Tu nous expliques ?

— Tout a commencé lorsque Sylvain, revenant à l'improviste chez lui, a entendu une discussion relativement animée entre Lucienne et une autre personne qu'il présume être une femme. Lucienne était au téléphone dans un état d'énervement rare ; or elle était plutôt placide d'habitude. Il s'est approché pour comprendre ce qui n'allait pas. Au départ, il ne comptait pas écouter, mais ce qu'il a entendu l'a glacé et il est resté figé sur place.

62

Sylvain était dans le renfoncement au bout du couloir. Sa femme parlait dans sa chambre, la porte entrouverte. Son ton était autoritaire et tendu.

— Les preuves ne doivent pas être conservées, si nous éliminons radicalement les carnets, ils ne pourront rien dire ! C'est le seul moyen !

— Les carnets sont chez eux et nous avons le double de leur clé, donc pas problème. On va pouvoir les récupérer.

Un long silence suivit cette déclaration. Sylvain eut l'impression d'halluciner. Sa femme s'agita un peu.

— D'accord, on se retrouve vendredi au café de Chevreuse et on met tout cela au point. En tout cas, il faut agir vite.

Sentant que la conversation approchait de la fin, Sylvain s'éclipsa tout doucement. Sa femme lui avait parlé de la trouvaille d'Emma et de son inquiétude sur ce que Marguerite avait bien pu marquer dans les carnets, mais devant son manque de réaction, elle n'avait pas insisté. Cette stupide histoire de journal intime prenait des proportions complètement délirantes au point qu'elle voulait pénétrer avec quelqu'un chez Emma et Éric. Il était catastrophé. Cela ne pouvait plus continuer comme cela, il fallait désamorcer la bombe avant que tout n'explose. Discuter avec sa femme ne le mènerait nulle part et elle n'en ferait qu'à sa tête. La seule solution était d'en parler avec Adélaïde. Il avait une confiance totale en elle. Elle ne pouvait être impliquée dans cette histoire. Elle devait mettre en garde Emma et Éric dès qu'elle les verrait. Le surlendemain, comme souvent à la belle saison, un repas

de famille était organisé chez Alice, l'occasion était rêvée
pour aborder le sujet avec eux.

63

Adélaïde s'arrêta. Elle ne nous avait pas tout dit.

— Et ?

— Sylvain m'a appelée après s'être assuré que sa femme n'était pas dans les parages. J'étais aussi consternée que lui. Il n'eut pas à insister longtemps pour que j'accepte de vous parler lors du prochain repas de famille. Je savais, comme vous, qu'il était le père de Sébastien, ils avaient une bombe entre les mains. Je comprenais bien que certaines personnes puissent être effrayées, mais de là à rentrer par effraction dans un appartement pour récupérer des manuscrits, je trouvais cela inadmissible. Je jugeai qu'il était temps que toutes ces vieilles histoires du passé soient clarifiées une bonne fois pour toutes ! Sylvain me mit en garde, m'expliquant que je n'étais peut-être pas au courant de tout et que je pouvais avoir des surprises désagréables. J'en avais bien conscience. Mais je lui ai répondu que les personnes concernées sont certes toujours les dernières à apprendre la vérité, mais qu'elle resurgit toujours par un biais ou un autre. Rien ne servait de se voiler la face ! Je n'ai donc pas attendu pour vous envoyer un message anonyme vous prévenant que des personnes voulaient pénétrer dans votre appartement et que vous feriez bien de changer votre serrure le jour même.

Éric secoua la tête.

— Une question m'obsède depuis plusieurs jours. Nous avons fait une copie numérique des carnets. Ces personnes peuvent venir autant de fois qu'elles le veulent, cela ne changera rien.

— Ces personnes ne le savent peut-être pas ou elles cherchent peut-être à vous faire peur ou à vous décourager ?

J'intervins alors.

— Sylvain connaît-il le nom de ces personnes ?

— Non, à part sa femme. Je suis très surprise que Lucienne trempe dans ce genre de choses. Elle doit voir la personne avec qui elle parlait au téléphone vendredi au café de Chevreuse. Je serais vous, j'irais discrètement traîner dans le coin ce jour-là. Au moins, vous connaîtrez vos ennemis. Ce que je peux vous dire également est que tes parents, Emma, ne sont pas concernés. Lucienne semble penser que ta mère n'accepterait jamais de collaborer à leur entreprise de déstabilisation, surtout quand elle concerne l'une de ses filles. Elle ne veut même pas qu'on lui en parle.

Je sentis un poids sur mes épaules s'alléger. Même si je ne l'exprimais pas, j'avais eu ce doute. Et si mes parents étaient impliqués et avaient comploté contre moi… Je m'en voulus de l'avoir, ne serait-ce qu'envisagé…

— Tu nous as également mis sur la piste du vrai père de Sébastien ?

— …

— Arrêtons de nous mentir, Adélaïde, tu as signé deux fois *Un ami qui vous veut du bien* !

Adélaïde ne répondit pas immédiatement, comme si elle voulait choisir précisément ses mots. Elle reprit la parole d'une voix un peu lointaine :

— Après notre discussion, j'ai beaucoup réfléchi et des souvenirs désagréables de mon passé me sont revenus en mémoire. Je me suis dit que la vérité devait sortir, que nous ne pouvions plus continuer à nous mentir et j'ai voulu vous donner un coup de pouce. Rendre justice à Sylvain était pour moi la moindre des choses vu ce qu'il a fait pour moi pendant la guerre…

— Nous sommes au courant, en effet, Adélaïde… Ce que nous ne savons pas en revanche c'est pour les photos. Sylvain et Isabelle sont redevenus amants après la naissance de Sébastien ?

— Oui. Isabelle a fait du charme à Sylvain deux ans plus tard. Lui, malgré son désespoir, ne pouvait s'empêcher de l'aimer et pris de faiblesse, il succomba de nouveau. Il venait de se marier avec Lucienne et s'en voulut beaucoup. Même s'il tentait d'éviter de la voir, Isabelle venait à lui. Marguerite et Lucienne n'ont pas dû le savoir. Je ne l'ai appris que par hasard. Je suis allée voir Isabelle, un jour. Elle était en larmes. Elle m'a dit qu'Eugène lui faisait du chantage et qu'il y avait des photos compromettantes qui avaient été prises par un détective qu'il avait engagé. Elle me parla de son mariage raté avec Charles, de sa liaison avec Sylvain. Catastrophée, plus pour Sylvain que je tenais en haute estime que pour elle – elle n'avait qu'à divorcer si c'était aussi dur que cela avec Charles –, je suis allée voir Sylvain. C'est alors qu'il m'a tout montré et demandé de cacher l'argent, le reçu et les photos. Il m'a dit qu'il n'avait plus rien à attendre d'Isabelle qui visiblement ne faisait que jouer avec lui. Je ne pense pas que sa relation avec elle ait continué après notre discussion. Il a beaucoup souffert de tout cela. Je me suis retrouvée détentrice de son secret, sans savoir quoi en faire. Il voulait que je cache tout cela et ne plus rien avoir à faire avec. Je ne voulais pas garder quoi que ce soit dans mes affaires de peur, en particulier, qu'on me vole l'argent – que je voulais garder disponible pour Sylvain – et j'ai enterré le tout dans le jardin.

Un silence quasi religieux accueillit ces nouvelles révélations. Adélaïde, d'une voix un peu sourde, reprit la parole :

— Vous devriez parler avec Sylvain. Ne dites rien, pensez-y, c'est tout.

J'acquiesçai. C'était une bonne idée, mais je ne souhaitais pas voir Sylvain tant que la lecture des carnets n'était pas terminée. Nous étions proches de la fin et dès le vendredi, nous devrions connaître les personnes qui nous voulaient du mal.

Une fois la discussion terminée avec Adélaïde, Éric revint sur son idée.

— Ces personnes n'ont pas envisagé que nous puissions scanner les carnets.

— Ce sont donc des personnes qui n'ont pas l'habitude de manipuler les outils informatiques. Elles sont donc âgées ou exercent une profession manuelle.

— Cela pourrait limiter le nombre des suspects, non ?

— Oui, mon père étant consultant en informatique, il manipule des fichiers tout le temps, même chose pour Sébastien qui est conférencier. Adélaïde scanne également pas mal d'informations quand elle fait des recherches et communique avec ses collègues.

— C'est déjà ça en moins…

— Que fait Benjamin ?

— Il est commercial dans une société qui vend de l'électroménager. Je ne sais pas te dire quel est son niveau en informatique.

64

Carnet de Marguerite – 1970

1970. Benjamin était dans sa voiture de sport rouge coupée. Il revenait de Versailles. Il était tard, il faisait nuit, il avait bu. Il conduisait vite, il était sûr de pouvoir coucher avec Joëlle le soir-même. Il avait mis le paquet, il l'avait invitée au restaurant, lui avait offert des fleurs et le coupé en général lui permettait de conclure son affaire. Mais malgré toute sa petite mise en scène, elle avait dit non. Elle trouvait qu'il était sympa, un bon copain, mais ne le voyait pas comme un amant. Pour qui se prenait cette pimbêche ? Il détestait l'échec. Peu de filles lui avaient fait l'affront de lui dire non. Il était donc de méchante humeur et ivre. Il s'était saoulé après l'avoir ramenée chez elle. Il avait bu du whisky. Il aimait le whisky.

Il était minuit et il roulait très vite pour rentrer chez sa mère qui vivait chez nous à Milon entre deux voyages. En effet, maintenant que son fils était plus grand, Adélaïde avait repris les fouilles sur le terrain, sujet qui était sa véritable passion. Elle s'était installée avec Benjamin chez nous. Ce dernier avait vingt ans, faisait des études de commerce à Versailles et voyait tous ses caprices acceptés. Nous n'étions pas exigeants du moment qu'il nous prévenait lorsqu'il était présent aux repas.

Mon petit-fils filait donc à toute allure sur les routes sinueuses de la Vallée de Chevreuse. Sa voiture était nerveuse, il se prenait pour un pilote automobile, il avait enlevé la capote et l'air frais l'empêchait de s'endormir. Il se sentait invincible. Il avait mis la musique à fond, ce qui provoquait chez lui une euphorie certaine.

Tout aurait pu bien se passer si l'imprévisible n'était pas arrivé à cent mètres de chez nous. Un banal piéton dans la descente qui menait à Milon. La descente était très raide et étroite, mais toujours déserte à cette heure-là, jamais personne ne s'y promenait à minuit. Sauf ce piéton. Il avait peut-être eu une insomnie ou voulait prendre l'air. En tout cas, il était là, au mauvais moment.

Benjamin ne le vit pas, il roulait trop vite. L'homme marchait du mauvais côté de la route et lui tournait le dos, il n'eut pas le temps de réagir. Le choc fut brutal. Benjamin le heurta frontalement. L'homme fut projeté sur le capot de sa voiture, percuta de plein fouet le pare-brise qui se fendilla. La victime alla rebondir sur le bas-côté. L'accident se déroula en une fraction de seconde.

Benjamin freina brutalement, complètement dégrisé. Il fit une marche arrière et s'arrêta à la hauteur de l'homme étendu sans vie. L'inconnu gisait comme un pantin désarticulé. Ses jambes avaient un angle anormal et du sang coulait abondamment de sa tête. Il s'approcha un peu plus et vit complètement horrifié qu'une partie de son cerveau était répandue sur l'herbe. Il n'avait aucune chance d'en réchapper.

S'il appelait les pompiers ou la police, il serait inculpé d'homicide involontaire avec circonstances aggravantes vu sa vitesse et son alcoolémie plus qu'élevées.

Il regarda attentivement sa victime. Elle n'était pas du coin. Il ne l'avait jamais vue. Autour de lui, personne, pas une voiture, pas de fenêtre donnant sur la route. Il pouvait peut-être s'en sortir. Il allait enterrer le corps quelque part et faire réparer sa voiture discrètement.

Il connaissait un garagiste qui ne poserait pas de questions embarrassantes.

Il regarda de nouveau le corps, prit le pouls de l'homme. Plus rien. Il était mort. Il le tira vers le coffre de sa voiture. L'homme était lourd. Il pesait bien dans les 90 kilos. Lui était un petit gringalet de 65 kilos. Il n'y arriverait pas seul. Il paniqua en voyant que les morceaux de cervelle s'éparpillaient sur la route. Cette vision provoqua un spasme de dégoût et il alla vomir sur le bas-côté. Il se mit à trembler. Il remit péniblement le corps dans le fossé. Il monta dans sa voiture et fut en trente secondes chez lui.

Il courut réveiller son grand-père. Il ne voyait qu'Eugène à mettre dans le coup. Il n'y avait que lui qui pourrait lui donner la solution. Eugène dormait seul, nous faisions chambre à part depuis des années. Il allait l'aider à trouver la solution magique. Il l'avait déjà fait quand il était venu à plusieurs reprises le chercher au poste après une rixe d'alcooliques sans que sa mère le sache, lorsqu'il avait grassement rétribué les directeurs de son école de commerce afin qu'il soit pris alors qu'il n'avait pas le niveau. Il était sûr d'avoir son diplôme dans un an alors qu'il ne faisait pas grand-chose.

Eugène comprit instantanément que quelque chose de dramatique venait de se produire. Il fallait transporter le corps. Lucienne qui avait une solide constitution pourrait être utile. Lucienne lui était toute dévouée et surtout elle adorait Benjamin qui depuis toujours avait été son petit préféré.

Ils la réveillèrent prétextant que Benjamin était malade pour ne pas susciter de questions de la part de Sylvain. Sans poser de questions, elle les aida à charger le corps dans la voiture puis à enlever toutes les traces qu'il avait pu laisser sur la route. La seule chose qu'ils ne purent effacer fut les marques de pneus sur la chaussée. Toujours personne. Pas un bruit dans la maison à leur retour.

Benjamin alla à la remise chercher une pelle et creusa dans le fond du jardin un trou. Ils y mirent le corps et rebouchèrent le tout.

Pendant ce temps, Eugène lava la voiture et posa une bâche pour la cacher.

Ils se couchèrent vers six heures du matin et se réveillèrent comme d'habitude. Benjamin prétexta un début de grippe pour ne pas aller en cours et appela son ami garagiste qui vint réparer la voiture chez eux. Ils m'expliquèrent ainsi qu'à Adélaïde que Benjamin avait eu un petit accrochage.

Mais il y eut un nouvel imprévu. Un témoin. Un témoin qui n'alla pas voir la police pour les dénoncer, mais qui contacta Eugène.

Deux autres personnes savaient. Le fameux témoin et moi. Je sus tout dès le départ, mais personne n'ayant jugé utile de m'informer officiellement de la situation, je me tus. Ma chambre était mitoyenne avec celle d'Eugène. J'avais le sommeil très léger et une tendance insomniaque. J'avais parfaitement entendu quelqu'un entrer dans la chambre de mon mari et les éclats de la voix alarmée et paniquée de mon petit-fils. Pressentant un drame, je m'étais approchée de la porte sans bruit et avais tout entendu. Je ne dis rien à Adélaïde qui avait assez enduré de choses dans sa vie pour ne pas, en plus, apprendre que son fils avait commis un homicide involontaire sous l'emprise de l'alcool. De plus, contrairement à ma fille, je savais que Benjamin était connu par les services de police et finissait certaines de ses nuits au poste. Ces éléments ne viendraient pas l'aider s'il était jugé, cela allait sans dire.

Mais moi, non plus, je n'avais pas tenu compte du témoin. Ce fameux témoin était notre voisin dont la propriété bordait la côte de Milon. Victime d'une insomnie, il s'était promené sur sa terrasse afin de trouver le sommeil. Il avait entendu le vacarme provoqué par l'accident. Curieux, il s'était dirigé vers le fond de sa propriété et avait tout vu. Il avait d'abord pensé appeler la police. Puis il avait vu la cervelle sur la route quand Benjamin avait tiré le corps, il avait compris que ce dernier essayait de cacher son accident. Il avait également reconnu la voiture du petit-fils de son ennemi juré. Une sombre transaction portant sur des terrains dans la vallée de Chevreuse qu'Eugène s'était appropriés les opposait depuis une dizaine d'années. Ils ne se parlaient plus depuis cette histoire et se détestaient cordialement.

L'occasion qui se présentait à lui était parfaite pour récupérer ses terrains. Il allait faire chanter le vieux qui ne voudrait surtout pas que l'affaire s'ébruite.

Quelques jours plus tard, il alla le voir à son bureau. Eugène était officiellement retraité depuis plusieurs années, mais il conservait un bureau à Versailles où il se faisait conduire trois jours par semaine. Le voisin débarqua donc un beau matin et lui fit part de ce qu'il avait vu. Il l'informa que deux possibilités s'offraient à lui. Prévenir la police ou parvenir à un accord.

— Si jamais votre histoire est vraie et que j'acceptais de passer un accord avec vous, qu'est-ce qui me dit que dans un an vous ne serez pas plus gourmand et que vous ne me demanderez pas davantage ?

— Rien.

Eugène conserva son calme. Il avait l'habitude des négociations et il considéra que cela en était une même si elle était un peu particulière. En revanche, il était extrêmement agacé envers son petit-fils qui avait omis de bien regarder autour de lui. Si ce dernier avait vu qu'il y avait un témoin, il aurait fait venir les policiers et pris les meilleurs avocats. On aurait pu ensuite négocier en sous-main quelque chose, il ne savait pas comment, mais cette histoire aurait été enterrée.

Maintenant, à cause de cette erreur d'inattention, il se retrouvait à la merci de son ennemi.

— Vous comprendrez que votre demande est surprenante. Votre visite à la gendarmerie le sera tout autant, car on vous demandera pourquoi vous ne vous êtes pas manifesté plus tôt et quelles preuves vous avez. Au fait, vous avez des preuves ?

— Je n'ai pas de preuves. Mais il y a eu mort d'homme. Une personne manque à l'appel. On pourra certainement faire le lien. Il y a les traces de freinage sur la route. Il y a la voiture de votre petit-fils qui a été réparée. J'ai guetté et j'ai relevé le numéro d'immatriculation du garagiste qui a débarqué chez vous le lendemain matin. Enfin, vous avez fait disparaître le corps, il est même peut-être enterré quelque part dans le jardin. Ils feront venir des bulldozers et détruiront tout.

Avec un air de contentement suprême, il poursuivit.

— C'est votre femme qui va être contente. Mais, je suppose que Madame est au courant…

Eugène n'imagina même pas cette possibilité. Il savait que je lui mènerais la vie tellement dure s'il détruisait le jardin que j'avais mis des années à parfaire, qu'il ne pourrait que s'exiler ensuite à Versailles jusqu'à ce que l'un d'entre nous meure. Or, il ne comptait pas s'exiler où que ce soit.

Il envisagea un court instant de le faire descendre. Il connaissait à Versailles des gens qui, généreusement payés, se feraient une joie de lui rendre ce service. Il changea d'avis après un court moment de réflexion. Son voisin pouvait avoir été assez retors pour raconter son histoire à quelqu'un d'autre ou pour laisser des traces compromettantes au cas où il mourrait. L'autre comme s'il avait deviné ses pensées lui confirma que de telles dispositions avaient été prises la veille au soir.

La négociation proprement dite put alors commencer.

— Et combien voulez-vous ?

— Je ne veux pas de l'argent, je veux mes terrains. Vous savez les terrains que vous m'avez quasiment volés à cause, j'en suis sûr, d'un pot de vin conséquent. Je veux que vous me les vendiez au prix du marché d'une manière officielle puis que vous me reversiez la somme en liquide ensuite.

— Vous rêvez ! Votre demande est délirante. Savez-vous que ces terrains ont pris pas mal de valeur en dix ans ? La vallée de Chevreuse devient de plus en plus attrayante et depuis que le projet d'en faire un parc régional existe, le prix des terrains explose. Je préfère vous laisser aller à la police.

Le ton était ferme et définitif. Le regard droit. L'autre douta. Eugène s'en rendit compte. Il bluffait, mais jouait gros. Les terrains représentaient maintenant un sacré magot. Il ne laisserait pas son trésor à l'autre. Il trouverait une solution.

— Je suis prêt à vous verser en liquide cent mille francs.
Cela me semble un arrangement convenable. Après tout, il ne
s'agit que d'un accident. La somme que je vous propose est
tout de même considérable.

— Je ne suis pas d'accord.

Eugène continua, imperturbable.

— Et, je vous loue les terrains. Vous n'avez pas besoin de
les avoir. Je ne peux de toute manière pas vous les vendre, ils
sont au nom de ma femme. En revanche, je peux faire en sorte
de vous les louer. Elle ne comprendrait pas que je les vende.

— Sauf si on lui apprend que son petit-fils risque la prison.

Sa voix se fit menaçante.

— Oui, mais elle ne l'apprendra pas, car personne ne lui
dira.

L'autre se le tient pour dit. Il accepta le marché. Eugène
obtint qu'il signe un papier certifiant qu'il avait reçu les cent
mille francs. La signature apposée sur le document le remplit
d'aise. Son voisin était devenu son complice. Il ne pouvait
que se taire désormais. Il lui louerait les terrains. Il ne comptait les revendre que dans cinq ou six ans de toute manière et
certainement pas à lui.

65

Je reposai le carnet.

— Tiens ! Le voisin aurait trempé dans toutes ces histoires. Tu crois qu'il pourrait être l'un des suspects et qu'il aurait intérêt à intervenir…

— Il faudrait dans ce cas que quelqu'un lui en ait parlé. Eugène et Marguerite sont morts.

Je réfléchissais à voix haute.

— Reste Charles qui est au courant des échanges avec le voisin. S'il avait voulu avoir un complice, il aurait pu lui demander de faire un peu le fantôme ou d'aller dans notre appartement. Il est concerné, vu qu'il a accepté un dessous de table de cent mille francs. Il est complice.

— Oui, cela en fait un suspect potentiel, en effet. Il y a autre chose qui me laisse perplexe. Nulle part, on ne nous donne l'identité des autres pères de Fabrice. J'aimerais connaître leurs noms. Il faudrait reprendre tous les documents financiers que notre bienfaiteur a mis à notre disposition. Nous devrions les regarder plus attentivement. Il y a peut-être des informations que nous pourrions exploiter dedans.

Nous reprîmes les documents un à un. La tâche était ardue, car nous n'étions pas des comptables. Nous ne comprenions pas grand-chose. Les documents ne concernaient pas que des entreprises, mais aussi les comptes personnels de Catherine. Tous les mois, des sommes fixes étaient versées sur son compte. Un montant en espèces qu'ils savaient provenir d'Eugène et deux virements avec des noms. L'un d'entre eux était Ferdinand Crozier.

Je ne pus m'empêcher de sursauter.

— Mais c'est le nom du voisin !

— Tu es sûre ?

— Oui, il me semble bien. Mais le meilleur moyen d'en être certain est d'aller regarder sur sa boîte aux lettres, non ? Nous irons quand la nuit sera tombée.

— Elle tombe dans une heure.

La nuit tombée, lampes de poche à la main, nous partîmes en direction de Milon. Nous passâmes au ras de la maison tout doucement et j'ouvris la fenêtre arrière de la voiture et allumai la torche. Je vis distinctement le nom.

— Il s'agit bien de lui !

Cette confirmation nous surprit. Comme ça, le voisin était l'un des pères de Fabrice ! Il avait maintenant une autre raison pour ne pas vouloir être impliqué. Marguerite ne le nommait nulle part. Elle devait ignorer qu'il était l'un des trois pères. On pouvait même raisonnablement se demander si Eugène était au courant.

Éric avait son avis sur la question.

— Il ne devait pas le savoir sinon cela aurait été un moyen de pression sur lui lorsque Ferdinand Crozier lui faisait du chantage. Ce dernier ne lui a rien dit à ce sujet non plus. Je suis à peu près sûr que Charles n'a dû le savoir qu'après la mort de Catherine lorsqu'il a récupéré tous ses papiers.

— Il aurait dû le dire à son père, non ?

— Pas forcément. Il aurait pu aussi garder le secret pour des raisons que nous ignorons.

— Charles aurait pu contacter le voisin pour lui expliquer qu'à cause de la découverte des carnets, il risquait lui aussi de gros ennuis.

66

Catherine continua à avoir de nombreux amants et à laisser son fils dans l'ignorance de la véritable identité de son père. Vingt-et-un ans s'étaient écoulés depuis sa naissance. Elle lui raconta – lorsqu'il lui demanda à six ans pourquoi contrairement à ses autres petits amis, il n'avait pas de papa – que son père était mort dans un accident d'avion en Afrique en faisant un reportage. Elle trouvait son histoire romantique à souhait.

Elle ne fut cependant pas très prudente. Elle eut une relation fort passionnelle et mouvementée avec le rédacteur en chef d'un magazine hebdomadaire à scandale de huit ans son cadet. Elle le traita comme elle traitait les autres : sans ménagement. Elle l'utilisa, le voyait quand elle avait le temps et se montrait volontiers dominatrice et perverse. L'autre ne supporta pas longtemps d'être manipulé. Elle donnait l'impression d'être heureuse de le voir sous sa coupe. Elle prenait un plaisir machiavélique à le voir souffrir. Il avait eu le grand tort de tomber amoureux d'elle et eut beaucoup de mal à admettre qu'il lui fallait rompre s'il ne voulait pas devenir fou. Leur rupture ne se déroula pas très bien.

Catherine se promit à l'avenir de ne voir que des hommes mariés qui ne voulaient pas s'engager et, de préférence, plus âgés qu'elle. Mais, il était trop tard. L'autre ne se remettait pas de sa rupture et voulut se venger, lui faire subir ce qu'il avait vécu. Il avait compris que certaines périodes de son passé étaient très obscures et que le père de son enfant était quelqu'un de marié. Il enquêta afin de la détruire à son tour.

Bien entendu, il découvrit ce que je savais sans trop de difficulté sur ses relations passées avec les nazis et ses nombreux amants haut placés. Il apprit également qu'elle était passée maître en chantage avec les personnes qui ne lui donnaient pas satisfaction. Il l'attaqua sur son terrain et la fit chanter à son tour. Il voulait mettre de la cruauté dans sa vengeance, pas faire un bête chantage à l'argent.

Il mit l'avenir de son fils en jeu, menaça de révéler la véritable histoire des trois pères et de l'argent qu'ils continuaient de lui verser sans savoir encore que l'un d'entre eux avait fait faillite et l'autre était en pleine procédure de divorce. Tous deux avaient de sérieux problèmes d'argent, mais elle se montrait intraitable. Soit ils payaient, soit elle révélait la relation qu'elle avait eue avec eux.

Tout ce qu'il découvrait l'emplissait d'un profond dégoût. Il se demanda comment il avait pu être aussi aveugle ! Elle lui semblait si merveilleuse lorsqu'il la voyait ! Il apprit aussi qu'elle ne lui avait pas été fidèle, cela le mit dans une rage folle. Il oublia qu'elle ne lui avait jamais fait de promesses ou dit des *je t'aime*, il ne se focalisa que sur le fait qu'il avait été trompé, bafoué.

Il voulait que sa vengeance anéantisse sa réputation de discrétion et la ruine. Il voulait la toucher au cœur en attaquant la seule personne qui comptait pour elle : son fils.

Comment fit-il ? Il procéda en plusieurs étapes. Tout d'abord, il publia un article dans son magazine sur les personnes ayant eu des relations avec les nazis, il le signa et en envoya un exemplaire à Catherine – en souvenir du bon vieux temps comme l'indiqua la carte jointe. Puis étant sûre qu'elle était attentive, il publia un second article – toujours sans la citer – sur les maîtresses des hommes de pouvoir et les enfants illégitimes. Il m'en adressa un exemplaire et un autre à Catherine.

J'eus des sueurs froides en le recevant, ma nervosité monta encore d'un cran lorsque je lus le petit mot anonyme attaché au journal

Prévenez votre mari que les ennuis vont commencer !

Je courus avertir mon mari et lui fis des menaces bien précises sur ce qui l'attendait s'il ne gérait pas ce problème dans un temps record.

La tension d'Eugène fit un bond. Il ne comprit pas. Il demanda des explications à sa confidente de toujours : Catherine. Cette dernière sentit la moutarde lui monter au nez. René – le fameux rédacteur – lui mettait la pression. Elle ne voyait pas bien où il voulait en venir, mais elle sentait qu'il devenait dangereux. Quand elle vit dans quel état ces histoires mettaient Eugène, elle sut qu'elle devait agir.

Elle reprendrait René comme amant. Elle était sûre de son charme et ne doutait pas de pouvoir le reconquérir. Avoir un amant de plus ne la dérangeait pas, elle devrait le traiter avec plus de ménagement qu'auparavant, mais elle savait être diplomate et subtile quand c'était nécessaire.

Elle n'avait pas le choix, il fallait qu'elle le canalise. Elle avait une bombe prête à éclater à ses pieds qu'il fallait désamorcer en douceur. Ce qui l'énervait le plus était une telle erreur d'appréciation sur l'un de ses amants. Elle avait été trop sûre d'elle. Elle devait retrouver sa prudence des temps de guerre.

Malheureusement, René ne voyait pas les choses comme elle. Elle le croisa lors d'une soirée où elle avait fait en sorte qu'il soit invité. Elle sortit le grand jeu, vêtue d'un fourreau rouge très moulant qui la mettait en valeur. Il la regarda avec mépris et lui expliqua froidement qu'il n'était plus à sa disposition, que le temps des jeux était terminé et qu'elle pouvait toujours rêver avant qu'il ne revienne avec elle.

Son refus la mit dans une rage folle. Elle n'en avait jamais essuyé auparavant et ce petit gringalet se permettait de le faire…

Elle fit en sorte de se retrouver seule avec lui quelques jours plus tard. Sous prétexte de lui rendre des affaires qu'il avait laissées chez elle, elle lui demanda de passer à son domicile. Il accepta, bien conscient qu'il ne s'agissait que d'une invitation de façade. Il était curieux. Il sentait qu'elle avait peur de lui. Et, pourtant, il n'était qu'aux prémices de sa vengeance.

La rencontre se déroula dans le salon de Catherine. Ils entrèrent rapidement dans le vif du sujet. Elle attaqua :

— À quel petit jeu joues-tu ?

— Détrompe-toi. Je ne joue pas. Toi, tu as joué avec moi pendant des mois. Moi, je ne prends que ma revanche, mais il ne s'agit pas d'un jeu. Je suis très sérieux.

— Que comptes-tu faire ?

— Informer différentes personnes.

— En leur disant quoi ?

— Qui tu es réellement. Je compte informer ton fils de la véritable identité de ses pères potentiels, informer les gens avec qui tu travailles de tes affinités nazies pendant la guerre. Tu travailles dans le textile, je crois ?

La question était fortuite. Il en connaissait déjà la réponse.

— Tu es donc en relation avec beaucoup de juifs du Sentier. Ils vont être contents de connaître ton passé. Je leur raconterai ta collaboration active avec l'occupant. Mais ce n'est pas tout !

— Ah, bon !

Le ton de Catherine était calme, trop calme.

— Tu comptes faire quoi d'autre ?

Elle essayait de gagner du temps. Charles, à la demande d'Eugène, était caché dans la pièce d'à côté. Catherine avait préféré ne pas être seule avec René au cas où cela tournerait mal. Elle arriva en même temps que lui à la même conclusion, il fallait que René disparaisse. Il était beaucoup trop dangereux. Ils le feraient disparaître, mais pas maintenant, pas dans la maison. Il aurait un accident.

L'autre, ne se doutant de rien et savourant sa domination, continua.

— Je compte parler des origines frauduleuses de ta fortune à mes amis du fisc et enfin publier toutes les informations que je possède sur toi dans ma feuille de chou !

Elle se dirigea doucement vers la table, plutôt vers le tiroir de la table. Elle se colla contre lui afin que René ne voie rien et commença à l'ouvrir tout doucement, sans bruit. Elle ne savait pas encore exactement comment elle allait procéder, mais ne doutait pas de trouver un moment adéquat pour en sortir un pistolet dès qu'une occasion se présenterait. Il fallait juste être patiente.

Mais rien ne se passa comme prévu. Le pistolet n'était plus à sa place. Où était-il ? Qui l'avait déplacé ?

Pendant qu'elle se creusait la tête, la porte de la pièce adjacente s'ouvrit brutalement et Charles fit interruption dans la pièce. René le regarda interdit.

— Je pensais que nous étions seuls, Catherine.

— Tu te trompais. Charles, tu es témoin. Tu as tout entendu ?

— Oui. Vous allez avoir de graves ennuis si vous faites ce que vous dîtes. Ne pourrait-on pas négocier ?

René lui rit au nez. Pas question de négocier. Négocier pour quoi ? Son plaisir consistait à se venger, pas à avoir de l'argent pour ensuite tout laisser tomber. Ne comprenaient-ils pas ses motivations ?

A priori, non, ils ne comprenaient pas. La situation semblait sans issue et le ton entre les protagonistes commençait à s'envenimer sérieusement. René se fit traiter de tous les noms par Charles.

Sa conclusion fut sans appel.

— Je ne me laisserai pas traiter comme cela par vous deux.

Il se dirigea vers la porte menant au hall d'entrée. Charles lui barra le passage et le repoussa. Il avait le visage rouge de colère et cria.

— Tu ne penses pas t'en sortir comme cela.

Il empoigna René par le col de sa veste.

Alors à la stupéfaction de tout le monde, la porte menant au hall s'ouvrit et le fils de Catherine, Fabrice, entra dans la pièce avec à la main le pistolet du tiroir. Catherine s'affola. Son fils était nerveux. Comment allait-il réagir ? Que savait-il ? Qu'avait-il entendu ? Fabrice semblait en état de choc. Il avait tout entendu. Il haïssait tout le monde dans l'assistance. Tout d'abord, il en voulait à sa mère qui lui avait menti sur son père, sur ses nombreux amants, sur sa façon de faire du chantage, sur son passé de collabo. Puis, il en voulait à René qui voulait la détruire et enfin il en voulait à Charles dont le rôle dans cette histoire ne lui semblait pas très clair.

Le téléphone sonna. L'assemblée se tétanisa. Catherine se dirigea vers le téléphone. Elle avait le terrible pressentiment que tout cela allait mal tourner. Son fils exigea qu'elle reste à sa place. Le pistolet toujours en main, il alla répondre. C'était Eugène qui venait aux nouvelles. Il demanda à parler à Catherine. Fabrice lui répondit qu'elle était très occupée et qu'elle répondrait plus tard. Il raccrocha sans plus d'explications.

Il pointa son arme vers René.

— Pourquoi est-ce que vous vous en prenez à ma mère ? Vous faites moins le fier maintenant !

L'autre ne répondit rien. Fabrice hurla.

— Dis que tu vas renoncer !

L'arme se rapprocha dangereusement de sa tête. Il enleva le cran de sécurité. Son regard était fou. Sa mère prit la parole calmement.

— Repose ton arme, Fabrice. Cela ne nous avancera à rien. Cette affaire ne te concerne pas.

— Comment ça ? Tu es ma mère quand même. Si cet abruti révèle sur toi tout ce qu'il dit, nous allons tous avoir de sérieux problèmes. Il n'a pas à s'en prendre à nous parce que vous avez rompu. Nous discuterons ensuite de toutes ces choses tous les deux. Il nous faut d'abord l'éliminer.

Charles se rapprochait tout doucement pendant que la mère et le fils discutaient. Catherine, soulagée, avait repéré son petit manège et tentait d'occuper toute l'attention de Fabrice.

Fabrice ne se rendit compte qu'au dernier moment que Charles était proche de lui. Cette constatation le mit dans un état de panique totale. Il lui hurla de reculer et d'aller contre le mur. René bondit et tenta de s'emparer de l'arme, mais il n'y parvint pas et un coup partit. La balle passa à cinq centimètres de la tête de Catherine et alla se loger dans l'armoire en merisier située juste derrière elle.

Les trois hommes se mirent à lutter pour récupérer l'arme et un second coup fut tiré. La balle alla directement dans l'épaule de Charles. Dans la confusion, Catherine se joignit à la mêlée et mordit violemment la main de René, désormais détenteur de l'arme. Elle récupéra l'arme et appuya sans le vouloir sur la détente. Un troisième coup fusa. Il alla droit dans la tête de René. Il tomba comme une masse.

Un silence de mort envahit la pièce. Ils se regardèrent, effarés, puis contemplèrent de nouveau le corps de René.

Charles se rua vers le téléphone et appela les pompiers. Il fallait le sauver. Ils ne pouvaient se retrouver avec un mort sur les bras, en tout cas pas dans l'appartement de Catherine.

Trois heures plus tard, le cas de René était critique. Il était dans un coma profond. Il y resterait pendant un an avant de décéder. Charles, blessé à l'épaule, fut bien obligé de me dire ainsi qu'à Isabelle toute la vérité. Rien ne fut révélé sur le passé de Catherine. L'enquête fut rapidement menée et faute de preuves, il fut admis que l'arme avait été utilisée par René contre Catherine dans une crise passionnelle. Charles et Fabrice avaient juste essayé de le désarmer et un coup malheureux était parti. Le reste de la famille ne sut rien de cette histoire et la presse n'en fut pas avertie. Catherine mourut d'un cancer de l'estomac et son fils périt en mer quelques années plus tard sans laisser d'enfant.

67

— On récolte ce qu'on sème ! En voilà une bonne illustration ! À force de faire du mal aux gens autour d'elle, elle s'est retrouvée dans une situation délirante et surtout a failli en mourir.

— Même chose pour Eugène !

— On m'aurait raconté cette histoire, je ne l'aurais pas crue un instant. C'est du vaudeville. En tout cas, un point est clair : nous n'avons pas de famille bis, cachée quelque part en imaginant qu'Eugène ait été le père de Fabrice !

— Je commence à comprendre pourquoi Marguerite a éprouvé l'envie irrésistible de tout écrire avant de mourir. C'était une sorte de thérapie, un moyen d'exorciser toutes ces histoires du passé, toutes les horreurs dont elle a été le témoin.

— Oui. En plus, on en restera là. Un peu sur notre faim quand même…

En effet, le carnet s'arrêtait brutalement sur ces derniers mots, laissant un goût d'inachevé. Nous nous regardâmes sans rien dire pendant un moment.

Éric alla chercher le carnet original qui était resté caché dans la cave. Il le manipula.

— J'ai comme l'impression que les dernières pages manquent.

Éric alluma son PC pour charger le fichier du scan du carnet.

— Les pages étaient déjà manquantes. Nous n'en saurons donc pas plus.

— Tu sais, ne pas connaître un scandale de plus ne me dérangera pas…

Nous devions encore attendre deux jours pour savoir qui nous en voulait. Maintenant que la lecture des carnets était terminée, nous pouvions aller voir Sylvain. Je l'appelai sans attendre.

— Bonjour, Sylvain, c'est Emma. Je souhaiterais te voir avec Éric.

Après avoir attendu un moment sa réponse, je lui demandai :

— Tu m'entends, Sylvain ?

— Oui… Je suis assez surpris par ta demande, mais cela ne me pose pas de problème. Passez quand vous le voudrez.

— Lucienne est-elle là en soirée ?

Nouveau blanc.

— Non, elle ne sera pas là.

— Nous serons là vers 18 h 30.

Je raccrochai et appelai Éric, parti travailler sur site :

— On y va, à 18 h 30.

— Tu sais ce que tu vas lui dire ?

— La vérité. Je ne veux plus mentir.

Mon ton était décidé et ne prêtait pas vraiment à la discussion. Éric préféra se taire.

À l'heure dite, nous étions à Milon face à Sylvain. Ce dernier nous laissa parler. Il ne savait pas exactement ce que nous avions appris et ne voulait pas nous révéler plus de choses que nécessaire.

Je n'étais plus aussi décidée qu'auparavant. Je commençai doucement d'une voix hésitante :

— Une personne anonyme nous a prévenus que des individus mal intentionnés essaieraient de pénétrer chez nous pour nous voler les carnets de Marguerite. Un relevé d'empreintes sur cette lettre nous a révélé qu'Adélaïde nous l'avait envoyée. Nous avons alors téléphoné à Adélaïde. Grâce à elle, nous avons su que tu l'avais prévenue, car Lucienne faisait partie des personnes qui voulaient nous empêcher de lire les carnets jusqu'au bout. Ces empreintes nous ont permis de découvrir autre chose. C'est aussi Adélaïde qui nous avait, il y a quelque temps, demandé de creuser dans le jardin de Milon pour rechercher des secrets de famille.

Je repris mon souffle. Je n'osai plus. Comment Sylvain allait-il réagir quand je lui dirais qu'il était mon grand-oncle ? Mais il fallait en finir.

— Nous avons creusé et avons trouvé une boîte remplie de documents et de photos compromettantes.

Je regardai intensément Sylvain, guettant une réaction. Son visage restait de marbre. Seuls ses yeux, qui brillaient comme s'il était en proie à une émotion trop forte, le trahissaient. Je me sentis cependant autorisée à continuer.

— L'un des documents prouvait que tu étais le père de Sébastien et que tu t'engageais à renier tous tes droits de paternité contre de l'argent. Les photos te montraient avec Isabelle…

— Ainsi vous savez… Adélaïde a trahi le secret… Il ne faut rien dire… Charles n'a pas à savoir.

Très émue, je murmurai alors :

— Mais tu fais partie de ma famille ! Il est normal que cela soit reconnu.

Des larmes coulaient sur les joues de Sylvain.

— Je suis très heureux que tu le saches, crois-moi ! Mais on ne doit pas remettre en cause l'équilibre de toute la famille pour autant. Il y a la vie de Sébastien en jeu, celle de ta grand-mère, sans oublier Charles qui n'est pas au courant… Il est trop tard et je ne vois pas ce que cela apporterait à la famille.

Je persistai. Je n'en pouvais plus de tous ces secrets.

— Il faut que la vérité soit connue, que l'on arrête d'avoir des cadavres derrière chaque porte. Les morts ne sont pas en paix.

Éric s'interposa.

— Tu désires que cela reste entre nous ?

Sylvain répondit sans hésiter. Son ton était ferme, même s'il était résigné.

— Oui. Mon honneur est en jeu, je me suis engagé à ne rien dire.

— Tu n'as rien dit, c'est Adélaïde qui nous a prévenus.

— Je n'aurais rien dû dire à Adélaïde.

Nous discutâmes pendant une bonne heure sans parvenir à le faire changer d'avis. Je m'engageai à contrecœur à respecter sa volonté. Après cet accord de principe, nous nous jetâmes dans les bras l'un de l'autre en pleurant à chaudes larmes. Sylvain reprit la parole :

— Je suis désolé, vous êtes dépositaires du secret et vous ne pourrez le révéler qu'une fois que toutes les personnes en cause seront mortes et alors cela deviendra l'histoire de la famille. Je ne veux pas que Sébastien soit déstabilisé par cette révélation, que l'honneur d'Isabelle soit sali de son vivant, que Charles puisse remettre en cause son lien avec Benjamin et que ma parole ne soit pas respectée pour le peu que cela apportera. Cette famille a connu assez de drames pour ne pas en ajouter d'autres que nous pourrions éviter.

— Mais il y a des crimes et des meurtres impunis. Nous devrions tout cacher ? Donner raison à ces personnes qui font pression sur nous depuis que nous lisons les carnets ?

— Je ne sais pas. Je suppose que oui. Il faudrait en discuter avec d'autres personnes, avec Adélaïde par exemple.

— Nous ne pouvons pas. Adélaïde est touchée au premier chef. Son fils a commis un homicide involontaire alors qu'il était imbibé d'alcool.

— Vous êtes au courant de ça aussi… Je ne sais quoi vous dire… À vous d'agir en votre âme et conscience et en connaissant les implications que cela pourrait avoir pour les différents membres de la famille.

À peine étions-nous dans la voiture que j'explosai.

— C'est du chacun pour soi, il ne nous a pas aidés !

— Tu t'attendais à quoi ? À ce qu'il résolve tous tes problèmes. Non, il te dit que nous sommes les nouveaux gardiens des secrets et que nous devons choisir entre déstabiliser la famille en les révélant ou nous taire comme tous les autres l'ont fait avant nous.

— Alors on fait quoi ? On va voir qui est au conciliabule du café de Chevreuse et on leur explique qu'on sait tout et qu'elles ont intérêt à nous lâcher parce que sinon on déballera tout le linge sale en grand conseil de famille ?

— Je ne sais pas, nous pourrions aussi réunir tout le monde et tout dire, nous ne serions alors plus poursuivis par personne.

Je ne pus m'empêcher de murmurer pour moi-même.

— Et les morts dans tout cela, quels rôles jouent-ils ?

68

Je me réveillais le lendemain d'humeur pragmatique. Il fallait agir, nous avions assez attendu. Je sortis du lit Éric d'une manière un peu brutale au goût de ce dernier, l'installai devant une tasse de café et pris la parole d'une voix décidée :

— Bon, Éric, il y a une chose que nous devons faire.

Il me scruta avant de me répondre d'une voix ensommeillée, le regard dans le vague, se demandant quelle catastrophe allait encore lui tomber dessus. En effet, me voir, si molle d'ordinaire le matin, dans un tel état de surexcitation ne laissait présager vraiment rien de bon !

— Ah bon ?

— Écoute, j'ai réfléchi cette nuit. On doit aller creuser dans le jardin pour voir s'il y a réellement un cadavre !

À sa tête interloquée, je compris que mon idée lui semblait tellement saugrenue qu'il allait vouloir instantanément arrêter mon délire !

Il me demanda un peu ironique :

— Tu as dormi un peu quand même ?

Mais je ne me laissai pas déconcentrer.

— Pas beaucoup. On pourrait profiter du repas qu'organise Alice aujourd'hui pour le faire.

— D'accord. Imaginons qu'on fasse ça. On creuse où ?

Je repris un des carnets et lui montrai d'un air excédé l'une des pages :

— Regarde ! Elle dit que Benjamin avait creusé un trou dans le fond du jardin.

— Euh… Au cas où tu ne l'aurais pas remarqué, le jardin n'est pas petit, son fond est même un peu grand.

— On va être intelligent et on va chercher des indices.

— Bon. Imaginons également que je rentre dans ton jeu de fous ! On creuse et on trouve ! Et après ?

— Déjà, il faut trouver, car s'il n'y a pas de cadavre, toutes ces histoires ne sont peut-être pas fondées.

— Alors là je t'arrête tout de suite ! Pour le moment, il n'y a rien qui ne me démontre que Marguerite divaguait. Tout ce qu'elle raconte a pu être recoupé. C'est pour cela que je ne vois pas l'intérêt de détruire le fond du jardin. De plus, le cadavre a pu être déplacé suite au chantage du très cher voisin.

— Tu n'es pas curieux comme garçon !

Il tenta de me raisonner pendant un bon moment arguant que de toute manière, nous étions invités au repas d'Alice et que nous ne pourrions pas nous absenter sans nous faire remarquer. J'admis qu'en effet le moment était mal approprié, mais je ne démordis pas pour autant de mon idée. Il fallait que nous creusions. Il faudrait juste trouver un autre moment et vite ! La discussion se termina sur un compromis correct, oui, nous creuserions, mais plus tard.

Nous arrivâmes juste à l'heure chez Alice. Le soleil brillait. Alice avait organisé un barbecue. Nous étions presque tous là, sauf Adélaïde qui était en voyage et son fils qui n'avait pas pu venir.

Après un apéritif qui dura un certain temps, nous passâmes à table. Alice avait sorti la vaisselle et les verres en cristal. Je me fis la réflexion que pour un barbecue, ma tante avait fait fort ! En effet, il ne s'agissait pas d'un repas élaboré et vu la quantité de vaisselle qu'elle possédait, elle aurait pu choisir quelque chose de plus simple. Mes pensées en restèrent là.

Cependant, pendant tout le repas, une petite voix insistante me disait que j'étais en train de rater quelque chose, une petite voix qui me parlait souvent ces derniers temps, une voix qui ressemblait étrangement à celle de Marguerite.

Je ne m'en occupai pas et mangeai de bon cœur. Je discutais avec les uns et les autres comme si tout allait bien. À ma grande surprise, je me découvris très bonne actrice. Je regardai Éric et constatai qu'il se débrouillait pas mal aussi.

Deux heures après, nous arrivions au dessert. Et alors, je compris pourquoi la petite voix insistait tant ! Je faillis même perdre mon sang-froid. Éric ne remarqua rien.

Je regardais Alice mettre des flûtes sur la table pour servir du champagne avec le gâteau. Elle voulut débarrasser les verres à vin lorsque Jean-Luc eut un geste maladroit et faillit tout renverser. Alice s'écria alors :

— Eh ! Fais attention, mes verres en cristal ! Des comme ça je ne pourrai pas les remplacer !

Je me figeai et la vis blêmir ! J'avais la preuve que ma tante et mon oncle étaient dans le coup d'une manière ou d'une autre. Je fixai Éric qui remarqua que j'avais un problème sans comprendre de quoi il en retournait.

Je détournai mes yeux et respirai lentement. Je devais me reprendre, continuer à jouer mon rôle. Mon cœur battait la chamade. Nous savions déjà que Lucienne était impliquée, mais mon oncle et ma tante ! Cela voulait dire que tous les rêves de Sébastien étaient des mensonges et que ma tante nous avait menés en bateau avec ses fantômes. Oui, mais la petite voix dans ma tête était bien réelle. Je n'étais pas folle. Et la voix m'avait toujours bien guidée. Alors que croire !

J'attendis d'être de retour à l'appartement pour parler à Éric. Je ne voulais pas lui annoncer la nouvelle alors qu'il conduirait.

Je nous servis un café et nous nous installâmes sur le canapé.

— Éric, il faut que je te parle ! Il y a un problème !

Il me regarda en riant.

— Je te préviens, Emma, je ne creuse pas dans le jardin de Milon aujourd'hui !

Il s'interrompit aussitôt devant mon air grave.

— Qu'est-ce qui se passe ?

— Tu n'as rien remarqué ce midi ? Vraiment rien ?

— Visiblement, j'aurai dû !

— Dans quoi a-t-on bu ?

Éric me regarda sérieusement même s'il trouvait manifestement ma question un peu saugrenue. Il blêmit soudainement. Il avait compris, tout seul, comme un grand.

— Dans des verres en cristal. Les fameux verres…

Éric s'arrêta avec un air de dégoût profond dans les yeux.

— Oui, Éric. Les fameux verres qui ont été détruits lors de l'altercation entre Eugène et Marguerite devant mon oncle et ma tante médusés. Oui, ceux-là mêmes ! Il y a au moins une personne impliquée et il y a de grandes chances qu'il s'agisse d'Alice.

Éric me répondit d'une voix pensive.

— Nous connaissons donc deux femmes sur les trois. Lucienne et Alice. Il ne manque plus que la dernière. Celle que Lucienne doit retrouver au café.

— Bon, que fait-on maintenant ?

— On attend de connaître nos ennemis avant d'agir.

69

Enfin, le matin du rendez-vous des trois femmes arriva. Nous allions découvrir qui était derrière tout cela. Nous avions décidé de ne pas nous montrer. Nous voulions juste savoir qui nous en voulait. Nous verrions ensuite quelle stratégie adopter. D'après Éric, il ne fallait pas trop se précipiter alors que je souhaitais leur voler dans les plumes. Il avait réussi à me convaincre qu'il était plus sage d'attendre, et que lorsque nous aurions tous les éléments en main, nous demanderions éventuellement conseil à d'autres membres de la famille.

Le café de Chevreuse se trouvait dans la rue principale de la ville. Je proposai de nous cacher derrière les voitures, mais nous serions repérés rapidement par des passants. Éric suggéra d'attendre dans la mairie qui donnait sur la terrasse du café – il faisait beau et chaud et les trois comploteuses se retrouveraient certainement dehors, mais notre présence serait, là aussi, jugée étrange et l'idée fut également rejetée. Nous étions ennuyés, car il n'y avait aucun endroit évident qui pouvait constituer une bonne cachette.

Après avoir longuement examiné toutes les possibilités, nous nous garâmes dans la rue principale avec la voiture d'Éric qui n'était pas autant connue de la famille que la mienne.

La chance fut avec nous. Nous trouvâmes une place à trente mètres du café, assez loin pour ne pas être repérés, mais assez près pour pouvoir surveiller distinctement la terrasse et l'entrée.

Nous attendîmes une demi-heure et elles arrivèrent. La première fut Lucienne qui s'installa sur la terrasse exactement dans notre champ de vision et commanda un café. Puis, nous eûmes une frayeur, quand Éric vit dans son rétroviseur la voiture de ma tante faire un créneau trois places derrière nous. Nous nous penchâmes au moment où elle passait, mais elle était absorbée dans ses pensées et ne nous vit pas. Enfin, le suspense fut levé lorsqu'ils virent un taxi se garer en double file devant le café et Isabelle en sortir.

Ma surprise fut totale. Je n'aurais jamais imaginé ma grand-mère impliquée bien que ce que nous avions appris sur son passé m'avait permis de réactualiser un certain nombre de croyances concernant mon aïeule ! Ainsi elle complotait avec sa bru et sa bonne contre sa petite-fille. Cela devait être grave, car elles ne se voyaient pas chez l'une d'entre elles, mais en catimini, au café. Elles ne voulaient donc pas qu'on puisse les entendre discuter.

À l'évidence, les trois femmes étaient agitées. Des gestes brusques ponctuaient une conversation que nous ne pouvions entendre, mais qui allait bon train. Soudain, Alice se leva en renversant sa chaise et partit à grands pas. Tout se passa tellement vite que nous n'eûmes pas le temps de nous cacher. Alice arrivait à toute allure vers notre voiture. Son regard croisa le nôtre. Une lueur de surprise totale traversa ses yeux quand elle passa à côté de nous sans s'arrêter. Nous ne bougeâmes pas, complètement tétanisés par ce qui venait de se dérouler. Nous continuâmes sans un mot à regarder ce qui se passait sur la terrasse du café comme hypnotisés. Isabelle et Lucienne avaient fini de parler. Elles se regardaient en chiens de faïence et semblaient en total désaccord sur la conduite à tenir.

Éric murmura :

— Un bon point pour nous. L'union du groupe est définitivement rompue.

Isabelle appela un serveur. Quelques minutes plus tard, elle repartait accompagnée de Lucienne.

Je lui répondis d'une voix sourde :

— Je suis dans un sacré pétrin, si tu veux mon avis. On a été démasqués…

À court d'idées, je lui demandai d'une toute petite voix :

— Que proposes-tu de faire ?

— Je ne sais pas encore, mais il va falloir agir et vite.

— Au fait, je ne t'ai pas dit, mais ce soir il n'y a personne à Milon. On va pouvoir aller creuser dans le jardin.

Éric prit sa tête entre ses mains d'un air désespéré comme si ma santé mentale ne lui laissait plus aucun espoir.

— Tu penses que le moment est bien choisi ! Tu penses qu'on n'a pas assez d'ennuis comme ça peut-être ! Donc tu te dis qu'en rajouter une couche permettra d'être mieux !

Je pris la mouche.

— Écoute-moi bien ! Ce soir, ils vont tous à une fête organisée par le maire !

— Et qui t'a dit ça ?

— Ma mère ! Or ma mère ne fait pas partie du groupe.

— Et tu fais quoi de Lucienne et Sylvain ?

— Pas de problème ! On va demander à Sylvain sous un prétexte quelconque d'éloigner Lucienne de la maison. Il pourrait l'emmener au restaurant, au cinéma, par exemple !

— Et tu penses que Lucienne ne va pas avoir la puce à l'oreille ! T'es vraiment naïve ! Lucienne et Sylvain ont dû aller au restaurant pour la dernière fois, il y a trente ans !

— Bon, toi qui es si intelligent, donne-moi une solution créative au lieu de critiquer toutes mes propositions.

Complètement exaspéré, Éric démarra la voiture et commença à manœuvrer. Un silence de mort régna pendant tout le trajet du retour.

De retour chez nous, j'offris un verre d'un délicieux Sancerre blanc à Éric pour enterrer la hache de guerre.

— Cette histoire nous rend fous. C'est la première fois qu'on se dispute tous les deux alors qu'on devrait faire front contre les autres. Leur groupe est désuni, mais nous aussi !

Je n'eus pas la possibilité de poursuivre. La sonnerie de mon portable m'interrompit. Je répondis. C'était ma tante. Je mis le haut-parleur. Alice pleurait à chaudes larmes. Elle n'arrêtait pas de répéter que toute cette histoire avait pris trop d'ampleur et qu'ils en arrivaient tous à faire n'importe quoi.

L'accueil que je lui fis après l'avoir laissé exprimer son désir de rédemption fut des plus froids.

— Pourquoi fais-tu cela Alice ? Parce que nous t'avons vu au café de Chevreuse ? Tu veux nous extorquer des informations ? Tu veux savoir ce que nous avons prévu de faire maintenant ?

La seule chose qu'elle répétait au travers de sanglots qui se voulaient pathétiques était qu'elle voulait nous aider, car tout cela allait trop loin et qu'elle en était bien consciente et qu'il fallait tout faire pour arrêter Lucienne et Isabelle.

— Que veulent-elles faire ?

Pas de réponse claire à cette interrogation fondamentale. Juste quelques murmures et deux ou trois reniflements.

Je fixai Éric sans un mot et nous nous comprîmes instantanément. Elle mentait. Tout ce qu'elle racontait était faux. Je lui proposai de passer chez elle dans une heure afin de discuter calmement. Elle acquiesça.

Dès que j'eus raccroché, interloqué, Éric me demanda :

— Pourquoi lui as-tu proposé cela ?

— Parce qu'elle peut nous servir. Laisse-moi faire.

— Attends, tu peux m'expliquer quand même.

Ma stratégie n'étant pas encore complètement aboutie, je répliquai :

— Fais-moi confiance. Elle va être notre appât. Tu sais quand on pêche, il faut un appât, et bien dis-toi qu'on va à la pêche et qu'on va faire en sorte que tout soit terminé ce week-end. Cela te va ?

Éric ne répondit pas. Quand je commençais à ne rien vouloir lui dire, me presser à parler ne servirait qu'à m'énerver. Ma stratégie de l'appât le laissait perplexe, mais de toute façon, au point où nous en étions, cela ne pourrait pas être pire, donc il me laissa faire.

70

Nous arrivâmes chez ma tante trois quarts d'heure plus tard. Alice était seule. Toujours avec son mouchoir. C'était une sacrée comédienne. Son rimmel n'avait pas coulé et ses yeux n'étaient pas rouges. En revanche, l'expression du visage était pathétique. Elle répétait sa litanie.

— Je suis désolée, je suis désolée…

J'eus presque envie de piquer une crise de fou rire nerveux et je sentis, bien malgré moi, mes lèvres se mettre à trembler. Je portai mon attention vers Éric et celui-ci comme s'il avait compris mon état d'esprit me lança un regard des plus froids que je traduisis instantanément par *comportement incompatible avec la stratégie de l'appât.*

La discussion commença d'une manière plus que houleuse.

— Il va falloir que tu m'expliques tout, Alice ! On a assez joué maintenant ! Et je n'aime pas qu'on me prenne pour une imbécile et c'est exactement ce que tu as fait !

Ma tante se tamponna les yeux avec son mouchoir et se recroquevilla dans son siège.

D'une toute petite voix, elle murmura comme surprise :

— De quoi parles-tu ?

Je me permis alors d'un ton glacial et sec de lui rafraîchir la mémoire :

— Tu as visiblement des problèmes de mémoire ! Tu ne te rappelles pas la comédie que tu nous as faite sur la bataille titanesque à laquelle mes arrière-grands-parents s'étaient soi-disant livrés dans ton séjour, et ce, en la présence de Sébastien ! Tous tes verres en cristal s'étaient brisés !

Mon ton devint alors totalement ironique.

— Pauvre Alice, plus un seul verre en cristal pour accueillir tes invités, et tout cela à cause de méchants fantômes !

Alice fit mine de vouloir parler. Mon regard lui fit comprendre que ce n'était peut-être pas la meilleure des choses à faire.

Je poursuivis.

— Et puis, un miracle s'est produit ! Ce n'était pas la résurrection du Christ, mais la reconstitution de tes verres. Les fantômes ont des pouvoirs des plus étonnants de nos jours ! Et ce qui me déçoit le plus c'est que tu aies pu oublier cette histoire au point de nous ressortir ces fameux verres lors de ta dernière invitation.

L'air d'Alice me confirma que tout n'avait été que mensonges. J'étais déçue, vraiment déçue. Ainsi toutes ses histoires de fantômes étaient fausses. Moi, si rationnelle, j'avais failli tomber dans le panneau. J'avais tellement eu envie de croire à quelque chose de merveilleux qui viendrait s'ajouter à la fameuse petite voix qui s'était manifestée à plusieurs reprises pour me mettre en garde et qui avait toujours eu raison. Était-ce juste une façon qu'avait trouvée mon inconscient pour communiquer avec moi et rien d'autre ?

Je contemplai sans joie ma tante qui devait avoir l'impression de passer sous un rouleau compresseur, d'autant plus que c'était bien la première fois que je lui parlais de cette manière-là. Alice prit une longue inspiration comme pour se donner du courage.

— Écoute, Emma. Je reconnais que toute cette histoire a été inventée. Le but était de vous décourager dans vos recherches. Mais les rêves sont réels et c'est à cause d'eux que j'ai pu amener Sébastien à se joindre à cette petite mascarade.

— Il est dans le coup ou pas ?

Alice s'exclama :

— Non !

Pour la première fois, son ton ne sembla pas trop faux.

— Il a réellement fait les rêves et m'a juste aidée à faire cette petite mise en scène parce que je l'avais convaincu que ses rêves ne cesseraient pas tant que vous continueriez à faire vos recherches.

Indécise, je jetai un coup d'œil vers Éric. Il haussa les épaules. Il ne savait que penser. En effet, il devait y avoir une partie de vrai dans tout ce qu'elle disait, mais laquelle ?

— Pourquoi ne voulais-tu pas que je lise ces carnets ? Qu'est qui te faisait si peur ?

— Je savais pour ton oncle. En fait, c'est Lucienne qui a su interpréter correctement le rêve de Sébastien et qui a deviné en premier que tu avais trouvé quelque chose de compromettant en rangeant le grenier. Elle a vite compris que seule toi avais accès à des choses compromettantes concernant le passé de la famille. Elle en a immédiatement parlé à Isabelle. Ta grand-mère t'a alors dit qu'elle ne souhaitait plus que tu viennes y farfouiller sous prétexte qu'Adélaïde rentrait de l'une de ses expéditions. Puis affolée, elle a cherché des appuis. Elle connaissait pas mal de secrets concernant la famille et alors elle a pensé à moi. Isabelle et Charles étaient directement concernés. Sébastien n'est pas au courant de sa situation personnelle. J'imagine que tu sais de quoi je parle…

Je la coupai net :

— Oui, je sais, le père de Sébastien n'est pas Charles, mais Sylvain.

— Isabelle m'a expliqué que vos découvertes pouvaient mettre en péril tout l'équilibre de la famille, et qu'on devait tout faire pour vous arrêter. D'où l'invention de cette histoire de fantômes qui, venant de moi et après le rêve de Sébastien, pouvait paraître crédible à vos yeux. Mais je n'imaginais pas tout le reste…

— Raconte-nous tout le reste ! Je suis sûr que nous allons être captivés !

Mais ma tante ne voulut plus rien ajouter, sauf qu'elle savait vaguement qu'il s'était passé d'autres choses, mais qu'elle n'avait pas été impliquée et qu'elle ne pouvait donc rien dire.

J'arrêtai de la cuisiner sur le sujet et lançai ma grande offensive lorsqu'innocemment, Alice me demanda ce que nous comptions faire désormais.

D'une voix claire et sans équivoque, je lui déclarai :

— Nous allons imprimer des copies des carnets et organiser une grande réunion de famille afin de donner à chacun son exemplaire. Comme cela, plus personne ne pourra nous nuire puisque tout le monde sera au courant.

Éric ne put s'empêcher de sursauter en entendant mes propos. Cela ne m'étonna pas. Dans ces carnets, il y avait la preuve de la paternité de Sylvain et nous lui avions promis de ne pas la dévoiler. Il ne pouvait pas comprendre où je voulais en venir, car cette partie de la discussion n'avait pas été prévue. J'improvisai. Il eut la bonne idée de cacher sa surprise.

Quant à Alice, elle était tellement blanche que nous pouvions raisonnablement nous demander si elle n'allait pas faire un malaise dans les trois secondes.

Imperturbable, je continuai :

— Bon, nous n'allons pas faire la réunion tout de suite, car Éric et moi partons en week-end chez des amis en Normandie. On va organiser cela pour le début de la semaine prochaine.

À ces mots, Alice ne put s'empêcher de montrer un très court instant qu'elle reprenait espoir. Mais elle ne dit rien à part un pauvre :

— Oui, cela vous fera du bien, vous avez bien raison.

Je trouvai sa réponse vraiment décevante, mais je ne le relevai pas.

Éric me regardait, comme captivé par mon discours. Il semblait très content d'apprendre que nous partions en week-end en Normandie. Il ne put s'empêcher de s'immiscer dans la conversation.

— Ah, oui, j'avais oublié ! C'est en effet une bonne nouvelle ! Nous partons dès demain matin très tôt, n'est-ce pas ? Il ne va pas falloir traîner alors.

Il regarda Alice.

— Parce qu'il faut un peu de temps pour qu'Emma prépare ses bagages.

Il se leva, me faisant signe de faire de même. Je ne le contrariai pas.

Je sentis la moutarde lui monter au nez, je commençais sérieusement à l'agacer avec mes histoires à dormir debout ! Il allait falloir que je m'explique sérieusement ! Il était juste en train de choisir la bonne mesure de rétorsion pour se venger.

Un retrait stratégique s'imposait donc, malgré ma forte envie de jouer au chat et à la souris avec ma tante, car je ne savais pas combien de temps il pourrait conserver son calme.

Je restais sur ma faim, car j'aurais aimé connaître les motivations de chacun. Celles de ma tante et de ma grand-mère me semblaient claires, car elles voulaient protéger Sébastien et s'assurer que Charles n'apprendrait pas qu'il avait un fils qui n'était pas de lui. Une histoire d'adultère était également en jeu. Les motivations de Lucienne me semblaient plus obscures. Cependant, j'étais confiante. La vérité allait éclater.

Maintenant, il y avait plus urgent. Je devais affronter Éric.

Une fois dehors, il me fixa d'un regard foudroyant. Je ne lui laissai pas le temps d'attaquer la discussion.

— Je sais, j'aurais pu te prévenir. Mais, je vais t'avouer un grand secret, je ne savais pas exactement comment j'allais faire. J'ai pas mal improvisé. Ne me regarde pas comme ça !

— On part en week-end ou pas ? On va donner les carnets à tout le monde ou pas ? Et puis tes plans, tu peux m'en parler maintenant, non ? Je suppose que ton improvisation a été légèrement réfléchie, non ?

— Bon, évidemment qu'on ne part pas en week-end et qu'on ne va rien donner du tout. Il fallait ferrer le poisson et on l'a fait, j'en suis sûre !

Ses yeux devinrent moqueurs et son ton ironique.

— À ce propos, tu ne m'as toujours pas parlé de ta tactique de l'appât. Tu m'expliques ?

— C'est très simple. Elles vont venir ce week-end chez nous récupérer les carnets. Elles ne savent pas qu'on a une copie numérique. Elles n'ont même pas imaginé que cela soit possible. Elles veulent récupérer les originaux. Elles sont bien conscientes de n'avoir que des copies. On devient trop dangereux maintenant et elles ne pourront pas résister à la tentation. On aura juste à les prendre sur le fait avec des témoins. Il faudra bien alors qu'elles s'expliquent. Cela les empêchera de nous nuire définitivement.

Son ton devint alors franchement dubitatif.

— Et tes témoins ?

— Je pensais à des gens comme mon père ou Sylvain ou Adélaïde… Je ne sais pas vraiment encore. On verra ça demain matin. En revanche, il faudra qu'on simule un vrai départ en Normandie parce qu'elles vont s'assurer avant de débarquer que nous sommes bien partis.

71

Ma mère m'avait demandé si je voulais participer à la fête organisée par le maire et j'avais gentiment refusé, ce qui ne l'avait pas étonnée. J'en avais profité pour lui demander qui serait là-bas. Je m'empressai de prévenir Éric.

— Lucienne et Sylvain seront également là-bas, nous ne serons pas dérangés pendant nos travaux nocturnes.

— Et c'est quoi au fait cette fête ?

— C'est un dîner-spectacle afin de recueillir des fonds pour une cause humanitaire quelconque. Donc ça va traîner et on aura tout notre temps. Pas mal comme info, non ?

— Oui, intéressant.

Nous nous mîmes en ordre de marche pour préparer cette nouvelle escapade nocturne à Milon. Cette fois-ci, le temps était au beau fixe et la nuit serait claire – enfin, d'après la météo. Nous ne tenions pas à nous trouver dans les mêmes conditions que la dernière fois. Nous étions équipés d'une corde pour escalader la porte, de bonnes chaussures, de deux lampes torches et de deux pelles.

Nous prenions un verre, profitant des derniers rayons de soleil sur la terrasse. Éric était toujours aussi sceptique sur la manière dont j'allais déterminer l'endroit où le cadavre avait été enterré.

— Éric, réfléchissons un peu ! Si tu voulais enterrer un cadavre dans ton jardin, tu souhaiterais pouvoir le retrouver sans trop de problèmes en cas de souci, non ?

— Je t'avoue que je ne m'étais pas encore posé la question, mais je vais étudier la chose !

— Sois un peu sérieux ! Donc, tu laisserais des indices te permettant de repérer rapidement le corps, mais des indices suffisamment stables dans le temps pour qu'ils ne soient pas détruits. Donc, pas des indices dans le genre massif de fleurs, rosiers, pots, etc., car quand tu connais mamy et sa passion pour tout changer de places, impossible de te fier à ce type d'indices.

— Donc ta théorie, c'est les arbres ?

— Oui ! Les vieux arbres. Et si Benjamin était intelligent, il n'aurait pas enterré le corps au pied de l'arbre. Si celui-ci mourrait ou était déraciné ou foudroyé, le corps serait découvert. Il ne faut pas non plus que ce soit en terrain nu, car celui-ci pourrait au contraire recevoir de nouvelles plantations. De plus, cela ne peut pas être trop dans le fond du jardin, car il y a la route qui le longe et les buissons qui le bordent n'existaient pas avant.

Son ton devint enjoué.

— Donc tu es optimiste, car tu viens d'éliminer 50 % du fond du jardin ! Et comme le jardin n'est pas grand et que la notion de fond de jardin est extrêmement précise, il n'y a plus de problèmes !

— Écoute, ne sois pas négatif comme cela ! Il faudra jouer au détective sur place. Je n'ai pas chaque centimètre carré du jardin en tête.

Garés à une centaine de mètres de l'entrée du bas de la propriété afin de ne pas être repérés, nous attendîmes que tout le monde soit parti au dîner de bienfaisance. La nuit était tombée. Nous pouvions agir. Nous étions vêtus de couleurs sombres et portions tout notre attirail dans des sacs à dos. Nous escaladâmes, cette fois-ci, facilement, le portail. Pas une voiture en vue. Seuls les chiens avaient aboyé, mais comme il n'y avait personne pour les entendre et que les chiens nous connaissaient, cela ne posa pas de problèmes.

Éric fut pris d'un doute.

— Imagine un instant qu'on retrouve le cadavre, on en fait quoi ensuite ? On le déterre ? C'est une sorte de violation de sépulture.

— Je dois t'avouer que dans ce cas, on va improviser, car je n'ai pas encore étudié cette phase-là du plan.

Éric n'insista pas. Ce n'était de toute manière pas encore le moment de se poser ce genre de questions. Il fallait déjà trouver le corps, et sans boule de cristal, il ne voyait pas comment cela serait possible.

Quant à moi, je regardai attentivement la configuration des lieux. Nous étions dans les mêmes conditions que Benjamin à l'époque. En effet, celui-ci avait enterré le cadavre de nuit. Il devait avoir la même perception des lieux. J'essayai de m'imaginer dans sa situation. Qu'aurais-je choisi comme endroit ? C'était quelqu'un de pragmatique et de simple. Il n'avait donc pas dû réfléchir trop longtemps, le corps devant être enterré avant que le jour ne se lève.

— Benjamin a dû amener le corps de la maison jusqu'ici. Un corps, même si on est deux à le porter, c'est lourd. Donc, Lucienne et lui ont dû le tirer jusqu'à la mare et ensuite s'arrêter dès que le terrain le permettait.

Je bougeai pour me mettre dans la même situation. J'avais la maison et la mare derrière moi. Je vis un groupe de trois arbres à une quinzaine de mètres sur sa droite qui ne semblaient plus tout jeunes.

— Si tu te places à l'intersection des trois arbres, cela pourrait être une bonne cachette, non ?

Éric jugea l'idée intéressante. Il comprit mon message. La partie douloureuse pour lui commençait maintenant. Il fallait creuser. Je l'aidai. Au bout d'une demi-heure, nous dûmes nous rendre à l'évidence, il n'y avait pas de cadavre et aucun indice ne nous permettait de déduire qu'il y en avait eu un.

— Tu ne veux pas laisser tomber, Emma ? Le temps passe et ils risquent de revenir.

Je regardai ma montre.

— Tu te moques de moi. Il est 22 heures. Tu ne vas pas me dire que quand tu vas à ce style de soirée, tu rentres avant 23 h 30 ou minuit au plus tôt. Et puis, on est sur place, s'ils arrivent, on se cache, on attend qu'ils se couchent et on continue ensuite. Ce que tu peux être trouillard parfois !

Éric eut un air vexé. J'étais très stressée. Je me repris sentant que ce n'était pas le bon moment pour entamer une guerre psychologique avec lui.

— Je plaisantais ! Bon, je te propose de reboucher ce trou pendant que je cherche un autre endroit approprié.

Aussitôt dit, aussitôt fait ! Avec le même taux de réussite que pour le premier trou ! Mon choix s'était cette fois-là porté sur un petit talus situé entre deux arbres. L'ambiance se dégradait de minute en minute. Je dus promettre que la nouvelle tentative serait la dernière si aucun cadavre n'était trouvé, ce que je fis à contrecœur. Je me concentrai. L'heure tournait, il était plus de 23 heures maintenant. Tout était une question de minutes. J'étais désemparée. Et si Marguerite avait mal situé l'endroit ? Et si le corps avait été enterré à côté du garage ? Cela aurait été plus logique, car ils n'auraient pas eu à le porter…

Éric interrompit mes interrogations métaphysiques

— Je peux me permettre une suggestion ?

Je lui fis un pâle sourire.

— Oui, évidemment.

— Regarde vers la gauche en direction du chêne où nous avons déterré la fameuse boîte l'autre jour.

— Oui, et alors ?

— Et bien, tu as la mare, le rocher, le chêne et encore dans l'enfilade deux arbres côte à côte. Tu les vois ?

— Oui.

— Et si tu regardes à l'exact mi-point entre le chêne et les deux arbres, tu as une table ronde et quatre chaises. Je suis sûr que le cadavre est là-dessous.

— Attends ! La table et les chaises ont pu être déplacées vingt fois depuis le temps.

— Depuis ta tendre enfance, a-t-on déplacé cette vieille table rouillée et les quatre chaises ?

J'eus un temps de réflexion, puis j'avouai :

— Non, jamais ! On ne va jamais dans ce coin du jardin. D'ailleurs, je me demande bien pourquoi Isabelle n'a pas jeté cette table, ce n'est pas son genre !

Je m'interrompis brutalement et regardai Éric.

— Tu penses qu'elle sait ?

— Oui, je le crois. On y va ?

— Oh ! Oui, alors !

— Pas de regret si je me suis trompé ?

Je jurai que non. Je vis à son air qu'Éric avait un doute quant à mon affirmation et espérait avoir raison.

Nous creusâmes sans un mot. Toujours pas de corps. Au moment où nous allions abandonner une nouvelle fois, un dernier coup de pelle tapa dans quelque chose. Je me penchai et mis le faisceau de sa lampe sur l'objet. Une chaussure ! Une chaussure d'homme datant des années 70 ! Je n'eus pas le temps de faire part à Éric de ma découverte.

72

Une voiture arrivait dans l'allée. Cela ne pouvait être que Sylvain et Lucienne qui habitaient dans le bas de la propriété. Que Sylvain nous trouve ne me troublait pas vraiment. En revanche, Lucienne ne devait pas savoir ce que nous faisions.

Je réalisai, à ce moment-là, ce qui la motivait. Elle était complice d'un homicide, elle avait aidé Benjamin à cacher le corps. Elle aurait risqué la prison si ce dernier avait été découvert. Elle voulait se protéger et protéger Benjamin qu'elle avait toujours beaucoup aimé. Elle s'était beaucoup occupée de lui lors des nombreux voyages de sa mère. Elle avait ainsi établi avec lui un lien privilégié. Si elle apprenait ce que nous étions en train de tenter de prouver, je me demandais de quoi elle serait capable.

Nous ne nous cachâmes pas. Nous nous étions fait surprendre parce que personne n'avait fait le guet et le terrain relativement à découvert. J'eus juste le temps de mettre dans mon sac à dos la chaussure.

Nous fûmes illuminés par les phares et regardâmes Sylvain descendre de la voiture et aller ouvrir la portière de sa passagère.

— Notre scénario catastrophe se réalise…

— On dit quoi ?

Il ironisa.

— On improvise, je pense.

J'ignorai sa pique.

— Regarde bien. Ce n'est pas Lucienne avec lui.

— Non, c'est Adélaïde !

— Ouf ! c'est moins grave que je ne le pensais…

Il n'en restait pas moins qu'ils se dirigeaient tous les deux vers nous d'un pas décidé.

— Qu'est-ce que vous faites là ? !

Impossible de répondre franchement. Adélaïde n'était pas au courant de l'aventure de son fils. Il fallait broder. Ce que fit Éric prit d'une illumination subite.

— Il faut qu'on t'avoue quelque chose Adélaïde, tu n'es pas la seule à nous envoyer des petits mots provoquant des chasses au trésor. Nous sommes sur une nouvelle piste, hein, Emma ?

— Oui, on creuse, on creuse et on se fait surprendre parfois. Mais nous comptons sur votre entière discrétion. Et en plus, on n'a rien trouvé, et on était en train de reboucher le trou. C'était visiblement une fausse piste. Tu m'aides, Éric ?

Nous nous mîmes avec une ardeur renouvelée à combler le trou. Doucement, Sylvain prit ma pelle et aida Éric à fignoler le travail. Il nous conseilla de partir rapidement, car sa femme allait arriver et il ne pensait pas – à juste titre d'ailleurs – que notre présence serait appréciée à sa véritable valeur !

Je les regardai d'un air suppliant.

— Nous avons besoin de votre aide à tous les deux, demain.

Éric poursuivit.

— Nous allons prendre en flagrant délit les gens qui nous en veulent. Nous savons désormais qui ils sont, mais nous n'avons pas de preuves. Lucienne, Isabelle et Alice vont faire une visite dans notre appartement demain dans la journée afin de récupérer tous les exemplaires de nos carnets.

Sylvain sembla surpris.

— Qu'est-ce qui vous fait penser cela ?

Je lui donnai quelques rapides explications.

— Nous les avons espionnées au café et Alice nous a vus. Elle nous a appelés et a joué la scène de la rédemption. Mais elle mentait mal. Nous lui avons dit que nous partions en week-end avec des amis et qu'à notre retour, nous ferions des copies des carnets et les donnerions à toute la famille pour que plus personne ne nous embête. Elles n'ont donc plus le choix !

Adélaïde me demanda :

— Vous avez mis à l'abri l'original ?

— Oui, évidemment et nous avons tout scanné.

— Et elles rentreront comment chez vous ?

— Là est la question, car après le début d'incendie, la serrure a été changée et nous n'avons donné de double à personne. Il va falloir qu'elles fassent preuve d'ingéniosité.

Éric persista. Il fallait des témoins. Cette histoire devait cesser et les trois femmes devaient arrêter de nous empoisonner l'existence. Nous simulerions un faux départ en weekend et tout le monde se cacherait chez nous afin de les surprendre et de leur faire avouer le vol des carnets, le début d'incendie, leur intrusion dans notre appartement, les mots anonymes…

À mon grand soulagement, l'insistance d'Éric les convainquit. Nous nous dépêchâmes de quitter les lieux.

À peine dans la voiture, Éric se retourna vers moi.

— Alors, dis-moi ! Qu'est-ce qu'il y avait dans le trou ?

— C'est une vieille chaussure d'homme. Éric, il y a bien eu un corps enterré à cet endroit. Bravo pour ta perspicacité. C'est pour moi la preuve absolue de la véracité des écrits de Marguerite.

— Sauf que nous ne savons pas où est le cadavre maintenant. Rien ne nous dit qu'il est avec la chaussure.

— Nous ne le saurons jamais. Mais ce n'est pas grave. J'ai ma preuve, elle me suffit. Tu sais, Éric, il y a si longtemps que cet accident est arrivé, que même si nous décidions de le dénoncer, il y aurait prescription. Nous pourrions faire beaucoup de mal à Adélaïde et cela n'apporterait rien. Le temps a joué en faveur de Benjamin.

— Tu es prête à couvrir cela ?! Je te pensais plus idéaliste, plus intransigeante !

Un peu agacée, je lui répondis froidement :

— Écoute, je couvre – comme tu dis – un événement qui ne pourra de toute façon plus avoir aucun impact dans notre vie. Il est trop tard et on ne saura jamais où est le corps.

Il n'y eut pas de réponse d'Éric. Le sujet était clos.

73

Le réveil sonna à huit heures. J'avais essayé sans succès de négocier un huit heures et demi. Éric avait refusé. Quand nous partions en Normandie pour le week-end, nous partions toujours vers neuf heures. Pour le bon déroulement de notre plan, nous ne devions rien changer dans nos habitudes.

Mon réveil fut des plus douloureux. J'étais d'une humeur massacrante alors qu'Éric m'avait préparé un succulent petit déjeuner. En le découvrant, je marmonnai deux ou trois mots totalement incompréhensibles qu'il traduisit volontairement comme une sorte de remerciement. Je me repris. À neuf heures précises, nous étions dans la voiture après avoir chargé des valises vides. Armée de ses lunettes de soleil, malgré le temps particulièrement maussade ce matin-là, je fus chargée de regarder qui surveillait notre départ.

Je repérai rapidement l'intrus. Le voisin qui aimait tant Eugène et Benjamin était en train de se promener à 50 mètres de notre parking. Il semblait captivé par la contemplation d'un parterre de fleurs sur le gazon de la propriété. Il s'était habillé comme Colombo avec une espèce d'imperméable tout froissé. Lui aussi avait des lunettes de soleil.

J'esquissai un sourire ayant dû affronter les sarcasmes d'Éric quelques instants auparavant.

— Comme quoi un temps maussade peut être réellement éblouissant !

Fort diplomatiquement, Éric, jugeant mon humeur encore instable, choisit de ne pas répliquer ironiquement.

— Tiens, il y a donc une personne de plus d'impliquée.

J'appelai Adélaïde pour la tenir au courant de la situation.

Cette dernière était cachée avec Sylvain dans notre appartement. Par prudence, des fois qu'un sbire de la bande des trois ne soit arrivé plus tôt qu'eux, ils étaient arrivés par une autre entrée de l'immeuble située à l'opposé de celle donnant sur le parking.

Éric me déposa discrètement à 100 mètres de là, juste après un virage. Le voisin remonta dans sa voiture deux ou trois minutes après notre départ et partit en direction de Chevreuse.

J'attendis un peu, des fois qu'il s'agisse d'une manœuvre malhonnête de diversion et je prévins Éric que la voie était libre. Ce dernier avait garé sa voiture dans une petite impasse située à 200 mètres.

Cinq minutes plus tard, nous étions tous les quatre dans l'appartement. Nous avions décidé de laisser aux trois femmes le temps de farfouiller dans l'appartement et de trouver au moins un des exemplaires. Adélaïde proposa que nous nous cachions tous dans la buanderie.

Éric ne fut pas d'accord, il préférait que les forces soient dispersées en cas de problème.

En attendant, Sylvain faisait le guet. L'appartement avait une belle vue sur la tour Eiffel, car il était dans les hauteurs de Saint-Cloud, mais aussi sur la rue qui longeait l'immeuble.

En buvant un café, nous discutions de la conduite à tenir une fois que les trois femmes aidées éventuellement du voisin – fait nouveau – auraient été surprises. Nous n'étions pas en phase sur ce qu'il convenait de faire.

Éric voulait les prendre en tête à tête et les forcer à tout avouer en les cuisinant. Sylvain pensait, quant à lui, les enfermer dans une pièce jusqu'à ce qu'ils se décident à avouer. Adélaïde voulait les attacher à des chaises avec des cordes et les menacer ! Je n'avais pas encore d'avis sur la question, il était trop tôt…

Nous n'eûmes pas le temps d'affiner notre tactique.

Sylvain nous coupa.

— Ils arrivent ! Ils arrivent ! Ils sont quatre. Le voisin est là aussi. Cachez-vous !

Nous entendîmes alors la sonnerie de la porte. Ils étaient prudents. Nous attendions avec beaucoup de curiosité le moment de l'ouverture de la porte. Nous ne voyions pas comment ils comptaient procéder. C'était mal connaître l'esprit inventif et débrouillard du voisin. La porte n'était pas blindée. Ce que nous ignorions, mais qui avait son importance, était que Ferdinand – le voisin – avait débuté dans la vie active comme serrurier en reprenant la suite de son père qui avait lui-même pris celle de son propre père. On était donc serrurier de père en fils chez les Crozier. Ferdinand avait revendu son affaire peu de temps après la mort de son père pour racheter une concession automobile, négoce qu'il jugeait nettement plus rentable. En revanche, il n'avait pas perdu la main et avait gardé ses passes. Alors une serrure standard ne pouvait pas l'effrayer, et puis si elle résistait, en cas de besoin, il avait amené tout le matériel pour forcer la porte.

Une clé s'introduisit dans la serrure, mais ne parvint pas à ouvrir la porte. Des chuchotements, puis de nouveaux bruits de clés diverses et variécs et enfin, tout doucement l'ouverture de la porte. Elle couina ce qui nous permit de savoir qu'ils étaient entrés.

Ils refermèrent lentement la porte derrière eux.

Isabelle avait pris les choses en main.

— La place est libre. À l'attaque. On cherche d'abord les endroits les plus logiques, je reste dans la salle à manger avec Lucienne. Alice, tu vas dans la chambre avec Ferdinand et tu fouilles dans les tiroirs. Où as-tu trouvé l'exemplaire les autres fois ?

Pétrifiés, nous entendîmes alors Ferdinand répondre que c'était dans le tiroir du bureau de la salle à manger et dans la commode de la chambre.

Lucienne s'exclama alors :

— Il faut croire qu'ils aiment bien les tiroirs alors commençons par-là !

Ils cherchaient d'une manière plus qu'énergique. Ils ne faisaient pas dans le détail. Il s'agissait d'une fouille en règle et ils ne cherchaient pas à remettre les affaires en place. À peine une minute s'était écoulée lorsqu'ils entendirent une exclamation d'Isabelle.

— Regardez ! Ils ont gardé les mots anonymes ! Qu'est-ce qu'ils comptaient en faire ?

Presque au même instant, un autre cri, de joie celui-là, provenait de la chambre. Ferdinand se dirigeait dans la salle à manger accompagné d'Alice.

— J'en ai un ! J'en ai un !

C'était exactement ce que nous attendions. À ce cri de victoire, nous bondîmes hors de nos cachettes et nous nous précipitâmes dans la salle à manger. Seul Éric resta caché dans la grande penderie de l'entrée. La surprise des trois femmes et de Ferdinand fut totale. Nous étions maintenant sept dans la pièce et la tension monta considérablement. Chacun se fixait essayant de prévoir quelle allait être la réaction des autres. Le silence s'éternisa. Enfin, Sylvain prit la parole.

— Je constate qu'Emma nous disait la vérité. Avez-vous perdu la tête pour pénétrer dans son appartement comme cela ? À quoi cela rime-t-il ?

Lucienne regarda incrédule son mari, elle n'arrivait pas à y croire.

— Comment ça va ? Tu sais autant que moi qu'il y a des choses que l'on doit taire !

Adélaïde la coupa brutalement.

— Alors, arrêtez tout de suite. Elle en sait autant que vous ! Elle a tout lu, c'est trop tard ! Après c'est à elle de choisir ce qu'elle fera de cette information, mais voler ou brûler les carnets ne servira à rien. Les originaux ne sont pas ici. Vous ne les récupérerez jamais. C'est drôle, mais vu votre réaction, j'aurais tendance à faire confiance à Marguerite sur la véracité des faits qu'elle a relatés, même si je suis l'une des rares à ne pas avoir lu les carnets !

Méchamment, Lucienne s'en prit à Adélaïde.

— Je serais toi, je ne chercherais pas trop à creuser, tu perdrais beaucoup de tes illusions !

Adélaïde accusa le coup, blêmit, mais ne répliqua rien. Ferdinand s'énerva.

— Bon, on arrête de jouer, on fait quoi maintenant ?

Il fut coupé par Isabelle.

— Oui, c'est ça, on ne joue plus. Vous nous donnez tout, les mots anonymes, les carnets originaux et leurs copies et on brûle tout. Comme vous les avez déjà lus, cela ne changera rien pour vous de toute manière !

À peine ces mots prononcés, elle sortit de son imperméable une arme et la pointa vers nous en nous ordonnant de nous regrouper, ce que nous fîmes. L'affaire prenait des proportions qui commencèrent à affoler Alice et Ferdinand, le coup du pistolet n'était pas prévu dans le scénario original et ils n'approuvaient pas du tout. Seule Lucienne semblait trouver tout cela très normal, elle souriait béatement, le regard un peu fou.

Isabelle tournait le dos à l'entrée. Éric sortit du vestiaire derrière elle et elle sentit quelque chose de métallique s'enfoncer entre ses omoplates et entendit distinctement la voix d'Éric lui intimant de lui donner son arme. La voix était ferme et sans équivoque. Après quelques secondes d'hésitation, Isabelle ne prit pas de risque et lui donna son arme, ce qui provoqua un soupir de soulagement général dans l'assemblée.

Les rôles étaient subitement inversés. Ce fut alors aux quatre autres de se regrouper dans un coin. Ils furent fouillés et tous les documents récupérés.

Je les dévisageai, une copie des carnets à la main.

— Bon maintenant les choses sont simples. Soit on règle cela entre nous, soit on convoque toute la famille et on donne copie de tout cela à tout le monde.

Alice semblait vivre très mal la situation.

— Nous devons pouvoir régler cela entre nous. Nous sommes tous d'accord sur la question.

— Je suis d'accord avec toi, Alice, mais à une seule condition, que vous nous racontiez tout ! Que vous répondiez à toutes nos questions et que vous cessiez de nous causer des ennuis.

Éric renchérit.

— C'est non négociable. Si vous ne collaborez pas, j'appelle toute la famille dans l'heure ! La balle est dans votre camp !

74

Isabelle demanda à s'asseoir. Éric lui accorda ce droit. Les quatre accusés se serrèrent sur le canapé et nous nous mîmes en demi-cercle face à eux, campés sur des chaises. Sur la table basse, j'amenai des verres et une grande carafe d'eau. Il n'y aurait pas eu une tension insupportable dans l'air, on aurait presque pu croire qu'il s'agissait d'une petite réunion de famille amicale !

Éric posa en évidence son portable sur la table basse afin d'enregistrer leur conversation. Il voulait conserver une trace de ce qui allait se passer. On n'était jamais assez prudent. Les accusés encaissèrent sans un mot. De toute façon, ils n'avaient plus vraiment de choix. Leurs aveux pouvaient donc commencer.

Isabelle se racla la gorge et prit une grande inspiration. Elle me regarda.

— Vous voulez que je vous raconte toute l'histoire ?

À sa question répondit un hochement de tête unanime.

— Tout a commencé quand tu as découvert les carnets dans le grenier. Personne ne connaissait l'existence de ces carnets et il n'y aurait pas eu le rêve de Sébastien, nous n'aurions pas eu de soupçons.

Adélaïde aurait donné cher pour avoir été là lors de cette mémorable fête de famille. Elle avait été mise au courant par Sylvain lorsque ce dernier s'était rendu compte que l'affaire devenait grave. Elle avait du mal à croire ce qu'elle entendait.

— Donc le rêve est vrai ? Sébastien a réellement rêvé d'Eugène ?

— Oui, c'est d'ailleurs la seule chose de vraie dans toute cette histoire en ce qui concerne le surnaturel. Et je n'ai aucune explication rationnelle à apporter. Mais je l'avoue, je lui ai demandé de dramatiser la situation.

Adélaïde l'interrompit alors :

— On peut peut-être tenter une interprétation plus rationnelle. Est-ce que Sébastien se sentait en danger et cette mise en garde onirique venant d'une figure faisant autorité le forçait à communiquer consciemment aux autres sa peur inconsciente ? Cela semble tiré par les cheveux, mais d'après mes lectures, les enfants perçoivent inconsciemment ce que leurs parents tentent de leur cacher. Je préfère cette explication à celle des fantômes !

J'avais un doute persistant. J'avais bien entendu la voix de Marguerite qui me guidait de temps en temps alors pourquoi mon oncle ne pourrait pas communiquer par le rêve avec Eugène ! Mais je ne dis rien, jugeant le moment mal venu.

Isabelle continua après avoir bu lentement un verre d'eau.

— En tout cas, cela a mis la puce à l'oreille de Lucienne. Cela ne pouvait être qu'Emma qui avait trouvé quelque chose dans le grenier et oublié de nous en parler.

Je m'exclamai, piquée au vif.

— Mamy ! Tu m'avais donné la permission de conserver les journaux, les écrits et les vêtements sans t'en parler !

Ma grand-mère ne releva pas la remarque, et faisant comme si elle n'avait pas été interrompue, continua sur sa lancée.

— Nous nous demandions toutes les deux ce qu'il pouvait y avoir de si important dans ce grenier pour provoquer les rêves inédits de Sébastien. Nous avons eu peur et nous avons décidé de te reprendre ce qui finalement ne te concernait pas.

— Tu conclus un peu vite ton histoire ! Il va falloir que tu détailles un peu plus ! Que tu nous parles des messages anonymes, des pneus crevés, de la mise en scène lors du repas de famille avec la lumière qui s'éteint ! Tu as plein de choses à raconter. Mais ne perds pas ton temps à nous détailler la fabuleuse mise en scène d'Alice avec les verres en cristal et Sébastien comme témoin de moralité pour nous entraîner sur les pentes du surnaturel auxquelles j'ai failli succomber ! En revanche, tu peux nous expliquer les vols dans notre appartement et le début d'incendie sans parler de la présence de Ferdinand qui semble avoir joué un rôle actif dans toute cette mascarade !

À ces mots, le visage d'Isabelle se ferma. Elle pensait pouvoir s'en tirer à meilleur compte. Elle pinça ses lèvres et n'ajouta rien de plus. Je poursuivis alors :

— Comme tu as la mémoire courte, nous allons t'aider à la rafraîchir. Commençons par le début ! Une fois le rêve de Sébastien connu, les ennuis ont commencé avec des coups de sonnette à ma porte et des appels téléphoniques anonymes. Mais ce n'est pas tout, on a ensuite crevé mes pneus et mis un premier message anonyme sur mon pare-brise. Qui est derrière tout cela ?

Le silence était complet. Je montrai un papier à l'assemblée :

— Je n'ai pas rêvé, le mot anonyme est là.

LAISSE LES MORTS EN PAIX.

Et je suis sûre que ce n'est pas un fantôme qui l'a écrit. Les fantômes ne déposent pas des papiers sur les pare-brises et ne crèvent pas les pneus pour intimider les gens !

Lucienne me coupa la parole. Elle était impatiente. Elle était d'une certaine manière contente que cette affaire se termine. Elle acceptait sa défaite, mais ne voulait pas jouer à la martyre ni à l'accusée trop longtemps.

— Nous t'avons appelée toutes les trois et c'est Ferdinand qui est venu sonner et qui s'est occupé du mot sur ton pare-brise à notre demande. Les pneus crevés n'étaient pas prévus dans le projet original. C'est sa touche personnelle. Je n'étais pas au courant. Nous te les rembourserons. Pour le mot anonyme, c'est Alice qui a eu l'idée. Elle voulait te mettre sur le terrain de l'irrationnel à tout prix, car elle pensait que tu étais réceptive à ce genre de choses et la situation s'y prêtait particulièrement bien. On ne pensait pas à l'époque que tu impliquerais Éric dans l'histoire.

Un peu vexée sur les allusions à peine voilées sur ma possible crédulité, je l'interrompis :

— Ferdinand est donc dans le coup depuis le début ? Pourquoi ?

— Un complice extérieur à la famille devait nous aider. Nous avons pensé à lui, car il pouvait être concerné par d'éventuelles révélations de Marguerite. Nous ne connaissions pas alors leur contenu exact, mais la menace était suffisamment importante pour que Ferdinand s'investisse également.

Adélaïde rétorqua :

— Je pense connaître beaucoup de choses sur notre famille, mais là je dois avouer que je ne suis pas. Qu'est-ce que Ferdinand a à voir dans toutes nos histoires ?

75

Personne n'osa répondre, et ainsi prendre la responsabilité de mettre en cause son fils. Nous nous regardâmes. Adélaïde sentit que cela la concernait et commença à s'agiter. Elle regrettait presque d'avoir posé la question, mais, il était trop tard, elle irait jusqu'au bout. Elle avait toujours su affronter les événements et ne s'était jamais voilé la face. Sylvain le sentit et il lui raconta l'histoire pitoyable de son fils. À la fin de son récit, Adélaïde était blanche comme de la craie et demanda un whisky bien tassé que je m'empressai de lui servir de peur qu'elle fasse un malaise. Lorsqu'elle prit le verre, sa main tremblait.

— Mon fils a tué quelqu'un sans en assumer les conséquences ! C'était un accident, mais il a choisi la facilité et il a laissé des proches de cette personne dans un affreux doute. Ces gens n'ont jamais pu faire leur deuil. Il faut retrouver ces personnes et leur dire la vérité.

Lucienne lui demanda :

— Leur dire quoi ? Il y a prescription. Tu ne ferais que réveiller de vieilles blessures en allant voir ces gens, en imaginant que tu les retrouves ! Ce qui reste hautement improbable.

— Ils ne savent pas ce qu'il est devenu, ils ont peut-être pensé qu'il avait choisi de disparaître et de refaire sa vie ailleurs. Sa mémoire est peut-être entachée. Tu l'as aidé à faire cela et cela ne te gêne pas, Lucienne ?

— J'ai protégé ton fils de poursuites et d'un procès.

— C'était un accident !

— Mais il avait bu.

— Oui, mais il ne devait pas se défiler ! Qu'Eugène ait accepté de l'aider ne m'étonne pas ! Mais toi et Marguerite ?

— Marguerite n'avait rien à voir là-dedans.

— D'accord, mais elle a su et n'a rien dit !

Sylvain la fixa et lui dit doucement :

— Elle voulait juste te protéger.

Adélaïde me regarda ensuite. Elle venait de comprendre.

— C'est le cadavre que vous cherchiez l'autre nuit ?

Nous baissâmes la tête sans un mot. Elle regarda Sylvain.

— Et tu savais ?

Elle n'en revenait pas. Toutes les personnes présentes dans l'assemblée étaient au courant et pour un peu, elle n'aurait jamais connu la vérité sur son fils qui venait de descendre grandement dans son estime.

J'essayai de la réconforter.

— Moi aussi, je me suis longuement interrogée sur ce qu'il convenait de faire, Adélaïde. Et je suis arrivée à la même conclusion que toutes les personnes présentes ici. Il ne faut rien faire. L'affaire est close et la mettre sur la place publique n'avancera à rien. Le corps n'est plus à sa place. Il a été visiblement déplacé. La seule preuve que nous avons est une chaussure… Je suis triste pour toi, mais je ne vois pas de toute manière comment retrouver sa famille.

Je poursuivis.

— Le summum a été atteint lorsque notre appartement a été fouillé de fond en comble et les copies des carnets volés.

Je regardai l'assistance d'un air froid.

— Je suppose que c'est Ferdinand qui a été chargé de cette basse besogne et qu'il n'a même pas eu à utiliser des passes. Comment a-t-il eu la clé ?

Alice semblait avoir également envie d'en finir.

— Il y a eu un dîner chez ta mère peu de temps auparavant, j'ai subtilisé ton double chez elle. C'était simple, ta mère met les noms sur ses porte-clés, un jeu d'enfants ! Je l'ai donné à Ferdinand. Nous avons alors lu les carnets. Tout ce que nous craignons était dedans. Mais nous n'avions qu'une copie, il nous fallait l'original. Alors Lucienne t'a envoyé par la poste le second mot pour te faire peur.

Elle s'arrêta pour boire un verre d'eau. Isabelle continua.

— Alice a joué à l'extralucide. Elle pensait que c'était un bon moyen pour gagner votre confiance et s'assurer que vous aviez bien récupéré des informations compromettantes. Grâce à elle, nous avons eu la confirmation que plusieurs exemplaires des carnets existaient. Cependant, au risque de vous décevoir, elle n'a jamais fait ces rêves qui sortent directement de son imagination fertile. Ensuite, il y a eu le repas où toutes les lumières se sont éteintes et le coup de vent glacial. Là, la mise en scène était de Lucienne et elle a parfaitement réussi. Pendant ce temps, Alice gardait le contact avec vous deux en tant qu'amie pour mieux savoir où vous en étiez et essayait de vous embrouiller avec ses histoires surnaturelles de fantômes matinées au karma.

Alice prit la suite.

— Et puis, l'improbable s'est produit, Sébastien a rêvé de nouveau d'Eugène. Et j'ai trouvé cela génial, car cela m'a permis de lui demander de se porter caution sans le savoir. Je lui ai expliqué succinctement la situation sans lui dire que j'avais lu les carnets. Et je lui ai alors proposé de faire cette mise en scène avec les verres en cristal pour vous faire peur. Il a adhéré quand je lui ai dit que vous faisiez tous les deux des choses qui déplaisaient aux esprits d'outre-tombe, et que ses rêves ne cesseraient que lorsque vous arrêteriez de les déranger. Cela l'a motivé et il ne pouvait que me faire confiance sur ce type de sujets qu'il ne maîtrisait absolument pas. Mais en vérité, vous attirer chez moi, nous permettait aussi d'être sûrs que vous ne seriez pas à votre domicile. Nous avons pu ainsi prendre la nouvelle clé de votre appartement, le temps de la soirée.

Elle se tourna vers Isabelle qui rajouta :

— Une fois de plus, Ferdinand a rajouté une touche supplémentaire à sa mission et provoqué le début d'incendie dans ta buanderie. Nous n'étions pas d'accord, mais il voulait vous mettre réellement la pression pour que vous cessiez vos investigations. Nous nous sommes pas mal emportés sur le sujet et c'est d'ailleurs pour cela que nous voulions être là cette fois-ci pour qu'il ne fasse pas d'autres âneries du même type !

Ferdinand n'apprécia pas du tout, mais alors pas du tout, que son rôle soit présenté deux fois de suite de cette manière si méprisante.

— Il y a des limites à tout. Non, je ne suis pas d'accord. C'est Lucienne qui a eu ces idées que ce soit pour le début d'incendie ou pour les pneus d'ailleurs !

Tous nos regards convergèrent vers Lucienne, attendant qu'elle se justifie. Ce qu'elle ne fit pas. Son mutisme donna raison à Ferdinand sans équivoque possible.

Isabelle fit mine alors de se lever.

— Nous avons répondu à toutes vos questions ? Nous pouvons peut-être nous considérer comme libres ?

— Non.

Je les regardai. Ils semblaient un peu surpris.

— Nous avons reçu d'une main anonyme des documents sur les comptes privés de Catherine Dumont et de la société qu'elle détenait avec Eugène. Qui est à l'origine de cette fuite ? Ou plutôt qui avait intérêt à ce que nous soyons au courant pour Catherine ? Ces documents impliquent aussi Ferdinand qui fut l'un de ses amants.

Pas de réponse. Ils semblaient tous interloqués par la question. Ils se regardèrent. Éric regarda Ferdinand.

— Ce n'est pas vous, par hasard ?

— Pourquoi dîtes-vous cela ?

— Parce que dans les révélations des carnets, Marguerite ne parle pas des autres pères du fils de Catherine, elle ne semble pas connaître leurs noms. Ce serait un moyen de rétablir la vérité.

Ferdinand ne réagit pas. Mais je ne voyais pas les choses de la même manière que lui.

— Tu vois, Éric, je pense plutôt qu'il s'agit de mamy. Il n'y a qu'elle qui pouvait avoir accès aux documents de Charles. Or tout ce qui concernait Eugène et ses entreprises passait par lui.

Sylvain regarda longuement Lucienne. Visiblement, il avait perdu toutes les illusions qu'il entretenait sur sa femme.

— Non, vous oubliez encore une autre possibilité. Lucienne a aussi accès aux documents.

Adélaïde les regarda attentivement. Doucement, elle continua :

— Vous n'y êtes pas du tout. Ils voulaient tous vous cacher les secrets, pas vous permettre d'en savoir plus que vous n'en savez déjà. Et en plus, vous oubliez une chose, j'habite également dans cette maison et j'ai accès moi aussi au bureau de Charles. C'est moi qui vous ai envoyé ces documents. Vous vouliez savoir la vérité et vous m'aviez demandé de vous aider alors je l'ai fait à ma manière. Exactement comme la première fois d'ailleurs…

Elle s'interrompit, sentant qu'elle entrait en terrain glissant, mais aucun accusé ne sembla prêter attention à sa phrase. Ils voulaient tous partir. Sylvain les en empêcha.

— Bon, notre sac est vidé, mais maintenant on fait quoi ?

Personne ne répondit alors, il prit les choses en main.

— Il faut brûler ces carnets. Cette histoire a fait assez de mal à tout le monde et nous devons arrêter de nous conduire comme des ennemis. Tout ce qui s'est passé dans cette pièce restera entre nous. Révéler les secrets contenus dans ces carnets ou les actes que les uns ou les autres ont commis n'apportera que souffrance. Je propose que l'on vote et que l'on se range à la majorité des voix.

Adélaïde me précisa alors à la grande surprise des autres personnes :

— Tu détruiras également le fichier scanné.

Sa suggestion fut acceptée et le vote vite expédié avec deux abstentions, d'Éric et moi. Nous acceptâmes cependant

de nous ranger à l'avis des autres. Devant eux, nous mîmes à
exécution leur demande d'autodafé.

Épilogue

L'appartement s'était vidé. Nous nous affalâmes lourdement sur le canapé.

D'une voix éteinte, je murmurai :

— Nous sommes devenus leurs complices bien malgré nous.

Nous nous sentions accablés comme si un poids énorme était posé sur nos épaules.

— Mais en même temps, je me sens soulagée que tout ça soit fini.

— Oui, mais on n'a plus de traces des carnets, juste un enregistrement que je vais m'empresser de dupliquer au cas où… Je trouve dommage d'avoir effacé la mémoire de Marguerite.

— Alors là je t'arrête. La mémoire de Marguerite est en nous et j'avoue que je n'ai pas respecté à la lettre nos accords, mais je suis sûre que tu ne m'en voudras pas !

— Tu as fait quoi ?

Je me contentai de sourire.

Éric éclata de rire.

— Tu as gardé une copie !

Mon sourire s'agrandit.

— Pas une copie papier, mais j'avais oublié de te dire que je t'avais écouté et transféré une copie de la clé USB sur le drive.

Nous trinquâmes à la mémoire de Marguerite. Nous venions de lever nos verres lorsque je fus prise d'un doute.

— Dis-moi, Éric. Quand tu as demandé à Isabelle son arme tout à l'heure, rassure-moi, tu n'avais pas un revolver ?

— Tu ne devineras jamais le culot que j'ai eu. Je lui ai planté entre les omoplates un cintre de la penderie !

J'éclatai de rire. Éric pouvait être si surprenant parfois.

De la même auteure

Série Une enquête d'Emma Latour (BoD)

Meurtre à Dancé
Une Rue si Tranquille
Intrigues sur la Côte d'Azur
Un Anniversaire presque Parfait
Les Carnets de Marguerite

Nouvelles Historiques (Éditions de Borée)

Les grandes Affaires Criminelles des Yvelines
Les grandes Affaires Criminelles de l'Essonne (en collaboration avec Sylvain Larue)

Albums pour enfants (BoD)

Petite Lapinette est à l'heure à l'école
Petite Lapinette part en vacances

Pour contacter l'auteure

Site Internet : www.nathaliemichau.com
Instagram : www.instagram.com/michaunathalie/
Facebook : www.facebook.com/nathaliemichau78/
Email : nathalie@nathaliemichau.com
Blog : www.hautsetbasduneromanciere.home.blog/

UNE ENQUÊTE D'EMMA LATOUR

Une Rue si Tranquille

Nathalie Michau

UNE ENQUÊTE D'EMMA LATOUR

Intrigues sur la Côte d'Azur

Nathalie Michau

UNE ENQUÊTE D'EMMA LATOUR

Un anniversaire presque parfait

Nathalie Michau